黄天驥詩詞曲十講

黄天驥 著

四川人民出版社

图书在版编目（CIP）数据

黄天骥诗词曲十讲 / 黄天骥著. — 成都：四川人民出版社，2023.6
ISBN 978-7-220-12856-1

Ⅰ.①黄…　Ⅱ.①黄…　Ⅲ.①古典诗歌—诗歌欣赏—中国　Ⅳ.①I207.2

中国版本图书馆CIP数据核字（2022）第202113号

HUANG TIANJI SHI CI QU SHIJIANG
黄天骥诗词曲十讲

黄天骥　著

出 版 人	黄立新
责任编辑	李淑云　朱雯馨
装帧设计	李其飞
责任校对	林　泉　吴　玥
责任印制	周　奇
出版发行	四川人民出版社（成都市三色路238号）
网　　址	http://www.scpph.com
E-mail	scrmcbs@sina.com
新浪微博	@四川人民出版社
微信公众号	四川人民出版社
发行部业务电话	（028）86361653　86361656
防盗版举报电话	（028）86361653
照　　排	四川胜翔数码印务设计有限公司
印　　刷	四川新财印务有限公司
成品尺寸	146mm×208mm
印　　张	10.5
字　　数	230千
版　　次	2023年6月第1版
印　　次	2023年6月第1次印刷
书　　号	ISBN 978-7-220-12856-1
定　　价	69.80元

■版权所有·侵权必究

本书若出现印装质量问题，请与我社发行部联系调换
电话：（028）86361656

诗情·诗法·诗心
毋 丹

听闻天骥师的《诗词曲十讲》要在四川人民出版社再版，我开心极了。去年曾买了一本旧版送给在学诗的家人，才发现这本书已经不易购得，再版对古诗词爱好者来说自然是天大的喜讯。天骥师在电话中说希望由我来作序，彼时我正在人群中排队，掩不住的激动使语调猛然升高，引人侧目。冷静之后，荣幸之外，我不由忐忑起来：怕自己学识浅薄，不能为这本钟爱的书作一篇妥帖的序。于是，再次翻开书本认真温习。跟着生动晓畅的语言，我很快进入到诗的天地中。行文中熟悉的语气，也仿佛让我看到天骥师慧黠又慈爱的眼神，听到那曾经觉得难懂后来无比怀念的"粤普"。忐忑紧张被冲淡，与天骥师相处的点滴涌上心间。

我初次识得天骥师的大名，是在中文系的本科教材上，后来拜读他戏曲研究方面的著述，只觉得这是一位令人仰望和敬畏的学界泰斗。直到进入中山大学跟随天骥师做博士后，才发现他竟与我原来的想象如此不同。天骥师谈学术，少了些学究式的一板一眼，更多的是才子式的天马行空，趣味性强而融注着深厚的学识，往往一两句随口而出的话，就有醍醐灌顶的效果。在穗两年，天骥师不仅是我的学术导师，也是人生的引路人。在生活中，他给了我许多温暖的呵护，让我在异乡感受到亲人般的关怀；他与师母更是教会了我什么是"相濡以沫"，什么是对家人的责任。在课堂上，我明白了为什么他在学生中如此受欢迎：严谨充实的内容、幽默风趣的表达、活力四射的精神状态，说到底，蕴含的都是他对学生的一腔厚爱。

天骥师曾在 2013 年开设关于诗词曲的本科生通识课，课程结束后，几位同学自发地将讲课录音细细整理校对，把这份沉甸甸的书稿作为新年礼物送给老师。经过天骥师的补充修订，这本《诗词曲十讲》正式与读者见面。它面向的不仅是古诗词的研究者，更是广大的古典文学和中国文化的爱好者。深邃的思想、广阔的视野、新颖的观点、动人的笔触交织在这里，凝练成诗的情味、诗的法度、诗的心性。

诗情：诗人与学人的重合

天骥师是一位古典文学研究学者，同时也是擅长古典诗词创作的诗人。天骥师论诗词曲，并不埋头于艰深的考证，也不停留在感性的体会，而是将思想性和艺术性熔为一炉，以扎实的学术研究为基石，开展生动形象的分析和解读。

在《早发白帝城》看似轻快实则意味深长的诗句中，我们感受到李白难以言传的复杂心境；在《锦瑟》迷离幽微的朦胧境地中，我们读到李商隐一生的经历与情感；在《枫桥夜泊》凄迷的秋色和游子的情思中，我们体味到愁苦之外超脱旷达的人生感悟。天骥师以诗人的情味，将耳熟能详的唐诗名篇深入浅出又细致入微地进行剖析。当读者跟着他引人入胜的语言代入自己的情感之后，他又带领读者跳脱出来，站在高处获取解析诗词的秘钥：作品中的关键词、诗句的深层意思和矛盾情绪，以及作品中的矛盾意象。

在这本书里，我们看到了一位饱含深情的诗人，用富有诗意的慧眼观照着古诗词呈现给我们的丰富绚丽、广袤无垠的精神世界。同时，我们还能看到一位博闻强记的学人，用严谨深入的理论作为钥匙，为我们开启诗词审美的神秘之门。

诗法：分析与创作的交叠

天骥师分析诗词，不仅站在研究者和评论者的视角，融合形象思维与逻辑思维，运用中西方文艺理论，立足具体作品，从宏观到微观、多层次地探究和分析，还能从创作方法出发，让读者更深刻地领会诗词作品从写作技巧到意境营造、情志表达的多重魅力。

例如，他从诗歌创作讲究转折的角度切入，提醒读者：绝句的第三句是作品成败的关键。鉴赏解读绝句时，可以关注前两句的意象与三、四句意象之间有着怎样的联系和变化。由此，读者便懂得了品鉴诗歌不当只着眼于炼字与造句，还应关注对作品的整体把握。

在分析字句时，天骥师不仅关注词句的含义，还注意到诗词曲作为格律文学所具有的音韵上的美感。他谈到李清照的《声声慢》，指出作者在写作时对语言音乐性的重视："李清照的这首词，选用【声声慢】短促的入声押韵的词谱，又连用十四个谁也没有尝试过的叠字句式，从音乐性而言，很能形象地表现命途多舛的妇女，那种悲悲切切、抽泣呜咽的形象。"为了让读者更直观地感受到语音的安排对诗词审美的影响，他生动地举出反例："如果改用平声韵，例如改作'彷彷徨徨，惆惆怅怅，天天悲悲伤伤'，意思或许相近，但韵味大不一样了。"

诗心：诗歌与文化的通融

本书名为《诗词曲十讲》，但所论并不囿于诗词曲本身。在诗心的笼罩下，我们能看到更广阔的文化空间。天骥师打通诗词曲的文体界限，破除不同时期、不同学科、不同民族之间的壁垒，以具体的作品为线条，绘出一幅远近相衬、开合有度的文化图景。例如，在谈到诗词的"意境"时，他从中西方文艺理论的差异出发，借鉴哲学、物理学、语言学、宗教学的学说，以绘画和影视艺术中的创作方法为实例，既深入又生动地帮助读者理解这一中国诗歌，乃至中国文化中的重要概念。

在分析作品时，天骥师总是将眼光投射到更远的地方。例如，他谈《春江花月夜》时，涉及诗歌体制的发展、同名作品及相近题材作品的比较、写作手法的分析、诗意诗情的点评等，最后因这首作品流传过程的问题，生发出对作品背后历史、文化进程及审美受体"接受史"的思考。

天骥师曾说自己的治学是"戏曲为主，兼学别样"，他也常常教导我要努力做到通融博洽。本书再版之际，天骥师本着关爱提携学生之意嘱我作序,而我深知自己与恩师的期许距离尚远。急于报答师恩,只得不揣浅陋,成此一序,粗疏之处,还望诸方家海涵。

2022 年 5 月 16 日于杭州

目录

第一讲　学习诗词曲的缘由 …………………………………… *003*
　　　　形象思维与逻辑思维 ………………………………… *003*
　　　　"勒马回缰"的现象 ………………………………… *009*
　　　　学习些什么 …………………………………………… *013*

第二讲　解开诗词的密码 ……………………………………… *023*
　　　　知人论世，开启密码的钥匙 ………………………… *023*
　　　　一篇《锦瑟》解人难 ………………………………… *033*
　　　　解开密码与文化环境 ………………………………… *042*

第三讲　从比较中鉴析 ………………………………………… *059*
　　　　同中之异，异中之同 ………………………………… *059*
　　　　三首《贫女》的比较 ………………………………… *073*
　　　　从比较看苏轼的《赤壁怀古》 ……………………… *082*

第四讲	有情此有诗	101
	缘情与言志的关系	101
	真情的流露	104
	《羌村三首》的深挚	112

第五讲	穷愁与婉约	125
	诗穷而后工	125
	载不动，许多愁	126
	两难的心态	131
	凄惨哀戚的《声声慢》	141

第六讲	时危节乃见	159
	从《满江红》说起	159
	四面边声连角起	165
	一次战役的生动描写	171
	武戏文唱的妙用	177

第七讲	情与景的交融	187
	情景的矛盾统一	187
	在风景的背后	194
	平淡中有变化	201

第八讲　理趣，诗和哲理的结合 ················· 211
　　"天人合一"的理念 ························· 211
　　哲理的叩问 ································· 218
　　《春江花月夜》，有限与无限的对立统一 ········ 225

第九讲　意境与虚实 ······························ 249
　　虚实结合的《石壕吏》 ······················· 249
　　"意境"的概念 ······························ 255
　　意境和蒙太奇 ······························· 261
　　境界有大小 ································· 269

第十讲　散曲的滋味 ······························ 277
　　散曲的体制 ································· 277
　　豪辣真率的特色 ····························· 281
　　《高祖还乡》的喜剧性 ······················· 288

附录　把韵律安排得更艺术些 ····················· 297

后　记 ·· 318

独坐敬亭山

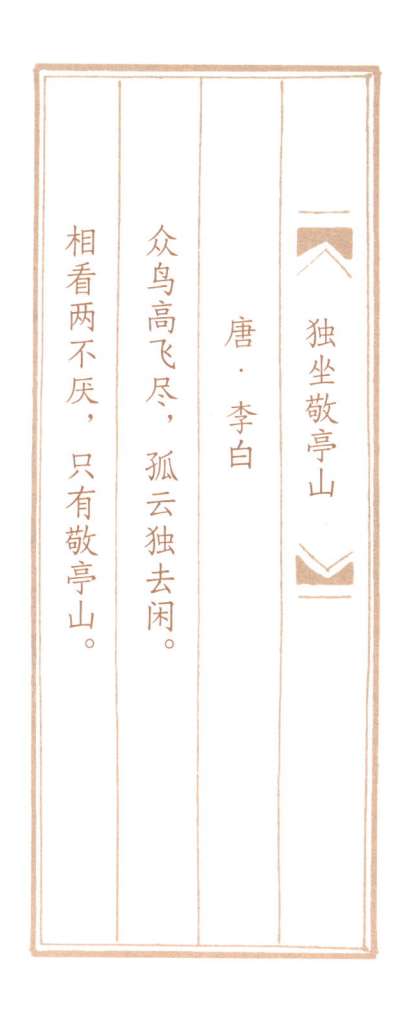

唐·李白

众鸟高飞尽,孤云独去闲。
相看两不厌,只有敬亭山。

书者简介

陈永正：
中国书法家协会原副主席,
广东省书法家协会原主席。
中山大学中文系1981级研究生校友。

众鸟高飞尽 孤云独去闲 相看两不厌 只有敬亭山

李白独坐敬亭山诗 乙未陈永正书

第一讲　学习诗词曲的缘由

形象思维与逻辑思维

作为中国传统的文学体裁，诗、词、曲，从狭义上说，它们各有区别。诗，可以分为古体诗和近体诗；近体诗又可分为绝句和律诗。词则只分为小令、中调、长调。曲，我们这里指的散曲，它又分为小令、套数等。关于诗和词的体制问题，同学们在中学阶段，相信已有所认识，我不拟多讲了。为方便起见，下面谈到的诗，也多是篇幅较短的近体诗。

从广义上说，古体诗、近体诗和词、曲，它们都是诗歌。除了在体制上有所区别以外，其余有关创作的各个方面，包括创作规律、艺术追求、写作方法等，完全是一致的。因此，我们可以在诗歌的概念统摄下，把诗、词、曲三者打通。通过对它们的总体认识，了解、鉴赏和研究我国传统的诗歌创作。

我开设"诗词曲"的讲座，实际上是一门通识课。

按我的理解，所谓通识，有点像中医所谓打通任督二脉。我希望通过对我国传统诗歌的了解，帮助同学们提高文化素质和思维能力，特别是提高和贯通形象思维和逻辑思维的能力。这一点，无论是对学习社会科学还是自然科学的人来说，都是重要的。

据生理学家说，人的大脑，可分为左脑和右脑两个部分，一边管形象思维，一边管逻辑思维。从事自然科学工作的人，逻辑思维比较发达；从事人文科学工作的人，形象思维比较发达。但正如左脑和右脑是相互贯通的一样，形象思维与逻辑思维也互相贯通，绝非截然分开。就人的能力而言，逻辑思维与分析力有关，形象思维与想象力有关。而无论是人文科学、社会科学还是自然科学，都离不开分析和想象，否则，便谈不上创造和创新。

科学发展到现代，学科与学科之间，它们的关系像网络般相互贯通，从本质上说，没有一成不变的边界。一方面，学科愈发展，分工也愈细；一方面，不同分支的学科，又会走向新的结合，从学科交叉综合中生出新的生长点。有些学科，看似风马牛不相及，而追求的本质，却是一致的。例如学文学的人，要有审美的眼光，要懂得什么是美。而数学家认为，数学公式的计算、论证过程，是否简洁，是否巧妙，也有美和不美的问题。可见，这两个似是毫不相干的学科，其追求"美"的本质，却是相通的。

从事人文科学的学者，应具有良好的形象思维能力，这自不待言。其实，卓有成就的科学家，往往都有很高的文化水平和文学、艺术修养。据悉，袁隆平教授拉奏小提琴，颇为出色。钱学森教授的夫人蒋英是著名的音乐家，钱先生出国留学时，蒋先生特别送给他一本唐诗，可见钱先生本人对文学兴趣之浓厚，至于他对艺术有很高的鉴赏力，自不待言。中山大学著名的昆虫学家蒲蛰龙院士和微生物学家江静波教授（法国外籍院士），一位精于小提琴，曾应邀参加"羊城音乐花会"的演出，一位创作了长篇小说《师姐》，一时成为畅销书，获得了广东省的"鲁迅文学奖"，后来还被珠江电影制片厂改编成电影。

多年前，我在我的老师王季思教授的客厅里，看到一张条幅，上面写着一首律诗。诗云：

> 黄冠翠袖足清闲，淡泊生涯水石间。
> 南闽有家归梦远，西湖无庙属杯难。
> 闻香晓日春何早，听雨青灯夜更寒。
> 我似老僧偏爱静，案头不厌两相看。

诗写得真棒，一看下款，原来作者是著名的数学家苏步青教授，诗题是《七律·咏水仙》。我大吃一惊，没想到一位数学家写出了水平如此高超的律诗。

这是一首咏物诗。第一句说水仙有黄色的花、绿色的叶，就像出家的女道士那样，满足地享受清闲的生活。第二句描写水仙花只用清水浸泡，用鹅卵石压着，它在水石之间，过得淡泊悠闲。人们都知道，苏教授一生淡泊名利，一生以素食为主，从不吃高档菜。这两句，作者写的是水仙，其实也是他对生活态度的自况。

第三句写水仙来历，水仙产于福建，南闽有它的家。可是，它现在离开了家，被送到遥远的地方培植，所以，它只能做想念家乡的梦，而梦境也远隔千里。第四句说，在杭州西湖，没有水仙庙，没有水仙可以安居之所。这让爱水仙的人，也不能安下心来，专心地和亲朋故友传杯递盏，以酒相劝。这一联，写的是水仙的心情，同时曲折地传达出作者自己的心境。

我们知道,苏步青教授是浙江平阳人,留日归国后,长期在杭州的浙江大学任教。他视浙大为母校,对浙大,对杭州,怀有深厚的感情。新中国成立后,他被调到上海复旦大学工作。这首诗,写于20世纪80年代,应是他在担任复旦大学校领导期间的作品。那时,他虽身在上海,却心系杭州。所谓"有家归梦远",所谓"西湖无庙",语带双关,表面上说的是水仙花,实际上是作者表达自己对家乡的思念之情。

第五、六句,"闻香晓日",依诗律语句倒装,是"晓日闻香"的意思。水仙花迎春开放,春天的早上,空气特别清新,送来了阵阵清香,让诗人发觉,春天来到了,而这也让诗人悚然一惊:原来时间过得这么快,又过了一年了!这里,着一"何"字,把诗人惊喜交加之情和盘托出。

"听雨青灯",也是倒装句,亦即"青灯听雨"。诗人说,屋里的灯,发着幽幽的光;窗外,雨声淅沥,陪伴他对着水仙那单薄的身影。在这冬春之交,细雨蒙蒙,和淡静的水仙相对,让诗人觉得这凄清的夜,更添一分寒冷。这两句,诗人写他独对水仙时的感受。年华渐老,思乡情切,那淡淡的忧思,微妙的心境,跃然纸上。

不过,诗人又觉得,他能够静静地欣赏水仙,有水仙与他为伴,这就很不错了。何况他自己,比老僧还更喜爱幽静寂寞的环境,他的情怀,如同水仙一样,"淡泊生涯水石间"。他像水仙,水仙像他;或者说,他就是水仙,水仙就是他,即使是寂寞冷清,这比什么都要好。在案头,他在看水仙,也觉得水仙在看他,互相欣赏。一点也不会厌烦,只觉观之不足。

"案头不厌两相看"这句诗,是从李白《独坐敬亭山》一诗变化而来的。

众鸟高飞尽,孤云独去闲。
相看两不厌,只有敬亭山。

敬亭山在安徽宣城。李白一生,最佩服的是南朝齐诗人谢朓。谢朓字玄晖,陈郡阳夏(今河南太康)人,曾任宣城太守,李白把他视为偶像。有诗云:"解道澄江净如练,令人长忆谢玄晖。"(《金陵城玄晖月下吟》)又说:"蓬莱文章建安骨,中间小谢又清发。"(《宣州谢朓楼饯别校书叔云》)所以,清代王士禛在《论诗绝句》中说李白"一生低首谢宣城"。

谢朓常在宣城的敬亭山上吟诗。李白来到这里,看到了敬亭山的景色,想起曾经在这里高吟的谢朓。如今,他看到的,只是一片寂寞景况。鸟儿们都飞跑了,孤单的云彩,慢慢地静静地飘走,剩下的就是一座孤独的山峰。但是,李白说,他一点儿也不厌烦那单调的敬亭山,因为他知道,常来这里的谢朓很欣赏这里的高雅。他推崇谢朓,爱屋及乌,也爱上了敬亭山。同时,他在看敬亭山,也觉得敬亭山在看他,觉得敬亭山也爱他,把他视为和谢朓一样的知己。

李白来到宣城的时候,年已半百,在政治上很不得意。他独坐在敬亭山上,觉得自己的处境,和敬亭山一样经历过人生的冷暖,友朋星散,身上的光环渐渐消失。但他不在乎,他觉得敬亭山理解他,谢朓理解他;正如他理解敬亭山和谢朓一样。李白认为,山与我，**静静相对**，怡然自得。于是，他从敬亭山的高旷中，看到了自己。后来，宋代词人辛弃疾，在他的《贺新郎》一词有句云："我见青山多妩媚，料青山见我应如是。"便是从李白"相看两不厌"变化而来的。

同样，苏步青教授的"案头不厌两相看"，也是吸取了李白的诗意的新创造。熟能生巧，脱胎换骨，如果作者不是精读唐诗，是不可能有此神来之笔的。李白把敬亭山人格化，苏教授则把水仙花人格化。这首咏物诗，既写水仙之容貌，又写水仙的风神，实际上，这咏水仙，也是作者的自喻。

苏步青教授的《七律·咏水仙》，立意清新，遣词高雅，对偶工整，意境深远，实在是格律诗中的上乘之作。我们又知道，苏步青教授有精深的文化修养，他出版过《苏步青业余诗词钞》。他的一本论著，书名是《数与诗的交融》。显然，他非常了解形象思维与逻辑思维相互贯通的意义。正因为他具有非凡的想象力，这才写出了经典的著作《微分几何学》和《射影曲线概论》，他也因此被誉为"数学之王"。

在欧洲，意大利人达·芬奇，创作过《蒙娜丽莎》《最后的晚餐》等享誉千古的名画，他是世界公认的伟大的美术家，同时，他又是建筑家、工程师，畅晓数学、物理学、天文、地理。在我国，汉代的天文学家张衡发明了浑天仪，当然可以称得上是伟大的科学家，同时，他又写过《二京赋》《思玄赋》，在我国古代文学史上也占有一席地位。

上面，我们介绍了几位科学家和艺术家既长于形象思维又长于逻辑思维的情况，是要说明，左右脑虽然各司其职，各有所长，其实又是互相贯通，互相促进的。换句话说，杰出的科学家所取得的成就，与他在形象思维能力的锻炼息息相关。同样，艺术家、从事评论的学者，如果没有逻辑思维能力，也是不可思议的。在我国古代，文学评论家多半是评点派，即以片言只字，随机对作品做出评价。评点派在文学批评史上有其价值，这里暂且不论。但其理论性、逻辑性不强，也是事实。因此，除刘勰的《文心雕龙》外，我们鲜有系统性的文学理论。这一点，和我国古代文学家缺乏逻辑思维锻炼有关。

以我的理解，通识，并非指普普通通的常识，更不是要同学们对各类学科，通通都能认识，而是要有贯通形象思维与逻辑思维的认识。在下面一系列的讲述中，我希望通过介绍诗、词、曲，帮助同学们提高人文素质和文学修养，特别是加强对传统文化的理解，提高形象思维的能力。

由于散曲本身是诗和词的变体，而在近百年来，一般群众更喜欢学习唐诗宋词，因此，我的讲座除了有专门介绍散曲的一讲外，谈论更多的是诗和词。又由于诗和词、散曲的创作规律，以及对它赏析的方法，是可以贯通论述的，因此，为方便和习惯起见，我一律将其称之为"传统诗词"。至于讲座中所选用的例子，也以唐宋词和近体诗居多。这一点，也希望大家注意。

"勒马回缰"的现象

我国传统的文学体裁，有小说、戏曲、对联、散文、辞赋、诗歌等多种。其中，诗歌这种体裁，在很长的时期内，一直占据文坛的主流地位。可以说，我国是诗词创作的"超级大国"。在世界上，没有哪个国家，能像我国这样，还能保存着数量如此众多的诗歌。清初编纂的《全唐诗》，收集了诗歌近五万首。近年有学者编纂《全元诗》，据闻收集了近十四万首。元代只有九十多年历史，唐代则有近三百年，可以肯定，唐代诗歌的数量必然要多得多。如果把历代诗歌的数目加起来，包括词和散曲，那将是天文数字。

其实，在我国古代，即使是小说和戏曲等叙事性体裁，也无一不受诗歌的影响。在章回体小说里，每一回的题目，便以诗的语言概括其情节内容。像《红楼梦》第一回的题目"甄士隐梦幻识通灵，贾雨村风尘怀闺秀"，不就是诗句吗？而戏曲中的一首首唱词，本身就是一首首诗。至于历代的对联，不过是格律诗的变体，本质上也是诗。可见诗词曲的诗歌体裁，在我国文学发展史上有着巨大的作用。

从最早出现的诗集《诗经》算起，我国诗歌创作已约有三千年的历史。它影响着古代社会的方方面面，反映了几千年中国社会的生活图景，传达出不同时代、不同品性的人的微妙的心灵世界，表现出中华民族代代相传的精神面貌，沉淀着具有深厚传统的审美观念。直到20世纪的五四运动以后，白话文兴起，许多诗人的创作，也用白话表现，传统的诗词和散曲的创作，才走向衰微。

不过，令人奇怪的是，传统诗词的创作，一直像百足之虫，死而不僵。五四运动以后，新诗盛行，但依旧以传统诗词形式进行创作者，大有人在。让人觉得不可思议的是，作为新文学运动先锋的鲁迅，流传下来的为人传诵的诗句，竟然是旧体诗，如"横眉冷对千夫指，俯首甘为孺子牛"，像"梦里依稀慈母泪，城头变幻大王旗"。这种文学现象，很值得从事文学史和文学理论研究的人深入思考。

以《春风沉醉的晚上》等小说闻名全国的作家郁达夫，却又以一首"旧体诗"在文坛上大放异彩：

> 不是樽前爱惜身，佯狂难免假成真。
> 曾因酒醉鞭名马，生怕情多累美人。
> 劫数东南天作孽，鸡鸣风雨海扬尘。
> 悲歌痛哭终何补，义士纷纷说帝秦。
>
> ——《钓台题壁》

这首诗，是郁达夫于1931年1月在上海写的。那时，"左联"柔石等五位进步作家，因反对反动政府，遭到杀害。文坛上有人悲愤异常，也有人害怕被连累，转而投降。郁达夫心情十分压抑悲苦，他和一些朋友借酒消愁，就写下了这首诗。

诗的前两句说，现在自己没有多饮酒，不是爱惜身体，而是接受过去借酒佯狂，结果弄假成真的经验教训。三、四句说，那时喝醉了酒，连名马也不知爱惜；那时处处留情，逢场作戏，欠了不知多少风流债，连累了不知多少美人！这两句诗，郁达夫把自己因不满时政，以放浪不羁的姿态消极反抗现实的心情写活了，一时传为佳句。至于后面四句，意思是说自己流落在东南方，遭受种种磨难，真是老天爷作孽。跟着说现实黑暗，危机四伏，借用《诗经·郑风》"风雨如晦，鸡鸣不已"的说法，指天昏地暗，波涛汹涌,唯有雄鸡在不断地啼叫。最后说,悲歌痛哭有什么用?这些"义士"纷纷说起投降的事了。过去有"鲁连蹈海不帝秦"的典故,这里说"帝秦",则是反其意而用之。

这首诗,"曾因酒醉鞭名马,生怕情多累美人"十四个字,传为名句,它把风流才子玩世疏狂的神情写活了。即使把它放在唐代诗坛,也是不可多得的佳句。

下面,我们再说一例。曾以《红烛》《死水》等新诗名噪一时的闻一多先生,后来不写新诗了,并且说出了自己为什么会"金盆洗手"的缘由。

> 六载观摩傍九夷,吟成呿舌总猜疑。
> 唐贤读破三千纸,勒马回缰作旧诗。
> ——《废旧诗六年矣,复理铅椠,纪以绝句》

闻先生说,他用了六年的工夫,写了那些接受了西方影响的新诗,但读起来总觉得咬牙聱舌,便对新诗产生疑虑。后来,认真研究了唐代的许多诗歌,便"勒马回缰",以传统诗词的形式来写作了。值得注意的是,闻先生觉得新诗"吟成呿舌",亦即觉得新诗在语言方面存在问题,他的反思,颇值得我们思考。

"文化大革命"结束后,一时间,以传统诗词形式写作的人多起来了,各地纷纷成立诗社,在诗坛中,与新诗分庭抗礼。自然,许多文艺机构,并没有把它纳入主流,各地的作家协会,也没有接纳以传统诗词形式写作的作者;一些研究现当代的文学史书籍,更没有写到当今诗词创作的章节。但是谁也不敢认为毛主席写的诗词不属于诗,更没有人说只有新诗才是诗。

更有趣的是,直到现在,在我们日常的生活中,依然经常和诗词打交道。例如新春佳节,家家户户在门口两侧对称张贴的,都是以传统诗词形式撰写的对联。又如,到公园里去,亭台楼阁上张挂的对联,也属于传统诗词一类。我从未见过在哪里张挂新诗。看来,新诗只活在微博、书刊和朗诵的舞台上,而传统诗词的适应面,反多于新诗。

还有一个现象也值得我们注意。凡是在具有民族形式的建筑物,或是以民族形式为主调的室内布置,才适宜张挂诗词条幅或对联。如果在一些采用现代派风格的建筑,或者在西洋式室内摆设中,挂上对联等传统诗词点缀,便有方枘圆凿、格格不入之感。这又反过来说明,传统诗词,它贯注的是中华民族传统的审美观念。因此,要了解中国人对美的理解,继承我国美的传统,便要对传统诗词有所了解。

学习些什么

传统诗词的内容十分丰富,一些优秀的作品,到今天依然能让我们在思想感情上产生共鸣,甚至产生强烈的震动。例如贯注了爱国主义精神的作品,描写祖国美丽山河的作品,饱含哲理的作品,反抗封建统治的作品,表现爱情友情的作品,都在人们的心头生根开花,影响着我们对生活的态度。

需要指出的是,长期以来,在强调阶级斗争的观念影响下,我们对传统诗词所贯注的人道主义精神,一向注意不多。今天,在社会主义核心价值观的思想指导下，我只着重谈谈对这问题的认识。

长期以来，我国人民生活在封建统治制度下，饱受贵族、地主阶级的束缚和压迫。有压迫，就会有反抗，因此，历代阶级斗争一直很激烈。在我国文学史上，也有许多直接或曲折地反映阶级矛盾的作品，像杜甫的"三吏""三别"等。这些具有史诗意义的经典之作，当然是我们世世代代都应引以为傲的文化瑰宝。

在那些描绘农民苦难生活，抒发反抗情绪的诗歌里，除了民歌是由普通群众创作以外，其他多是出自文人之手。他们看到了人民生活的苦况，感同身受，便把对现实的不平，形于笔端，从而产生了许多不朽之作。问题是，这些作者，虽然也经受过苦难的生活，但他们又往往当过或大或小的官，就身份而言，属于封建统治阶级的一员。到底是什么样的思想感情，驱使他们发出了正义的呼吼？

这就涉及如何看待人、人性以及人道主义的问题。

我们常说："物以类聚，人以群分。"在社会上，存在着不同的利益集团，构成了不同的阶级或阶层，这就是"群"。不同的"群"，有不同的甚至是对立的阶级属性。但是，不同的"群"，又都是人。凡是人，就都有"人"的共同点。即使在激烈的群与群的对抗中，如果有人做出过分残忍的行为，像《水浒传》中的李逵，不分青红皂白，见人便杀，把板斧"排头儿砍过去"，这就超越了作为"人"的底线，被视为"没有人性"，会受到严厉的斥责。可见，在人类社会中，不同的群，也都承认人性的存在。

马克思主义是既注意人类社会发展的规律，也注意推动人性发扬的学说。它认为整个社会的发展，必须以每个人的发展为前提。因此，马克思承认人性的存在，他在《资本论》中就说过："首先要研究人的一般本性，然后要研究每个时代历史地发生了变化的人的本性。"所谓一般本性，是指存在于地球上的人类，当被视为"人"的时候，从先天带来的每个人都共同具有的，并且应该得到尊重的本性、本能。

什么是人的"本性""本能"？这无非一是要生存，二是要发展、繁殖。在世界上，所有生物，包括人，概莫能外。

问题是，在不同的历史阶段里，在不同的社会环境中，人性总会受这样或那样的约束，个人的合理要求，往往和社会现实发生严重的冲突。当人性被扼杀，被扭曲，也就阻碍了社会向前发展。

人，是动物，自然有动物的属性。所以，只要是人，就有"人的一般本性"。另外，人之所以为"人"，是因为他从成为"人"的那一刻开始，人与人之间，便发生交往，就具有社会性。这一本质属性，决定了人不同于其他灵长类的动物。如果没有这一点，即使能站立走路，也只能是神农架的"大脚怪"，是"野人""雪人"，但却不是人！

因此，人，是自然性与社会性的统一体。二者缺一，都还不算是"人"；二者统一，才成为真正意义的"人"。马克思要求研究人的本性，又要求研究每个时代变化了的人性，给我们提示了对待人性的准则。

从生理学和心理学的层面看，认识到"人"具有一般本性和社会性，便可以理解为什么人与人之间，有共同的认知、感知的能力，为什么会产生同情心。

同情，是人类固有的相互感知的内心律动。人，处在社会的群体之中，共同生活，互相依存。而每一个人，和他所处的生存和发展的客观环境接触、互动，必然会触发适应或不适应的心理状态，并且积累、沉淀为一定的思维定式和审美经验。当人与人接触，也会从自己得到的对客观事物的感受推己及人，理解和认知当别人处在和他相近的客观条件下会出现什么样的感受。反过来，自己也会产生同一或近似的情感。换言之，从生理而言，"人"内心都有节奏和律动。在相同的条件下，人的内心节奏会受别人的影响，产生相似的律动。而当内心节奏作用于大脑的皮质细胞，便支配了人的情感。这种情感，会和影响他的那个人相似。如果人与人的情感是双向互动的，便成为共鸣；如果只是单向的活动，便出现同情。由于人作为社会群体的一员，人的社会性，决定了人所具有的同情心，乃是人类与生俱来的本性。孟子说："恻隐之心，人皆有之。"所谓恻隐之心，就是同情心。孟子认为，具有同情心，是人的一般本性。

承认"人"存在一般本性，是在哲学上提出人道主义的思想基础。

人道主义，是欧洲文艺复兴时期的思想体系。它强调人的价值、人的尊严，是一种一切以个人的利益为中心的世界观。到法国大革命时期反对封建和神权的斗争中，它体现为对"自由""平等""博爱"的追求。

在我国，古代的思想家们，也曾用过"人道"的概念。

首先，儒家也承认人有一般的本性，有作为自然人本质的追求。《孟子·告子上》曰："食、色，性也。"作为动物的人，有要求生存（食）和发展、繁殖（色）的本能。正因如此，"人道"一词，还包括性学的意思。如果说某人"不能人道"，等于说他缺乏生殖机能。可见，中国古人并非忽视"人"在这方面的本质属性。

但是，我国的思想家更看重"人"的社会性的一面。《礼记·中庸》说："诚者，天之道也；诚之者，人之道也。"意思是说，诚信，是天地的规律；切实地认真地按照上天所要求诚信的准则去做，这就是作为"人"的规律。显然，在孟子看来，人道的核心，在于诚信。信，即信义、信赖、信用。他认为这是天道规定的做人的准则。而讲诚信，实际上是在社会中，人与人关系的人际、伦理问题。

人是什么？孔子说"人者，仁也"（《礼记·中庸》）。那"仁"，又是什么？孔子说："仁者，己欲立而立人，己欲达而达人。"（《论语·雍也》）简言之，以对待自己的态度对待别人，这是人际的问题。从"仁"的字形看，从人从二，两人相处，亦即人与人的关系问题。"人者，仁也"，换言之，懂得处理人与人的关系，才能是"人"。至于人际关系如何处理，孟子说"仁者爱人"，又说"爱人者，人恒爱之"（《孟子·离娄下》）。他认为你爱别人，别人也就爱你。显然，儒家看待"人"的本质，更强调其社会性的方面。

无论是东方还是西方，对"人"的属性的理解是一致的，都认识到"人"具有自然性和社会性。但是由于东西方文化的差异，对"人"的本质属性，在理解上各有不同的侧重。同样，对"人道主义"的理解，也有不同的侧重点。西方文化更看重"人"的自然性，强调重视个人的利益；东方文化则更看重"人"的社会性，强调重视人际的相处之道，这就是东方文化所理解的"人道"。

古代的诗词歌赋，也出现过追求个性张扬和追求个人婚姻自由的作品，这在民歌中尤为明显。像汉乐府的《上邪》：

> 上邪！我欲与君相知，长命无绝衰。山无陵，江水为竭，冬雷震震，夏雨雪，天地合，乃敢与君绝！

随着封建社会后期商业、手工业经济的逐渐发展，对个人利益的追求，特别表现为对婚姻自由追求的文学作品，也越来越多。当然，文人们在"温柔敦厚"的诗教影响下，没有多少人能写出像《上邪》那样激烈的诗作。不过，诗人们却写下了不少关心人民疾苦、同情弱势群体的诗章。在今天，那些具有人道主义精神的作品，仍很值得我们关注。

这里，我特别向同学们推荐一首还未受到人们充分注意的好诗：

> 语少身初贱，魂伤家骤离。
> 饥寒今已免，力役竟忘疲。
> 长者亲难惬，新名答尚疑。
> 犹然是人子，过小莫轻笞。

这首诗，题为《新仆》，是明末清初诗人吴嘉纪的作品。吴嘉纪是江苏泰州人，入清不仕，隐居在泰州安丰盐场。他熟悉盐工艰辛的生活，以"盐场今乐府"诗闻名于世。他的诗，白描通俗而沉着深刻，沈德潜说他"以性情胜，不须典实而胸无渣滓，故言语真朴而越见空灵"。

这首诗，写出了一个穷孩子在新当仆人时复杂的心态。第一句,作者从"语少"着笔,写这孩子刚到主人的家。他讲话不多,因为初为贱役,一切都还未习惯,自然怯生生。第二句,进一步写孩子的内心活动,他黯然神伤,因为骤然离开了自己的父母,孤身一人,在外谋生,不禁悁悁惶惶。

"饥寒今已免",这句笔触稍转,既写这孩子在悲苦中感到一丝宽慰,又补足了他之所以要来充当仆人的因由。原来,他家里饥寒交困,与其坐而待毙,不如卖身为奴。现在,虽然离开爹娘,衣食毕竟有了着落,自然是胜于辗转沟壑,这算是万幸的了。

下文是"力役竟忘疲"。承上句,写这刚有了栖身之地的孩子,为了让主人满意,为了保住饭碗,便卖力地苦干,竟然忘记了疲劳。这里着一"竟"字,境界全出。在作者看来,孩子的工作,实在是劳累的,但他完全不在乎。对此,连作者也感到突然,仔细一想,又深知"忘疲"的原因。这一对"流水对",前后照应,互相联系。而吴嘉纪对这新仆的怜悯之情,也从中得以透露。

"长者亲难愜。"长者,指主人。愜,是亲昵的意思。因为这童仆新来乍到,主人对他还是关切的,新仆也觉得主人是可亲的。但话又说回来,主人再和蔼可亲,毕竟不是自己的父母,实在难以亲昵。主仆身份的限制,相处时间的短暂,让他难免有寄人篱下之感。

"新名答尚疑",这句十分传神,把新仆特有的情态写活了。他到了主人家,主人给了他新的名字。当有人呼唤他时,他应声回答,却又听来尚未习惯,甚至还有点犹疑,怀疑是否在叫他。这一特定的心理状态,只能是刚刚当上仆人时,才可能发生。显然,吴嘉纪对生活在底层的弱势群体的心态,观察得细致入微,才可能抓住人物这稍纵即逝的动作细节，表现出新仆在典型环境中的典型心理。

以上六句，是作者看到新仆的神态，觉察到新仆的心境。结尾两句，他直接对主人提出自己的忠告："犹然是人子，过小莫轻笞。"意思是说，那孩子虽然是仆人，低人一等，但他始终是人家的儿子，他也有父母，有人疼爱，就像主人家也疼爱自己的儿子一样。"幼吾幼，以及人之幼"，因此，吴嘉纪希望那主人能将心比心，认为如果这孩子犯了些小过失，能原谅，便原谅，不要轻易地责打他！这两句，轻轻说来，却重重地打动人心。据萧统在《陶渊明传》中说，陶渊明曾给儿子派去一个仆人，并写信给他，告诉他"此亦人子也，可善遇之"。吴嘉纪化用了陶渊明信中之意，可见，有仁爱之心的诗人，都有共同的想法。

对吴嘉纪的这首诗，沈德潜评价说："语语从新字起意，一结仁人之言，蔼然动听。"这评价很准确。就艺术上而言，作者的确句句围绕着"新仆"独特的心态，进行抒写；结句所流露出的感情，更体现出作者的爱心，体现出同情弱势群体的人道主义精神。

向古代诗词学习些什么？吸收它们哪些思想精华？实在说之不足。在现实生活中，贫富悬殊的生活依然存在，不少民工生活依然很艰苦。我特别挑出具有人道主义精神的诗歌，特别给同学们介绍这首《新仆》，意在希望大家能同情人，能爱人。人人都存仁爱之心，这儒家的优良传统，是应该继承和发扬的。至于如何学习、吸取、借鉴诗词曲的艺术技巧等问题，我们将在结合具体作品的分析中谈及。

《枫桥夜泊》

唐·张继

月落乌啼霜满天,江枫渔火对愁眠。
姑苏城外寒山寺,夜半钟声到客船。

书者简介

刘斯奋:
广东省文联原主席,
广东画院院长。
中山大学中文系1962级校友。

月落乌啼霜满天江枫渔火对愁眠姑苏城外寒山寺夜半钟声到客船

唐张继枫桥夜泊乙未刘耶尚书

第二讲　解开诗词的密码

知人论世，开启密码的钥匙

我们鉴赏和研究诗词，要以它有没有真挚感情作为判断的基础。也可以从纯文本的角度，看作者是否能准确地鲜明地描绘出审美客体的形象和意象，让读者获得美的享受。像白居易的《忆江南》："江南好，风景旧曾谙。日出江花红胜火，春来江水绿如蓝，能不忆江南？"他把江南的春天，写得如此明艳动人，花光水映，红的更红，绿的更绿，红绿相衬，宛如一幅色彩绚丽的图画。用不着解释，我们便能欣赏到它的美妙。

但是，我们也常会碰到一个问题，那就是，有些诗词，历来被评论者推崇，但我们往往不易理解，甚至会觉得它写得很一般。实际上，我们是弄不清诗人的真实想法，不知道诗中的奥妙，不知道诗人如何运用技巧。我想，原因是读者不会打开诗中蕴含的美学密码。

法国理论家皮埃尔·贝洛坎曾说："'密码'（Code）一词在英语里有两重含义。第一重是'准则'的意思，如道德准则、美学原则、荣誉准则、着装规定等。第二重意为'密码，暗语密文的钥匙'——可能是揭示真相的钥匙,也可能是破解假象的关键。"的确,要更好地理解和鉴赏诗词,弄清楚其中隐藏在假象后面的真意,是非常重要的。

知人论世,是打开诗歌密码的钥匙。

我们知道,在唐代,李白写过一首名为《早发白帝城》的七绝:

> 朝辞白帝彩云间,千里江陵一日还。
> 两岸猿声啼不住,轻舟已过万重山。

这首诗,流传千古,人们都认为它是好诗。《唐人万首绝句选评》:"读者为之骇极,作者殊不经意,出之似不着一点气力。阮亭(王士禛)推为三唐压卷,信哉!"意思是说,三峡是很惊险的,而李白毫不经意,不费一点儿气力,写船走得飞快,让读者惊骇得很。

不错,若说这诗极写乘船之快,显得作者神情飞扬,诗风气势飞动,说它是好诗,该是没有疑问的。但仅仅是这样吗?仔细一想,并不那么简单。明朝的杨慎,对它的评价是"惊风雨而泣鬼神"。这话很值得我们注意,特别是"泣鬼神"的提法,明明是调子轻快的诗,怎么会"泣"起来呢?

《早发白帝城》这四句诗,确实表达出李白坐船的轻快心情。在唐诗里,杜甫的"即从巴峡穿巫峡,便下襄阳向洛阳",也是写快,是诗人写安史之乱后急于回家的兴奋心情,但其味道,与李白写的完全不同。如果李白光写坐船的快、交通的顺畅到了极点,"千里江陵一日还"就能流传千古吗?我们不妨改几个字,看行不行。

例如说："朝辞深圳出房间,千里武昌一日还。两面风光看不尽,动车已过珞珈山。"从写速度之快而言,它和《早发白帝城》也真一样,但这首打油诗,能流传得下来吗?所以,要理解《早发白帝城》,只看到其飘逸轻快的一面,而不了解当时李白写这诗时的心境,是不会知道为什么这看似简单的几句竟是"三唐压卷"之作,当然也不会得出"惊风雨而泣鬼神"的评价。

这诗首句所说的"白帝",是白帝城,它在长江上游。李白一下笔,便说"朝辞白帝彩云间"。说这城在"云间",足见地势的高峻。其实,白帝城就在长江三峡的瞿塘峡旁,城在河边,高也高不到哪里去,说它在"云间",其实是夸张的写法。而且,李白说白帝城上出现的云,是"彩云",五彩缤纷,而不是一般的白云、轻云,更不是云遮雾罩,可见,他把白帝城形容得很美。它高入云霄,彩云飘拂,简直像个仙境。

白帝城真的很美吗?不见得。据杜甫在《前苦寒行》中说,这里的环境是很艰苦的。"去年白帝雪在山,今年白帝雪在地。冻埋蛟龙南浦缩,寒刮肌肤北风利。"哪有李白说的那么美?而李白把一个荒凉苦寒的地方,说得如此美好,在离开它的那一天早上,更显得美不可言,这是为什么?说穿了,这是李白美好心境的反映。至于为什么李白心情如此之好,下面再谈。

在古代,人们说到白帝城时,心里会有一种特别的滋味。在三国时代,蜀汉的刘备被吴将陆逊打败,在白帝城据守,可见地势较为险要。后来刘备也死在这里,临终前,把儿子刘禅交托给诸葛亮辅佐,这便是历史上有名的"白帝城托孤"的故事。后来人们把这里看成伤心之地。杜甫在《咏怀古迹·其四》一诗说道:

> 蜀主窥吴幸三峡，崩年亦在永安宫。
> 翠华想象空山里，玉殿虚无野寺中。
> 古庙杉松巢水鹤，岁时伏腊走村翁。
> 武侯祠屋常邻近，一体君臣祭祀同。

杜甫这诗，反映了唐人对白帝城的心态：第一，这里是人烟稀少的地方。第二，这里是产生过悲剧的伤心地。第三，这里是见证刘备与诸葛亮，君臣之间互相信赖的所谓"君臣遇合"之地。这三者，是唐人对白帝城的印象。

李白把白帝城写得这样的美。可是，"朝辞"两字，用得特别。表面上，它很平顺自然，仔细一想，里面大有文章。我们先注意"朝"字。那一天，天一亮，李白就走了。按说，那天风光如此美好，诗人理应欣赏一番，流连忘返，就像杜牧看见了秋天的枫叶，便"停车坐爱枫林晚"（《山行》），不走才对，怎么倒一早就急着要走？在美景面前而不想待，这是为什么？这不能不引起我们的怀疑。

李白说"朝辞"，不是"朝离"。使用"辞"字，是表示郑重地和这里告别，然后才离开。这又怪了，美景当前，本该舍不得走，而既然急着走，便该拍拍屁股走人。可是诗人却郑重其事地向白帝城辞行，实在颇为矛盾。仔细分析，这看似平常的一句，其实包含着复杂的心理活动，李白的遣词用句，并非没有斟酌。诗人的高明之处，正在于他似不经意，而实非不经意。所谓"妙合无垠"，作者刻意经营，却让人看不到他用力的痕迹，这才是创作的高手。

第二句的"千里江陵一日还"，似乎只是叙述舟行的速度，表面上，也似平常。因为白帝城在长江上游，江陵在下游，顺流而下，船速是快的。但说千里之途，一日便到，这说得很夸张了。李白坐的是小木船，又不是鱼雷炮艇，即使顺风顺水，也快不到这个程度。可见，所谓"千里江陵一日还"，其实是不可能的。李白在这里夸张地极写舟行之速，其实后面包藏的意思是：他既想不到能那么快便离开白帝城，所以极其兴奋；又想不到舟行飞快，一路十分顺利。于是归心似箭，内心充满期待；愉悦之情，溢于言表。显然，在这里，作者用夸张的并不存在的速度，表现自己欢快的感受。

从上句，我们知道了李白表达感情的方式，知道作者主观上兴奋的心情，以通过描写客观景象表达出来。李白写船速如飞，这也是他的感情的外化。

通过客观的象，来写主观的情，这牵涉我国诗歌创作特点的问题。

在西方，人们习惯于逻辑思维。在西方古典诗歌中，抒情也多直抒其情，想什么就写什么，如裴多菲"生命诚可贵"，普希金"我曾经爱过你"，都是把内心情感直接抒写。这样的好处，是率真而精警，缺点则是抽象，让读者缺乏思考的回旋余地。

上面说过，中国诗词创作，重情景交融。情在景中表现，妙处在具体，妙在把看不见的内心情感，外化为可以看到的形象、意象。当然，在"情"外化为"象"的过程中，是会变异或夸张的，从科学的角度看，未必是可靠的。但即使如此，它会产生一种冲击力，反而使人更了解其情感的内涵。如"白发三千丈""月是故乡明"等，读者在其不太合理却又具体的描写中，更能体会到其愁怨之深，和对故乡思念之深。

在《早发白帝城》的第二句，李白的写法也是如此。小木船根本不可能有这么快的速度，而夸张它的快，也正是诗人把主观的情，外化为客观的象的做法。

还要注意的是，李白只突出从长江三峡直奔江陵的快捷，他专心致志地直奔江陵，只觉愈快愈好，其他都顾不上。其实，跑得愈快，也愈危险。因为这段路，是长江三峡最险的一段。古谚说："滟滪大如马，瞿塘不可下。滟滪大如牛，瞿塘不可留。"而且，三峡弯弯曲曲，李白自己就说过，"三朝上黄牛，三暮行太迟。三朝又三暮，不觉鬓成丝"（《上三峡》）。但李白在《早发白帝城》中全顾不上，只突出写船跑得"快"的景象，也就是通过它来表现自己的心急与兴奋。

为什么李白心情如此美好，又急着离开白帝城呢？这里就有"知人论世"的问题，打开这密码，作者的心意，以及这首诗的艺术成就和美妙之处，便可以领悟了。

李白出生于碎叶（在今吉尔吉斯斯坦），他胸怀大志，也自命不凡，认为自己有经天纬地的才能。当他离家前往求取功名时，充满信心，曾赋诗云："仰天大笑出门去，我辈岂是蓬蒿人。"（《南陵别儿童入京》）即使碰了些周折，也不甘心屈身下僚，自称"长风破浪会有时，直挂云帆济沧海"（《行路难》）。谁知道，他虽然才华绝代，但恃才傲物，不合时宜，在官场中完全吃不开。而他又坚持自己的理想和原则，不肯委曲求全。"安能摧眉折腰事权贵，使我不得开心颜。"（《梦游天姥吟留别》）这一来，皇帝虽然把他当作花瓶来摆设，他却不能施展政治才能，心情一直很纠结。

不久,唐朝发生安史之乱,唐玄宗下台,他的儿子唐肃宗继位,其他的几个皇子趁乱纷纷割据,以"勤王"为借口,实际上是与中央争夺势力。其中,永王李璘在江西颇有势头。头脑不清醒的李白判断失误,向他投靠。永王李璘后来争权失败,上了"贼船"的李白,便受到牵连,被唐王朝追究责任。本来就妒忌他的人,更是添油加醋,他便被贬到西南蛮荒之地——夜郎。

这段期间,李白心情极差,他曾写了《流夜郎赠辛判官》一诗,说到自己的感受:

> 昔在长安醉花柳,五侯七贵同杯酒。
> 气岸遥凌豪士前,风流肯落他人后?
> 夫子红颜我少年,章台走马著金鞭。
> 文章献纳麒麟殿,歌舞淹留玳瑁筵。
> 与君自谓长如此,宁知草动风尘起。
> 函谷忽惊胡马来,秦宫桃李向明开。
> 我愁远谪夜郎去,何日金鸡放赦回?

李白被发落到穷山恶水,心灰意冷,他以为跟着永王李璘,可以给朝廷效力,谁知站错了队,百口莫辩。而一向讨厌李白的权贵,看到李白倒了大霉,弹冠相庆者有之,落井下石者有之。杜甫在《不见》一诗中说:"世人皆欲杀,吾意独怜才。"这透露了非常重要的信息,也让人们了解李白被贬的处境。

幸而,李白还未到达夜郎,他到了白帝城,整肃他的势力便倒台了。李白便被肃宗饶恕了,下令召他回朝。李白在白帝城这块荒凉之地,被人认为的伤心之地,完全想不到命运一下子改变了。他心情大好,自然对朝廷心存感激,这个流传着"君臣遇合"故事的地方,让他碰上了好运。所以,这些便是他急着离开白帝城,又郑重地向白帝城辞行,并且感到白帝城非常美丽的原因。当我们了解到这一情况,便明白李白为什么归心似箭,为什么会把这种感情外化为夸张的意象。

如果说,诗的第一、二句,是李白表现自己对命运的"想不到",那么,第三句"两岸猿声啼不住",却让读者"想不到"了。李白在前面两句写彩云,写船快,都是通过视觉形象感受客观景物的。若按一般写法,他应跟进写其看到的风景,例如说"两岸青山看不尽",或"滚滚长江东逝水"之类,也都是可以的。但李白出人意料,突然关闭了视觉的窗口,笔锋一转,打开了听觉的阀门。这写作手法的变化,增加了读者的审美趣味。

我们知道,写文章,是要注意内容或语气的变化的,"文似看山不喜平",如果平铺直叙,便不可能引起读者的兴趣。唐诗中的绝句,凡是好的,第三句都注意"转"和"变"。作者的诗心是否曲折,能否在变化中引人入胜,往往决定了创作的成败。

在《早发白帝城》的第三句,李白便从视觉转化为从听觉感受舟的快了。

李白写他听到的是猿声,这很突兀。按说,上文说船行很快,听到的应是风声,"两岸风声吼不住"。又若强调上面说的心情很好,则可说"两岸黄莺啼不住",或"两岸踏歌唱不住"。(李白不是说过"李白乘舟将欲行,忽闻岸上踏歌声"吗?)何以写的是"猿声"呢?当然,这可能确是当时的实情实景。四川多猿,据闻现在还有许多猴子在峨眉山放肆,打扰游客。但我认为,这更是李白在听觉上有意识的选择。

猿的特性是调皮捣蛋,特别是它的啼声凄厉,让人听起来心烦意乱。杜甫说:"风急天高猿啸哀。"(《登高》)三峡多猿,这里风高浪急,人人自危,一声猿啼,令人心情沉重。故谚云:"巴东三峡巫峡长,猿鸣三声泪沾裳。"刘禹锡也有诗云:"巫峡苍苍烟雨时,清猿啼在最高枝。个里愁人肠自断,由来不是此声悲。"(《竹枝词·其八》)李白自己,也说过"十六君远行,瞿塘滟滪堆。五月不可触,猿声天上哀"(《长干行》)。总之,猿声,总给人不舒服之感。

我们知道,我国古代诗人重情景交融。他们对景的选择,不可能是随意的。正如画家选景,若是表现人的清高,画在人旁的景色多是竹菊或是松柏之类。所以,李白选择猿声,既是符合四川多猿这一特定环境,又有在实写中突出其捣乱而又凄厉的一面。

再要注意的是,李白说"两岸猿声啼不住",又表明他在听到猿啼时,是漫不经心的。两岸都有猿声,固然是猿猴之多,但到底猿在哪里啼?在树上啼,还是在山上啼?他并不在意。只听到它们不断地啼,不住地啼,一路上吵吵嚷嚷。这又反衬出他内心的平静。他似乎只在船上随意地听,一点也没有"愁听""断肠"的感觉。只觉得船走得飞快,后面的猿声还在啼,便听到另一种猿在叫;这边的猿还在叫,又迎来新的猿声。总之,吵吵嚷嚷的聒耳简直让人听个不停。

我们不排除这一句是听觉的实际,但更主要的是李白由此及彼，触发出复杂心情的写照。刚才说过，李白不是被人嫉妒、遭人陷害吗？不是有过"世人皆欲杀"的处境吗？不是有过"何日金鸡放赦回"的彷徨吗？现在，他不必去夜郎了，能离开白帝城了，一切酸甜苦辣都抛在脑后了。当然，我们不能说"猿声"是某种影射，但他能回朝，把政治杂音抛在脑后的心境，却和坐船时听到"两岸猿声啼不住"的景象是相似的。所以，这一句，不是纯粹的写景。

可是，就在它们吵闹不休的时候，就在猿声还留在耳边的时候，"轻舟已过万重山"了。当我们明白了李白的经历，便明白"万重山"既写景，写路途的遥远，又意味着它是李白眼中种种艰难困苦的象征。而这一切，竟在闹闹嚷嚷中，不知不觉间就在眼底下飞越过去，谁要挡也挡不住。这"轻舟"，轻快得出人意料。坐在"轻舟"上的他，根本顾不上听那吵耳的"猿声"，对它们的吵闹，也毫不在意。总之，李白极其兴奋，极其畅快，其中又包含对包括"猿声"在内的极其鄙视，对前景充满自信。这一种复杂的心态，包含着酸甜苦辣的滋味，让读者心灵震撼，感慨万分。正因如此，杨慎也才会说这首诗意味深长，具有"惊风雨而泣鬼神"的效果。

回过头来，我们对"千里江陵一日还"一句，又可以有深一层的理解。过去，人们只知它夸张地写舟行速度之快，却没有注意它还可以包含"意想不到""出乎意料"的含义。其实，整首《早发白帝城》，在轻快的调子中笼罩着惊喜和骄傲之情。李白意想不到的，不仅是舟行之快，还有未到夜郎即被赦免，对他来说，这更是对政敌意想不到的胜利。当我们理解了李白的心境，便知道他的多种"意想不到"的含义有多么复杂。而这微妙深沉的感情，李白却能以表面上很轻松的笔触表现出来。整首诗的用词遣句,变化多端,出人意料,举重若轻,这就是这首诗"三唐压卷",让人欣赏,被人叹服之处。

一篇《锦瑟》解人难

李白的诗,用语比较浅近,比较易解,只要我们注意他有过流放夜郎,而又忽从白帝城被放回的经历,便能洞察其感情的复杂性和写作技巧了。但是有些诗,遣词用句以及表达的方式,十分隐晦。如果不能知人论世,不了解其隐秘的感情,打不开其审美密码,你便会不知所云。像李商隐的《锦瑟》,就属于这样的一类。

> 锦瑟无端五十弦,一弦一柱思华年。
> 庄生晓梦迷蝴蝶,望帝春心托杜鹃。
> 沧海月明珠有泪,蓝田日暖玉生烟。
> 此情可待成追忆,只是当时已惘然。

《锦瑟》这首诗,十分费解。元好问说:"望帝春心托杜鹃,佳人锦瑟怨华年。诗家总爱西昆好,只恨无人作郑笺。"(《论诗绝句》)王士禛也说"一篇《锦瑟》解人难"(《戏仿元遗山论诗绝句》)。大家都觉得它写得很美,却又不知道它写的是什么。于是许多人胡猜乱想,各有各的解法,莫衷一是。

关于李商隐,我们知道他是晚唐的诗人,很有才华,受到大官令狐楚赏识,传说他和令狐楚的小妾谈起恋爱。离开令狐楚后,他投靠另一高官王茂元，也被重用，王茂元还把女儿嫁给了他。而王茂元与令狐楚是政敌。王茂元死后，李商隐失去靠山。当时不少人妒忌李商隐的才华，认为他最初受令狐楚之恩，却又投身于王茂元，是忘恩负义，品德不端。人们便冷落他，只让他做些闲职。

在中晚唐，官场上有所谓"牛李党争"，即以牛僧孺和李德裕为首的派系斗争。做过李商隐靠山的令狐楚与王茂元，是分属牛派和李派的重要人物。李商隐前后依附过这两个人，便被认为"立场不稳"。总之，在牛李党争中，他左也不是，右也不是，十分苦恼。加上他有过许多绯闻，和妓女、女道士都曾相好，也当过上司的"小三"，自然也被视为"品行不端"。当然，李商隐自认是有才能、有抱负、有德行的人。据说他来过广州，还当过广州都督。有人向他行贿，他不肯收下，说这不是怕被人知道，而是出于自己廉洁的本性。看来，此人不爱财，只爱色，有才能，没运气，是个胸怀大志而不走运的人。最后郁郁寡欢，不到五十岁便死了。

要评论这首诗的价值，在这里，我顺便谈谈唐代诗风变化的问题。

在唐代开元、天宝年间，诗坛上有所谓的"盛唐气象"。它除了指诗的韵味多是开阔大气之外，诗的内容，多与表现现实的政治和社会生活有关，其题材，一般较少写爱情问题。如李白、杜甫、王维，都不大写爱情问题。但是，到中晚唐，诗风渐向表现细腻的韵味转变。文人们开始写爱情诗了。诗人会写到恋人的心态，特别是写到爱情的痛苦。这一点，和社会风气的转变有关。

本来，唐代社会生活是比较开放的，这和当时能包容少数民族的生活习惯有关。例如今天我们看到唐代敦煌的壁画,女性多穿低胸衣服。不过,在唐前期,一般诗人受儒家思想影响,在诗歌中较少涉及情与爱的问题。大儒李翱还说:"情者,邪也,妄也。"这谬论集中表现一些人对情的避忌。所以,即便李白,可以写自己的放荡不羁,但不涉及情爱;杜甫夫妻感情很好,即使写自己很怀念妻子,也都是一本正经。

不过,中晚唐诗坛的情况逐渐变了,许多诗人写起情诗来。这和"盛唐气象"大不一样。而诗风的变化,又与整个社会观念的变化有着密切的联系。最能说明问题的是张籍的一首《节妇吟》:

> 君知妾有夫,赠妾双明珠。
> 感君缠绵意,系在红罗襦。
> 妾家高楼连苑起,良人执戟明光里。
> 知君用心如日月,事夫誓拟同生死。
> 还君明珠双泪垂,恨不相逢未嫁时。

此诗有一个版本,题下注为"寄东平李司空师道"。李师道为当时藩镇,要罗致他为手下,但张籍已先被别的大官招收了。他只好婉转地拒绝,便写了这诗。表示不是不愿意追随李师道,只是已经答应了别人,身不由己,十分遗憾。问题是"节"是生死不渝的意思,他竟把这诗题为《节妇吟》,把一个三心二意的女子,说成是节妇。可见,在对待感情和道德方面,即使是恪守儒家观念的人,也有所改变。

世风改变,爱情诗便多了起来。如杜牧写过《叹花》:

自是寻春去较迟，不须惆怅怨芳时。
狂风落尽深红色，绿叶成阴子满枝。

据说杜牧在浙江吴兴见一少女，爱上了她，可是她还很小，杜牧便与其母约定，等十年后来娶。十四年后，杜牧当了刺史，而少女已出嫁三年，并且生育子女了。杜牧只好怅然而归，便写了这首失恋的诗。又如《本事诗》说崔护写了《题都城南庄》："去年今日此门中，人面桃花相映红。人面不知何处去，桃花依旧笑春风。"这故事也为人所熟知，诗的情调，也颇悱恻。

至于李商隐，写的爱情诗更多，如"春心莫共花争发，一寸相思一寸灰"（《无题》），"相见时难别亦难，东风无力百花残"（《无题》）等诗句，都和爱情有关。而且这些诗，多用"无题"或诗的第一句前两字为题。

中晚唐诗人，敢于打破初唐、盛唐的传统习惯，以五言、七言诗写爱情，这是诗坛的进步，是人道主义和对人性追求的表现。我认为这是我国文学创作思想发展的重要标志。到五代，词人们的创作便更是多以爱情为题材。

正因为李商隐写过不少爱情诗，所以，许多人一直认为《锦瑟》也是写爱情的诗。有人说，李商隐爱过令狐楚的侍妾，她名叫锦瑟，所以这诗是写给锦瑟的情诗。有人说，这是一首怀念亡妻的诗，因为"瑟"这种乐器，只有二十五根弦。李商隐说有"五十弦"，分明是把五十根弦，拦腰弄为两半，成为断弦。而"断弦"，是丧妻的代词，所以说这是"悼亡诗"。苏东坡却说，这首诗只是描绘锦瑟的琴音，中间四句是表现琴音的"适、怨、清、和"四种意境。又有人说，这首诗是政治诗，说第三、四句是影射死去的唐文宗、唐武宗，第五、六句暗喻李德裕的被贬等。总之，众说纷纭，不一而足。倒是何焯说"此篇乃自伤之词"，比较接近诗人的原意。

李商隐自己说过："楚雨含情皆有托。"（《梓州罢吟寄同舍》）的确，他写的诗，不少都有寄托或暗喻的成分。《锦瑟》一诗，有所寄托，也是没有疑问的。问题是怎样理解它的寄托。说这诗是政治诗的人，把诗中的三、四句和五、六句的两联，理解为每句寄寓着不同的具体政治斗争。评论者被诗的意象，激发了对唐代政治状况的联想，从而在脑海中出现自己的印象，这虽属胡思乱想，却也可以理清评论者的思路。

当我研究这首诗的时候，我感觉它所暗喻的，是一种特定的情绪，而不是特定的事件。

首先，我们知道，这诗写于李商隐晚年。那时，他闲居，心情很不好。

李商隐有不少诗，是没有题目的。上面说过，他甚至以"无题"作为题目。或者以诗的前面两字为题目，例如《潭州》诗题取自"潭州官舍暮楼空"，《日日》诗题取自"日日春光斗日光"之类。这做法，实际上是不想让读者清楚他的想法，任由读者去朦朦胧胧地想象。可以说，李商隐是我国朦胧诗的鼻祖。

《锦瑟》以"锦瑟"二字为题，却不是一首咏物诗，但也不是一首与"锦瑟"完全无关的无题诗。光是题目，已是朦朦胧胧，所以比较费解。

首句说"锦瑟无端五十弦"。意思说这锦瑟，无端端地有五十根弦。"无端"两字，表现出诗人对这乐器不耐烦并且感到莫名其妙的情绪。因为在唐代的瑟，一般只有二十五根弦，而诗人所说的瑟，却是古瑟。古代的瑟，确是有五十根弦的。据汪师韩《诗学纂闻》云：李商隐"《锦瑟》乃是以古瑟自况"。又说："世所用者，二十五弦之瑟，而此乃五十弦之古制，不为时尚。"这判断，说中了诗的要害。李商隐确是以不合时宜的古瑟自喻。因为他写这诗时，快五十岁了。如果以一弦代表一年，他的生涯，正和古瑟一样。他觉得自己无端端地白活了快五十年，一年一年地反思，实在没有什么意思。所以接下来便有"一弦一柱思华年"之句。"思华年"这三个字值得注意，它有助于我们找到解开密码的钥匙。

我们说，《锦瑟》不必视为"咏物诗"，可又和锦瑟这一器物有所联系，原因是诗人把每一根弦、每一根琴柱，和他自己的年华联结起来。他觉得，这一弦一柱发出的乐音，其意韵，正好表达出了他一生的经历。苏东坡说这诗表现琴音，这只说对了一半，因为他忽略了"思华年"这三个关键性的字眼。

接下去的两联，就费解了，因为李商隐运用了优美的文字，叙述了好几个典故。而且两联四句，各说各的，没有联系，他到底要说明些什么？

第三句"庄生晓梦迷蝴蝶"，用的是庄子在《齐物论》里所说的故事："昔者庄周梦为蝴蝶，栩栩然蝴蝶也，自喻适志与！不知周也。俄然觉，则蘧蘧然周也。不知周之梦为蝴蝶与？蝴蝶之梦为周与？"醒中人与梦中人，庄周是蝴蝶，还是蝴蝶是庄周？完全弄不清楚。浑浑噩噩，糊糊涂涂。李商隐觉得，那一把不合时宜的古瑟发出的琴音，正有这样莫名其妙的意蕴。他觉得，他这一辈子，以及他理解的人生，就是如此。接近五十年的经验，他认为人生无所谓生死，无所谓真假，只是一个幻觉，这就是庄周之所以为"迷"。而他感到自己的一生，也是这般的迷惘。至于其内涵，可能包括对唐代政局混乱的迷惘，可能指他在爱情婚姻上的失意，也可能包括他的丧妻之痛。总之，它涵盖着对人生的失落乃至迷惘等内容。李商隐还有诗说"怜我秋斋梦蝴蝶"（《偶成转韵七十二句赠四同舍》），可见他经常怀着对人生迷惘的感情。我认为，这句诗根本不是具体说某一事件，而是从琴音的韵味里感悟到对人生幻灭的迷惘。

第四句"望帝春心托杜鹃"，望帝，是古蜀国的国君，据《华阳国志·蜀志》云："杜宇称帝，号曰望帝。……其相开明，决玉垒山以除水害，帝遂委以政事，法尧舜禅授之义，遂禅位于开明。帝升西山隐焉。时适二月，子鹃鸟鸣，故蜀人悲子鹃鸟鸣也。"又《太平御览》卷八八八引《蜀王本纪》，则有不同的说法，说是"荆有一人名鳖灵，其尸亡去，荆人求之不得。鳖灵尸随江水上至郫，遂活，与望帝相见。望帝以鳖灵为相。时玉山出水，如尧之洪水，望帝不能治。使鳖灵决玉山，民得安处。鳖灵治水去后，望帝与其妻通，惭愧，自以德薄，不如鳖灵，乃委国授之而去"。这两则故事，一说是"让贤"，一说是"后悔"，而"让国"则是一致的。后人又传说，这杜鹃是望帝之魂所化，鲍照的《拟行路难》就说："中有一鸟名杜鹃，言是古时蜀帝魂。声音哀苦鸣不息，羽毛憔悴似人髡。""杜鹃啼血"一词，也成了表示伤心苦恼的典故。

我们且不考虑望帝为什么苦恼，是失去王位的后悔，是失去所爱者的苦闷，还是失德的忏悔？总之，他失去了原本属于他的一切。在春天，他化为杜鹃，用悲苦的啼声，发泄自己的怅惘和失落之痛。李商隐在诗中使用这一典故，其实是用以寄托自己的情怀。他写望帝的万般苦恼，也以此作为自己理想破灭和人生失落的写照。有人认为，李商隐说的望帝，是暗喻唐代的君主，像唐文宗、唐武宗，也都有大权旁落的情况。而且李商隐的《井络》一诗，也有过"堪叹故君成杜宇"的说法。看来，这也未尝没有可能。甚至我们还可以想到望帝失去了他不应去爱的人的痛苦，而李商隐自己，也有过类似的经历。总之，我们还可以想象这句诗包含更多的内容，但这并不重要，重要的是李商隐以这一典故，暗喻自己的心情，暗示曾经得到过的，又都失去了的悲哀，表达人生失落的怅惘。

第五句"沧海月明珠有泪"，则是两个典故的综合。一是出自《新唐书·狄仁杰传》："（仁杰）举明经，调汴州参军。为吏诬诉，黜陟使阎立本召讯，异其才，谢曰：'仲尼称观过知仁，君可谓沧海遗珠矣。'"后来人们以"沧海遗珠"比喻野有遗贤，比喻有才能的人不被当政者赏识。另外，李商隐又用了《博物志》卷二所说鲛人泣泪成珠的典故。鲛人即美人鱼，传说它往往在月明之夜，对月流泪，眼泪便化为珍珠。李商隐把这两个典故融为一体，用以比喻人才被遗弃，美好的事物被冷落。沧海里那被遗弃的珍珠，珠光莹莹，不知它是鲛人之泪化成，还是这美好的珍珠就像鲛人的眼泪。诗人把两个典故叠合起来，语意朦胧，含混不清，而这又正是诗人想达到的艺术效果。他以"珠"为中介，把两组意象联系起来，让读者感到扑朔迷离，在蜃光幻气的迷蒙中，感受到美好的事物不得其用，只能在苍茫中暗自感伤的迷惘意境。

第六句"蓝田日暖玉生烟"，则用了另一种典故。据《汉书·地理志》说，"蓝田山，出美玉"。中唐诗人戴叔伦说："诗家之景，如蓝田日暖，良玉生烟，可望而不可置于眉睫之前。"（《与极浦谈诗书》）李商隐直接用了戴叔伦的意思，和沧海遗珠又有所照应。美玉在蓝田的泥土中，阳光一照，蒸发出恍惚迷蒙的烟气。美玉的光辉，可以感受得到，但它毕竟又被埋在土里，不能得到，难以捉摸。玉生烟，明白地告诉人们，这里有玉，它给人以希望；而又告诉人们，这希望能否实现，也很难说。李商隐运用这一典故，是要表现一种带着某种希望的迷惘心境。

我认为，只要本着"知人论世"的态度，对李商隐的生平有所认识，《锦瑟》这诗，实在也不难理解。其实，只要先抛开它的中间两联，把第一、二句和第七、八句联系起来，即"锦瑟无端五十弦，一弦一柱思华年。此情可待成追忆，只是当时已惘然"，意思也就很明白。惘然，正是这诗的题旨，诗人是要把自己比喻为不合时宜的古瑟，然后用迷离彷徨的两联，表现一生惘然的心境。我认为，这首诗的高明之处，正在于以扑朔迷离的两联，表达作者一生迷惘的心境。而迷惘，却是难以言传的，他只希望读者读了这首诗，也和他一样迷迷糊糊，产生迷惘的感觉，这就够了。事实上，"一篇《锦瑟》解人难"，李商隐有难言之隐，他本来并不想人们很清晰地了解他一生的感悟，只想意会，不想言传。人们觉得这诗写得很美，却对它的题旨惘然不知，一切不能坐实，只觉得其味无穷。于是，李商隐的写作目的也就达到了。宋代词人蒋捷，也写过一首概括自己一生经历的词：

> 少年听雨歌楼上,红烛昏罗帐。壮年听雨客舟中,江阔云低、断雁叫西风。 而今听雨僧庐下,鬓已星星也。悲欢离合总无情,一任阶前、点滴到天明。
>
> ——《虞美人·听雨》

这首词也通过听雨,形象地概括自己一生的经历,水平也不差,但流传情况不能与《锦瑟》相比。它也在启发读者的联想,但失之过实。最后明白地说出"悲欢离合总无情",更是实过了头。反观《锦瑟》,越是写得朦胧,越是耐人寻味。

话又说回来,《锦瑟》难解,却非不可解。当我们了解了李商隐近五十年来的生活与感情,再抓住"思华年"这有总括意义的三个字,捕捉住"惘然"的意境,诗的美学密码便可打开了。

解开密码与文化环境

上面,我们对《早发白帝城》和《锦瑟》的理解,主要从"知人论世",特别是从知人的角度,去打开诗歌的审美密码。下面,我们还需要指出,理解诗词创作的奥妙,还要了解它产生的客观环境,要尽可能了解当时的历史条件,要结合诗人创作的大环境,观察隐藏在作品表象后面的真谛。

在过去,我们对历史环境的理解,过分强调政治和经济。其实,我们更应从诗人所处的文化环境中,注意观察、了解当时的文化现象,这才可能发现作品隐藏的奥秘,品味诗词创作美妙的所在。

有一首诗，写得很美，并且广泛流传，却又不容易了解它蕴含的意思。

> 月落乌啼霜满天，江枫渔火对愁眠。
> 姑苏城外寒山寺，夜半钟声到客船。

这是唐代诗人张继写的诗，题目是"枫桥夜泊"。所有唐诗的选本，都选了它，人们公认这是一首好诗。乔亿在《大历诗略》中说它"高亮殊特，青莲遗响"。周珽对它的评价是："看似口头机锋，却作口头机锋看不得。"更值得注意的是，它流传到日本，日本"三尺之童，无不能诵是诗者"。俞陛云则说："唐人七绝佳作如林，独此诗流传日本，几妇稚皆习诵之。诗之传与不传，亦有幸有不幸耶！"

多年前，我曾到过苏州的寒山寺。记得一进寺门，便看到寒山和拾得的画像，这两个人，衣衫褴褛，形容古怪。不过，现在寺门外已属市廛，车水马龙，再没有清幽宁静的景象了。

《枫桥夜泊》写的是在枫桥这地方晚上泊船的情景。在过去，作客他乡，路途险阻，半路上停留泊船或投宿，这叫"羁旅"。张继这首诗，写游子在寒山寺附近的枫桥夜泊，孤独凄凉，可以说是唐诗中以羁旅为题材的代表作。据说，"枫桥"原名"封桥"，后因张继的这首诗，改"封"为"枫"，可见它影响之大。

不过，过去的评论者，对这诗的第一句，就有不同意见了。有人说它很不妥，认为月落时，怎么会有乌啼呢？因为乌鸦啼鸣，只在月出的时候，是月光惊动了乌鸦，所以会有"乌啼"的情景。

如周邦彦的"月皎惊乌栖不定"、曹操的"月明星稀,乌鹊南飞"、王维的"月出惊山鸟",都是如此,月亮的光刺激了乌鸦的神经系统,所以它才啼叫。而月落时,乌鸦倒是不会啼的。按此说法,张继这诗,一下笔便有杜撰之嫌。有人则给张继打圆场了,说"乌啼"原指地名,张继是说月儿落在乌啼村的方向。一检古籍,枫桥之西十多里,真有一乌啼村。不过,这样的解释,实在大煞风景。

对于"霜满天",人们倒没有提出什么异议。但较真起来,这三个字才是真正有问题。古人以为,霜是从天上落下来的,所以有"霜降"的节令,《春江花月夜》也说"空里流霜不觉飞",此外还有"六月飞霜"的成语。其实,霜是在地上生成的。古人在夜凉如水的月夜,觉得冷,月色迷蒙,地面有霜,就以为霜是从天上飞下来的,这完全是误解。在这里,我指出人们一直不知道"霜满天"不合现实生活的情况,是要从反面说明,解诗不能过于执着呆板,否则,一点儿味道都没有了。

实际上,张继说的"月落",只说明夜已深,它与下文"夜半钟声到客船"的"夜半"相对应,是从视觉感受枫桥夜色的凄迷。"乌啼",是诗人听到有乌在啼。乌鸦睡得不安稳,偶然啼叫,一如在羁旅中半睡半醒的旅客,是诗人从听觉感受到枫桥之夜的忐忑难安。至于"霜满天",则从总体上让人感觉到这里寒气逼人,凄清寂寞。若就科学性而言,它并不准确。但文艺作品容许虚构,这也是创作的常识。

在现代的电影创作中,有所谓蒙太奇手法,即把不同画面组接在一起,让观众悟出其画面以外的意思。我国的诗词,也经常运用类似蒙太奇的手法。在《枫桥夜泊》中,月落、乌啼、霜满天,也是把三个不同画面、三种不同感觉组接在一起，它们之间没有连接词。这一来，实景与实景之间留下了空隙，给读者腾出了想象的余地，让读者体悟到这里客观环境的孤独凄凉。

第二句，"江枫渔火对愁眠"，人们又有争议了。有人说，江南地区是没枫树的，因此，"江枫"是指两个地点，一为江桥，一为枫桥。是江桥和枫桥的渔火，对着愁眠的人。这解法，实也大煞风景。

其实，江枫不过是泛指江岸的树，它们是否是枫树，夜里也看不清楚。而且，在古代江南，凡树叶分杈的，像山楂树的，都叫枫。至于诗人之所以认为江边的树是枫树，乃是因为枫树和别离有关。枫树很美，秋天叶子变红。游子在外，看到美景，反会触目伤心。所以古人写别离时，一般都写到枫树，如楚辞《招魂》"湛湛江水兮上有枫，目极千里兮伤春心，魂兮归来哀江南"。又如写江南美景的《春江花月夜》，有"青枫浦上不胜愁"之句。《西厢记》长亭送别也写到"晓来谁染霜林醉？总是离人泪"。所以，张继写江枫，只是因为它总与别离有关。他看到江边有一片模糊树影，而自古以来"枫"与别离有关，成了人所共知的符号，这符号沉淀在诗人的情感中，让他认为那就是枫树。至于江岸的树到底是不是枫树，实在也不必深究。张继觉得，满江岸那些意味着别离的树，陪伴着他这离乡别井的旅人，羁旅的伤感油然而生。

渔火，指的是渔船的灯火。两三渔火，在江上闪烁，分外鲜明，也分外映衬出江面上的寂静。所以杜甫《春夜喜雨》有"野径云俱黑，江船火独明"之句，用渔火衬托出夜的深沉。而渔火，是捕鱼者用以捕鱼的灯火。鱼儿见了灯火，会聚在船旁，渔人便下网捞鱼。

有渔火，说明渔人一直没有睡觉，这和诗人在船上一直睡不着一样。于是，渔人与羁旅者，在寂静中互相映照。

上面两句，一句视野向上，天空中有迷蒙的光，而树上乌啼数声，在寂静中又透露出不安宁的意韵；一句视野向下，江面上也是一片迷蒙，几点渔火，打破黑暗，而光的闪烁，又反衬出江面上分外黑暗，这景象，让愁苦的羁旅者更是忐忑难安。诗人在一俯一仰之间，既写落寞凄清的景，也写出羁旅落寞凄清之情。而这凄清之情，实际上又是诗人内心烦躁的一种表现。渔火不定的明灭，乌鸦不安的啼鸣，也就是羁旅者烦躁心情的一种外射。

按照一般的写法，写了枫桥的景色，诗人便会较多地抒写主观的感受。张继却与众不同，他在用几组画面，从各个角度写旅人在宁静中的烦躁不安以后，到第三、四句，语势虽转，却依然是描写客观的景况。不过，描写的角度，转从听觉上着力。在一片宁静凄清的夜里，寒山寺传来了钟声，这又更显得枫桥的沉寂和客况的凄凉。而在游子半睡半醒的"愁眠"中，钟声敲起，也使人无法入梦。就创作技巧而言，这两句进行了自然流畅的转换，视觉感受成了听觉感受的铺垫，从而突出地表现钟声韵味的悠远。

也正因为张继如此强调寒山寺的钟声，引起了人们对钟声的注意。有人认为，张继的写法，违反真实。人们怀疑，在半夜，寺庙里怎么会敲钟呢？欧阳修在《六一诗话》中指出："句则佳矣，其如夜半不是打钟时。"这一来，所谓"佳"，就被打了折扣。其实，对佛寺是否会有"夜半钟声"，也不必深究。且不说佛教有不同流派、不同规定，例如密宗深夜不睡，是可念经打钟的；禅宗则不同，夜半不打钟，但间中也有例外，在深夜打的，叫"无常钟""分夜钟"。寒山寺属禅宗寺庙,也许张继听到的钟声,就属例外的敲钟,所以,说他写得不真实,不见得有道理。

我们一再指出,文艺作品,是容许虚构的,且不说张继听到的夜半钟声未必是虚构。其实,以有声衬托无声,以声音反衬宁静,会有很好的效果。这一点,诗人们是有体会的,所以王籍有"蝉噪林愈静,鸟鸣山更幽",杜甫有"春山无伴独相求,伐木丁丁山更幽"的写法。同样,张继写枫桥景色的冷清、旅客的孤独,那钟声也让夜色显得更宁静、更凄冷,让"愁眠"者愁上加愁。总之,对抒情诗的理解,是不能过于拘泥的,如果像有些人把乌啼、江、枫,都理解为地名,那么,这诗就出现乌啼、江桥、枫桥、姑苏、寒山寺五个地名,整首诗便很呆板,根本谈不上有什么美感。

应该说,《枫桥夜泊》确是一首好诗,它情景交融,把旅人的凄清苦况写透了。但让人不容易解释的是,在唐诗无数的佳作中,为什么唯独它能流传久远,产生国际影响,乃至于寒山寺也因此更有名声呢?这不能不让人仔细思考。

在张继稍后,诗人张祜,也写了一首《题金陵渡》:

金陵津渡小山楼,一宿行人自可愁。
潮落夜江斜月里,两三星火是瓜洲。

这首诗,也写羁旅,也写旅人的愁眠,也写月落、黑夜、灯火,也显得宁静悠远,但远不及《枫桥夜泊》流传之广之远,这是为什么?难道真如俞陛云所说,这是"有幸有不幸"的问题吗?

上面说过,人们都评论《枫桥夜泊》写得宁静苍凉,而稍带怨闷压抑。但清人乔亿对它的评价,却颇为独特。乔亿认为它"高亮殊特,青莲遗响"。说它"高亮",明显是说它风格明朗,使读者神清气爽的意思,为什么乔亿会有这样的感受呢?

明代的周珽,更说它"看似口头机锋,却作口头机锋看不得"(《唐诗选脉会通评林》)。所谓"机锋",是佛教禅宗用语,有语带双关,使人觉悟的意思。周珽说它有口头机锋的意味,但它又是诗,不能视为一般的口头机锋。为什么周珽也会有这样的感受呢?

《枫桥夜泊》最早的版本,见于唐代高仲武所编的《中兴间气集》,题目却是"松江夜泊"。其后宋代《吴郡志》也载有此诗,题为"晚泊"。按版本要求,最早的版本是最可靠的。可见,张继的这首诗,应写于松江,即在今上海一带,而不是写在江苏苏州。这一来,他怎么会听到"姑苏城外寒山寺"的钟声呢?而且,在江南一带,寺院很多,正如杜牧云:"南朝四百八十寺,多少楼台烟雨中。"在姑苏,寺院也很多,即使张继是在枫桥半夜闻钟,这钟声,也未必就是寒山寺发出的钟声。但是,张继却坐实它是来自寒山寺,为什么会如此呢?

依我看,奥妙就在于"寒山寺"这三个字。

寒山寺是佛教的禅院。汉代以来,佛教传入中国,发展很快。佛教讲求因果报应,认为有因必有果,有生必有死。归根结底,它要研究怎样对待生和死,是研究如何获得进入极乐世界门票的学问。为了进入极乐世界,人们想出不同的渠道、不同的办法,佛教从而便衍生出不同的流派,例如有华严宗、净土宗、密宗、禅宗等。有些流派,很讲究清规戒律,甚至用自残的方式,来表现对佛祖的虔诚。在唐代,信仰佛教的人很多。我们知道,韩愈不就曾上书给皇帝，反对迎接佛骨吗？他不惜冒风险反对佛教，恰好反过来说明佛教影响力之大。

在佛教诸多门派之中，禅宗的影响力最大。禅宗的特点，在于将佛教中国化、世俗化。它讲求"明心见性""即心即佛"，认为不用有诸多讲究，也不必拘泥清规戒律，只要思想通了，即一旦明白一切皆空，便算是修成正果。空，也就是"无"。当懂得世界一切的存在，其实都是不存在的，"有"其实也是"无"的，方能彻底明白万事皆空，一切皆无，一切均由心生，便是"觉悟"，觉悟便能成佛。总之，把客观存在否定得越彻底，道行就越高。

如何能做到"觉悟"，禅宗始祖菩提达摩，讲究"面壁"，即对着墙壁苦苦地思考。而二祖、三祖、四祖、五祖，讲究遁迹山林，在荒野中静心修养以悟道。六祖惠能则认为，不必有什么讲究，随时随地都可以悟道，这叫"放下屠刀，立地成佛"。无论在山林，在凡间，即使吃肉喝酒，放浪形骸，像济公那样，"酒肉穿肠过，佛祖心中留"，只要"悟"了，就成佛了。唐代有名的和尚寒山，便是禅宗一派的人物。

"寒山寺"是纪念寒山和尚以及他的徒弟拾得和尚的。据说，寒山是盛唐时代人，出身官宦人家。他青年时参加科举考试，"书判全非弱，嫌身不得官"，多次名落孙山。后来看破红尘，大历年间，隐居于天台山的寒岩，当了和尚，所以他又号寒山。此人终日疯疯癫癫，穿得破破烂烂，穿个木屐，到处闲逛。他每到寺院讨饭，常与和尚们打打闹闹，或者和牧童唱歌玩耍，毫不正经。寺院的厨子，名叫拾得，他把剩饭剩菜放在竹筒里，留给寒山，寒山背起来便走，两人一点儿也不计较，慢慢也成了师徒。

拾得，原是和尚们在路边捡来的孩子，稍长大，寺里分配他当了厨工。他受了寒山影响，两个人放荡不羁，成了一唱一和的一对疯僧。他俩自言自语，独行独笑，快快活活。他们"自乐其性""率性而为"；还说"对景无心"，对一切事，"不粘不着"。结果，两人都成了佛。佛教徒说他俩是文殊菩萨和普贤菩萨的化身，民间则称之为和合二仙。至今，二人的画像，依然在山门供奉。

寒山、拾得这两人的行为，很像后来《济公传》里的济公。其玩世不恭、疯癫古怪的行为，其实是在纷争的环境中对现实的否定，是以看破一切的人生观，来求得灵魂的安慰。寒山有诗说："生为有限身，死作无名鬼。自古如此多，君今争奈何。"（《诗三百三首》其十九）总之，他认为一切都是空的，生和死是谁都要经历的，人一旦死了，便万事皆空，因此，他提倡人们在有限的生存时间里，应与世无争，无忧无虑，"率性而为"，自由自在。当然，这就没有什么值得发愁的事情了。

当我们明白了"寒山寺"的命名，是为了表示对寒山的崇拜和纪念以后，便可以知道"寒山寺"这三个字特具的含义和张继《枫桥夜泊》的三、四句所蕴含的意味了。其实，古代旅客离家，总是心情愁闷的，无论是在松江夜泊，是在黄河夜泊，还是真的在苏州河夜泊，都是一样的。当诗人偶尔听到钟声，便联想到佛寺，又联想到寒山寺，联想到寒山对人生态度的主张，于是产生了对人生的感悟。在诗里，诗人没有提到寒山本人，他什么也没说，只写听到从寒山寺传来的钟声，点到即止，让读者自己体味。不错，钟声会让失眠的旅客增添惆怅，同时，它又告诉旅行者：愁什么呢？看看寒山是怎样对待人生的吧！生为有限身，应自乐其性，不要自寻烦恼才好。

在中唐时期特定的文化环境中,许多人对寒山的观点、态度有所理解,当人们看到张继的描写,仿佛听到从寒山寺飘过来的钟声,便感受到这钟声带着寒山特有的禅意。这钟声,无疑是劝世的警钟,它不是音波的简单振动,而是包含深刻的寓意。它告诉人们:要和寒山一样,懂得人生是短暂的,不必过于执着,倒应以开朗、随性的态度对待生活。显然,张继特别点明这钟声是寒山寺的钟声,是提醒人们要像寒山那样旷达,不要发愁。听了这有独特含义的钟声,那些羁旅失眠的游子,便应该豁然开朗,站在更高的层次去体悟人生。也正因为张继在诗里表现出如此超脱的态度,所以,乔亿说它"高亮殊特",周珽也说它"口头机锋看不得"。至于《枫桥夜泊》能在日本受到追捧,我想,这和日本人的性格有关。日本人也受禅宗思想的影响,认为生命短促,像樱花那样,一时灿烂,便走向凋谢,走向空寂,所以能够体悟这诗的意味!

这首诗,有两个动词的运用,很值得人们注意。

其一是"江枫渔火对愁眠"的"对"字。这字下得极妙,它描写出这组画面:江枫和渔火,分别对着愁眠的旅客。在这景色的衬托下,羁旅者感到分外寂寞凄清。而诗人用"对"字这一动词,又表明江枫、渔火和羁旅者之间并不相干。江枫、渔火只是客观的存在,它们只是和愁眠者相互对着,所以诗人没有使用"伴愁眠""惹愁眠""照愁眠"等带有主观的具有感情色彩的字眼。这不同于李白诗"相看两不厌,只有敬亭山",不同于辛弃疾说"我见青山多妩媚,料青山见我应如是"。李白和辛弃疾,都要表现主客观之间互有感情的联系，而张继使用没有感情色彩的"对"字，倒是把江枫、渔火归江枫、渔火，愁眠归愁眠。这是愁眠者自愁，客观世界本与愁眠者无关，只是愁眠者自作多情而已。

其二，"夜半钟声到客船"的"到"字，同样没有感情色彩。钟声是自然而来，弥漫扩散。至于客船里的人，听不听得见，与钟声无关。诗人没有使用"绕客船""扰客船""入客船"之类让钟声带有主观色彩的字眼。到者自到，听者自听，钟声是钟声，客船是客船；物是物，我是我，客观事物和人的主观意识，是两回事。在这里，诗人使用这没有感情的"到"字，又让愁眠者想到，人生在世，本来就应物我两忘，因此，人们不应为客观事物所烦扰。

我认为，张继在这首诗中，使用这两个没有感情的动词与"愁眠"做对比，联系到他对寒山寺的强调，可见并非偶然，而是有其深刻的内涵。只是这似乎是诗人信手拈来，平淡无奇，让人们不易觉察其中蕴含的奥妙而已。过去的诗词创作，讲究"炼"字，即反复锤炼、选择诗句中的某一个字，像王安石"春风又绿江南岸"一句的"绿"字，是经过反复推敲、修改才确定的，这炼字的故事也广为人知。张继在《枫桥夜泊》连续使用没有感情色彩的"对"和"到"字，我想不会没有经过思考，只是它们平淡得如此自然，像是毫不经心，看似平常却奇崛，这正是炼字的功力达到最高的境界。

如果把《枫桥夜泊》看成一般的风景诗，这难以说明它广泛流传的原因。至于为什么张继会写出这样深刻的作品，这又需要我们把他的经历和中唐时期社会的文化背景，结合起来思考。

张继在天宝年间当过进士，大历年间还在世。他出生稍后于寒山，对寒山是了解的。而他劝谕人们要"自乐其性"，也并非偶然。他也和寒山一样，对现实不满，由此发展到想离开这苦恼的现实。

我们在上面说过，佛教在唐代的社会影响，愈来愈大。特别是禅宗六祖惠能，强调"顿悟"可以成佛，表示可以很容易取得进入极乐世界的门票，于是信奉佛教者愈来愈多。许多诗人，也从不大信佛，转为虔诚的佛教徒。像王维，最初并不信佛，后来信了，自号摩诘。白居易也是如此。传说他见到鸟窠禅师住在树上，认为这很危险。鸟窠禅师说：你身处官场，薪火相交，更是危险。白居易当初并不理解，后来经过宦海浮沉，明白了薪火相交的真意，便信仰佛教了。他从入世的官宦变成出世的隐者，有诗云："空山寂静老夫闲，伴鸟随云往复还。"（《香山寺》）更自号为香山居士，表示离开现实的意愿。

乔亿不是说张继的《枫桥夜泊》"高亮殊特，青莲遗响"吗？青莲，是佛祖座前莲花，梵名优钵罗。李白晚年，对佛教也是相信的。他有诗云："宴坐寂不动，大千入毫发。"（《庐山东林寺夜怀》）这句诗，简直是说对人生"顿悟"了。他还自称："青莲居士谪仙人，酒肆藏名三十春。湖州司马何须问，金粟如来是后身。"（《答湖州迦叶司马问白是何人》）你看，李白简直把自己看成佛教中人了。显然，《大历诗略》说《枫桥夜泊》是"青莲遗响"，这是看到了其中具有佛教禅宗的意味的。

关于张继生平事迹，由于材料缺乏，我们知之不多。但从他的一些诗歌作品中，我们大致可以知道他所处的环境和思想感情。看来，他是一个自命清高，不肯同流合污的官员。在《感怀》一诗中，他说过：

> 调与时人背,心将静者论。
> 终年帝城里,不识五侯门。

五侯,是指当时的权贵。张继说自己不合时宜,也不肯结交权贵,显然是对现实生活的不满。在《酬李书记校书越城秋夜见赠》一诗里,他又说:

> 东越秋城夜,西人白发年。
> 寒城警刁斗,孤愤抱龙泉。
> 凤辇栖岐下,鲸波斗洛川。
> 量空海陵粟,赐乏水衡钱。
> 投阁嗤扬子,飞书代鲁连。
> 苍苍不可问,余亦赋思玄。

请注意,诗的最后两句"苍苍不可问,余亦赋思玄"至为重要。"思玄"是指张继的汉代祖先张衡所写的《思玄赋》。张衡是位很了不起的科学家、文学家,他因得罪朝廷,不受重视,乃作《思玄赋》。这首赋的后面写道:"超逾腾跃绝世俗,飘遥神举逞所欲。"张衡说,他要脱离令人烦恼的现实社会。所谓"逞所欲",意思是想怎么样就怎么样,这和"自乐其性"的观点相通。张继说"余亦赋思玄",他也想和他的祖辈张衡一样,飘然出世,不为现实世界所羁绊,这一点,也与寒山的想法有相通之处。到后来,张继还写了《归山》一诗,说自己"心事数茎白发,生涯一片青山。空林有雪相待，古道无人独还"，出世的思想非常明显。所以，他在《枫桥夜泊》中特别点出"寒山寺"的做法，绝非偶然。不管《归山》写在《枫桥夜泊》之前还是以后，它都说明，像寒山那样"自乐其性"的出世观念、时代的文化潮流，一直潜藏在张继的意识之中。

有趣的是，唐以后诗坛上还有《枫桥再泊》一诗，人们说是张继的作品：

白首重来一梦中，青山不改旧时容。
乌啼月落桥边寺，欹枕犹闻半夜钟。

我们一查，其实它是宋代人孙觌写的《过枫桥寺示迁老》。不过，这首诗，简直像是《枫桥夜泊》的注释。关于寒山寺的钟声有什么含义，《枫桥再泊》的第一句，便说清楚了。它指出：人生在世，就像一场梦。人必然要老，只是青山不改。山是山，人是人，两者互不相干，也就是"对景无心"。孙觌说，从前他在枫桥听过寒山寺的钟声，便悟出这样的道理了。可见，古代一些有悟性的人，也已明白张继点出寒山寺的钟声，并非仅是说夜深人静，这飘过来的夜半钟声，使静夜更静，愁人更愁的问题；明白这首诗，不仅是风景诗，而且有更深的含义。

上面，我们在几首诗的分析中，说明"知人论世"的重要性，说明它是打开诗词审美密码的钥匙。对李白、李商隐写的两首诗，我们更多是从"知人"方面论述，而对张继的诗，则更多围绕着"论世"方面说明。其实，这两者密不可分。

至于发现诗词的审美密码，从上述的三例中，我们大致可以看到有三种办法：一是发现作品中的关键词，例如《锦瑟》，诗中明明说"思华年""惘然"，那么，把它和李商隐的经历结合来考虑，自然就可解密。二是发现其关键句中的深层意思，或者从作者矛盾的情绪出发，打开其密码。例如李白的《早发白帝城》，"千里江陵"与"一日还"，固然写船行之快，但深层还有想不到那么快的意思。结合研究李白创作时想不到竟能那么快地被赦免的思想感情，这诗的密码便可解开。三是发现作品中意象的矛盾，也可以解密。例如，发现了《枫桥夜泊》既写愁眠，而作者又找来与愁毫不相干的"寒山"作为衬托，并且了解到当时的文化环境，我们便可捕捉到作品的美学密码。一旦掌握了打开诗词作品美学密码的钥匙，就能更深入地领悟其中的妙境。

念奴娇·赤壁怀古

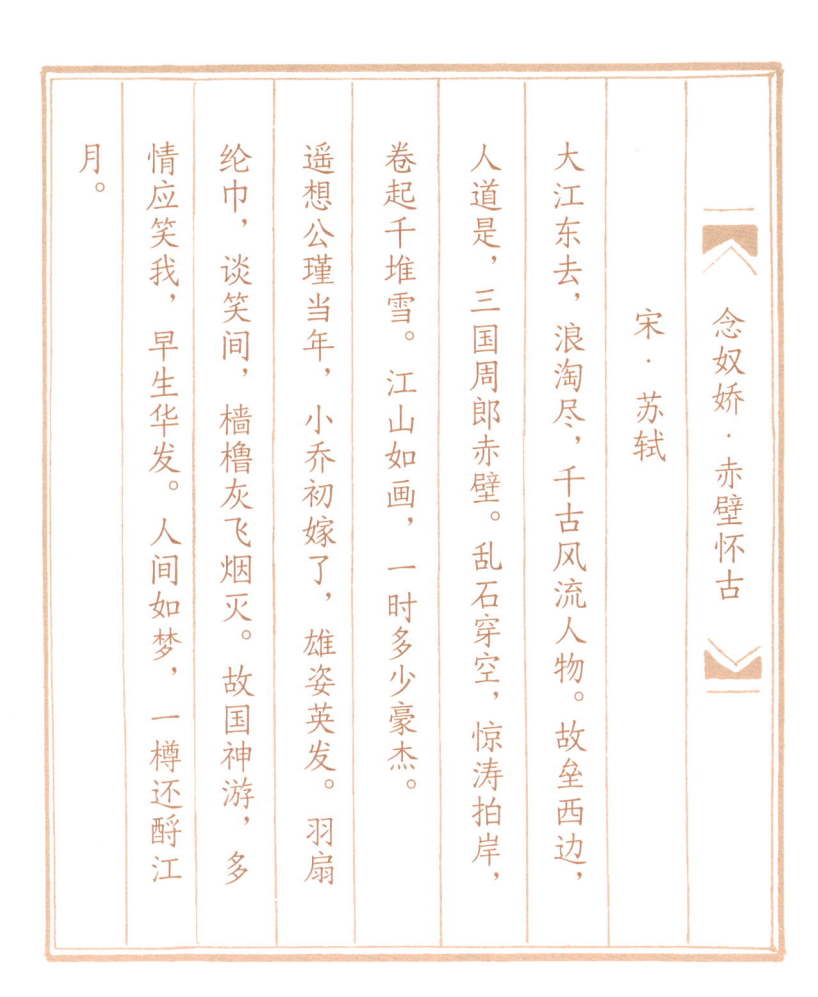

宋·苏轼

大江东去,浪淘尽,千古风流人物。故垒西边,人道是,三国周郎赤壁。乱石穿空,惊涛拍岸,卷起千堆雪。江山如画,一时多少豪杰。

遥想公瑾当年,小乔初嫁了,雄姿英发。羽扇纶巾,谈笑间,樯橹灰飞烟灭。故国神游,多情应笑我,早生华发。人间如梦,一樽还酹江月。

书者简介

陈颂声:
澳门书法院院长。
中山大学中文系 1960 级校友。

大江东去,浪淘尽千古风流人物。故垒西边,人道是三国周郎赤壁。乱石穿空,惊涛拍岸,卷起千堆雪。江山如画,一时多少豪杰。遥想公瑾当年,小乔初嫁了,雄姿英发。羽扇纶巾,谈笑间,樯橹灰飞烟灭。故国神游,多情应笑我,早生华发。人生如梦,一樽还酹江月。

苏轼 念奴娇 赤壁怀古

二〇一五年六月十六 于康乐园 沐峻

第三讲　从比较中鉴析

同中之异，异中之同

我们谈过如何打开诗词的美学密码，实际上是说如何评价、鉴赏和研究作品的问题。而评价作品的优劣，还可以从比较的方法入手。诗人创作的水平，有高有低，通过比较，他们的特点也会显得更鲜明。

近年来，"比较文学"这一新学科，很受人们的关注。比较文学，主要是把不同的国家、不同的文化的文学作品，进行系统的比较。在比较中，更能显示不同国家和文化的特点。由于生活沿袭、文化传统、社会发展、经济基础的不同，不同的国家、地区和文化，表现在文学创作中，肯定是有差别的，但很难说出彼此的高下。就像非洲人的土风舞、拉丁美洲人的肚皮舞，我们看起来未必习惯，但却不能说我们民族的舞蹈水平比他们高。反过来，他们也未必习惯欣赏我们的舞蹈。我们认为，"比较文学"之所以有价值，不是要判别不同文化的高低优劣，而是通过研究，更易看清不同文化的发展规律和特点，这有利于互相借鉴和融合，从而进一步提高自身文化的水平。

不过，就同一文化圈的文学创作而言，不同作家的作品，却是可以通过比较，鉴别其思想水平、艺术手法的不同，风格的不同，以及成就高低的不同的。这一点，其实我国古代诗坛早就做过了。杜甫在评价李白的作品时说："清新庾开府，俊逸鲍参军。"（《春日忆李白》）不就是把庾信和鲍照做比较，又把李白的成就和庾、鲍两人做比较了吗？

有一点要说明的是，无论是比较不同文化的作品，还是同一文化圈的作品，首先必须确认它们之间存在可比性，否则便毫无意义。黑格尔说过："假如一个人能够看出当前即显而易见的差别，譬如，能区别一支笔和一头骆驼，我们不会说这人有了不起的聪明。同样，另一个方面，一个人能比较两个近似的东西，如橡树与槐树、寺院与教堂，而知其相似，我们也不能说他有很高的比较能力。我们所要求的，是要能看出异中之同和同中之异。"

黑格尔这一段话，在方法论上给了我们很大的启示。所谓比较，就是研究作品的"同中之异，异中之同"。如果作品与作品之间毫无关系，是不能比较的。若不同作者，都写同一题材的作品，就有了"同"，就可放在一起研究。研究什么呢？研究其思想深度、写作手法的差异。通过"异"，便可见其水平的高低或创作的特点。

在文学史上有一个流传甚广的故事。南唐著名的词人冯延巳，词写得很好，官至宰相。他写了一首词，第一句是"风乍起，吹皱一池春水"，这词传诵一时。南唐皇帝李璟知道了，就和他开玩笑说："吹皱一池春水，干卿甚事？"冯延巳回答："未若陛下的'小楼吹彻玉笙寒'。"李璟听了，哈哈大笑。

冯延巳的《谒金门》是这样的：

风乍起，吹皱一池春水。闲引鸳鸯芳径里，手挼红杏蕊。　斗鸭阑干独倚，碧玉搔头斜坠。终日望君君不至，举头闻鹊喜。

李璟的词则是调寄《摊破浣溪沙》：

菡萏香销翠叶残，西风愁起绿波间。还与韶光共憔悴，不堪看。　细雨梦回鸡塞远，小楼吹彻玉笙寒。多少泪珠无限恨，倚阑干。

这两首词，都是写青春的妇人对所爱者的思念和等待；也都写到她们面对绿水一池，思绪万千。就题材和取景而言，有相同的地方，这就有了可以比较的基础。至于冯延巳说，他所写的《谒金门》不及李璟的《摊破浣溪沙》，也不完全是奉承之词。经过比较，李词确实是有比冯词写得深刻的地方。

首先要说明的是，冯延巳的《谒金门》，也是写得很好的一首词。赵与时《宾退录》卷八说："冯延巳《谒金门》长短句，脍炙人口。"词坛上，对这词的评价是一致的。

这词起首说："风乍起，吹皱一池春水。"乍，是忽然的意思，无缘无故突然而来的意思。风吹到池水上，原本波平如镜的水面便泛起微波，像是一幅布被风吹皱了一样，十分形象生动。

不过，冯延巳不仅写这少妇看到的客观景物，更重要的是，这无缘无故吹来的一阵风，像有什么事，忽然让她心血来潮。本来平静的心，略一触动，便莫名其妙地泛起波澜。一池春水，被吹皱了；一寸芳心，也蓦然颤动了。这景情相关的描写，细腻地刻画出恋人们常有的心态。生活本来是平静的，少妇所爱的人不在身边，百无聊赖，不知怎的，忽然愁闷起来。日本著名诗人松尾芭蕉，也写过有名俳句："青蛙跳入水池中，扑通一声。"松尾芭蕉借青蛙乍然一跳，表现人心的荡漾，用的也是情景相关的手法。在明代，刘基也写了一首《谒金门》，开始两句是"风袅袅，吹绿一庭春草"。这显然是对冯延巳的模仿。刘基拾人牙慧，说明了冯延巳的这句词，在词坛影响之大。

词的三、四句是"闲引鸳鸯芳径里，手挼红杏蕊"。承接上句，冯延巳写了百无聊赖的少妇，在怦然心动之后排遣闲愁的姿态。她一边悠悠地走在芳径上，一边引逗着鸳鸯。

词人选取鸳鸯的意象，便含蓄地透露出少妇的心绪。在一池春水中，出现了鸳鸯。鸳鸯这种水鸟，是成双成对的，独守香闺的少妇面对鸳鸯，她有什么想法，便不言而喻了。明代的《牡丹亭》写到杜丽娘的母亲，发觉女儿思慕春情，"怪他裙衩上，花鸟绣双双"，由此注意对杜丽娘严加管束。在这里，冯延巳写少妇引逗着鸳鸯，而不是引逗别的宠物，是意味深长的。

请注意词人在这句使用的"闲"字，他写少妇引逗鸳鸯，也没有什么目的，只是闲得无聊，看到鸳鸯在一池春水里漫游，也许引发出某些联想，便一边走，一边无意识地逗弄着鸳鸯，打发日子。

在上片的歇拍，词人又添上了这少妇是怎样"闲引鸳鸯"的一笔。她的纤纤素手，挼着红杏的蕊。红杏，是春天开的花，花的蕊，是花尚未全开的花蕾。词人写这少妇摘下花枝，用手揉搓着还未开花的杏蕊，这嫩蕊便片片落到水面上，随波逐流，鸳鸯也随着落蕊游动。这"挼"字，下得极佳，这无意识的动作，准确地刻画出少妇精神空虚、懒散无聊的姿态。如果改用"手摘""手把""手玩"之类的词，便无法传达出她漫不经心的落寞情态。词人对少妇心态的观察，真可谓细致入微。

下片开始，是"斗鸭阑干独倚，碧玉搔头斜坠"。斗鸭句，有人说，这是写少妇倚着栏杆看鸭斗。古代曾有过看鸭子打斗的游戏，《南史·王僧达传》有"僧达为太子舍人，坐属疾，而往杨列桥观斗鸭"句可证。不过，这里写的"斗鸭阑干"，只是指那雕刻着鸭儿嘴和嘴相对图案的栏杆。少妇一个人在芳径里闲行，走累了，便倚靠在有着寓意图案的栏杆上。"独倚"两字，是词人着力之笔，整首词，正是围绕着少妇孤独落寞的心情，展开对环境和人物举止的描写。词里出现的"鸳鸯""斗鸭阑干"等意象，都是用以衬托她孤独的处境。这时候，她垂下了头。但词人又不明说她是低下了头，只说她那戴在头上"碧玉搔头"的发饰，斜斜地垂了下来。这动作，既刻画出她低头若有所思的神态，又为下面出现她"举头"的举动，预作铺垫。

在前面，冯延巳只是通过描绘少妇的动作，含蓄地透露她的内心活动。最后两句"终日望君君不至，举头闻鹊喜"，便点明词的题旨了。为什么这少妇有如此的情态？原来是她整天地等待，而他又终日不来。等啊等啊，也就等得疲沓了，心如止水了。可她忽然又怦然心动，忽然又觉得无聊。词人写她在花径闲行，在逗引鸳鸯，在斗鸭栏杆独倚，表面上神情淡淡，其实是通过写她百无聊赖的举止,透露出她"终日望君君不至"的苦恼。

就在对景黯然,以为他不会来的时候,忽然,她听到枝头喜鹊在叫。过去的人认为,喜鹊叫,喜事到。晚唐诗人韩偓,曾写过"无凭谙鹊语,犹得暂心宽"(《幽窗》)。冯延巳还突出少妇举头细听的动作。那喜鹊一叫,莫非是她等待的人会到来的预兆吗?"举头",是对上文"斜坠"的回应。词人特别强调她的头部动作,意在表现她惊喜的神态。其实,到底他来还是不来,依然是个未知数。她一听到喜鹊的啼声,便高兴起来,这又说明她对"君"是多么期待。

这首词,全是写女性的形态举止,很细腻,很生动,而从她举手投足轻盈平淡的动作中,词人却让人们看到她内心复杂和曲折变化的感情。以动作传神,以平静的外表展现思想的矛盾,特别是以写无意识表现潜意识,这是冯延巳《谒金门》最突出的艺术特点。

但是,冯延巳的这首词,仅仅是为了刻画一位少妇独守香闺的形象吗?为什么他要选取这一题材进行创作呢?为什么李璟要和他开玩笑,问他"干卿甚事",而他又答非所问呢?

首先,我们肯定冯延巳这作品,是要表现女性对爱情和幸福生活的期待,是要刻画一位上层女性空虚落寞的心态。然而,通过对这形象的刻画,他又传达出自己的思想和追求,并非仅仅是描绘客观事物那么简单。

在我国,诗人们有以女性自喻的创作传统。作者往往把自己化身为女性,实际上是用妇女的遭遇、形象,表达自己的心态。这一写作手法,开先河者,是伟大的诗人屈原。他的《离骚》就有"众女嫉余之蛾眉兮,谣诼谓余以善淫"的诗句,把自己说成是因忠于楚王,而遭受众多宫女嫉妒的女性。这一写作手法,为历代诗人所沿用。在唐代,朱庆馀写了一首诗,送给张籍。

洞房昨夜停红烛,待晓堂前拜舅姑。
妆罢低声问夫婿:画眉深浅入时无?

——《近试上张水部》

张水部就是张籍。唐代举子为了考试,往往要把自己的作品送交名家审阅,求他推荐,这叫"温卷"。朱庆馀把自己的二十篇作品呈给张籍,还在上头加上这一首诗。他把自己比喻为新婚的刚到婆家的新娘,既想恭恭敬敬地献上自己的手艺,心情又忐忑不安。而那位张籍,也写过一首《节妇吟》送给要招聘他的李司空。他把自己比喻为妇女,以"节妇"的口吻,说"还君明珠双泪垂,恨不相逢未嫁时",表示自己无法为李司空效力的苦衷。可见,直到唐代,诗坛上的男性诗人,常常有以女性自譬的习惯。

在封建时代以男性为中心的社会中,女性被视为低人一等。男性诗人为了表示对皇帝或上级的尊敬,便把臣与妾联系起来。以臣妾自命,这在创作上,就有了以女性心态自喻的写作手法。而从中晚唐开始,女性在社会上相对活跃,诗人们对妇女的人格相对重视,便认识到女性的感情世界,往往比男性更细腻,更活跃。因此,通过描绘女性的形象,或者从女性的角度命意抒情,更能表达出诗人自己不易言传的微妙的思想感情。这就是唐宋间诗人,特别是词人,多以女性为写作题材的原因。

冯延巳是南唐时代人，还担任过三次宰相。不过他受其弟冯延鲁打了败仗的牵连，又在朝廷内斗争中多次受到排挤，所以，他觉得虽然受到皇帝的赏识，但并未发挥其所长。心中有所期待而不可得，未免有点怅惘。冯煦在《阳春集》序文中，说他"俯仰身世，所怀万端"。在《谒金门》中，冯延巳写一个贵族少妇等待丈夫，这和他自己"望幸"的心理，有相通之处。他一方面刻画出少妇思春的典型神态，一方面也多少寄托着希望受到皇帝重视的意思。

但是，他本来就是李璟身边的红人，李璟当然看破了他的祈求，所以才说："干卿甚事？"意思是，你还不够吗？"吹皱一池春水"，你还动什么心？冯延巳只好厚着脸皮回答，承认自己这首词比不上李璟的《摊破浣溪沙》。

如果说，冯延巳《谒金门》写的是少妇伤春，那么，李璟这首词写的是少妇悲秋。就从描绘少妇思念所爱者而言，它们有相同之处。但是，前者从春天的景象入手，后者从秋天的景象入手，视野和感情深度，又不一样。

李璟和冯延巳一样，首先写一位少妇凝望楼外池塘的景色。词中写荷花的香气渐渐消散了，荷叶也凋残了，那是一片深秋衰败的景象。而"菡萏香销翠叶残"这七字，在客观的叙述中，又蕴藏着惋惜之情。因为词人用"香销"和"翠叶残"表明美好的东西在消亡。特别是选用"翠"字，翠，当然是绿色，却又是珍贵的绿，是比一般的绿显得更有光泽、更有灵气的绿。词人不书"绿叶残"而写"翠叶残"，惋惜美好事物消亡的意思，便更为明显。这是词人用字的精微之处。

荷花在夏季和初秋盛放，到深秋，花也残了，叶也残了，曾经美好的时光也逝去了。而在荷池上，"西风愁起"，这是说，连秋天的风，也带着无奈之情、惋惜之情，在水上吹起。本来，秋天到，西风起，这是自然的现象。但是，当楼上的少妇带着满怀愁绪，望见残荷在水面上摇摇摆摆时，便觉得连西风也带着怜惜的心，带着忧愁，在水上吹起。她感到，那风本来是不想把翠叶吹残的，但时令一到，客观形势让风不能自已，它不得不吹，只能带着忧伤之情，在绿波间吹起。于是风愁荷愁百花愁，少妇也在愁，其实，这又是李璟情感的外化。

李璟现在留下来的词不多，我发觉，他很喜欢用"绿波"一词。除这里外，他在另一首《摊破浣溪沙》中，也有"回首绿波三楚暮"一语。绿波，当然是指美丽的水波。在诗词创作中，作者喜欢运用什么样的词，和其品格、情趣有关。像有喜欢常用"偷"字的，便被视为品格不高。李璟喜翠绿的水波，对这词的反复使用，多少可以看出他对江南一带河山的挚爱。

对李璟的这两句词，王国维十分欣赏，说是"大有众芳芜秽，美人迟暮之感"（《人间词话》卷上），他认为这两句并不只纯写景，也并非只是写少妇的悲秋，而是使人联想到许多人怀才不遇，许多美好的希望破灭，美好的事物受到摧残。这评语，也出自《离骚》"唯草木之零落兮，恐美人之迟暮"。王国维以此赞扬李璟，实在很不寻常。

词的三、四句是"还与韶光共憔悴，不堪看"，有些版本，"韶光"作"容光"。我以为采用"韶光"更好。因为用"容光"，是单纯与人的容颜联系起来。而韶光，即时光，且韶有美好的意思，所以美好的年华叫韶华，温庭筠有"韶光染色如蛾翠"可证。韶光憔悴，指夏天的美好时光过去了。特别是"还与"二字一下，词人便直接把消逝的时光、池上的荷花和楼上看花的人，三者联系起来了。你看，西风一起，不只荷花憔悴，而且，时光消逝，它还与看花者的美好年华一起憔悴。人和花，花残香散，光阴易逝，人老珠黄，一切都不堪回首了。总之，美好的东西、美好的心情，一起消逝，这就引出了"不堪看"这哀伤的歇拍。

为什么这倚栏的少妇，会有这样的感受呢？在上片，词人还未写到。老实说，尽管王国维对这词的首两句评价极高，并且"愁起"句把西风拟人化的写法也颇为巧妙，但要说这片好得不得了，我以为也不见得。

但是，下片头两句"细雨梦回鸡塞远，小楼吹彻玉笙寒"一出现，整首词的意境，便进一步深化。这两句，也成了享誉词坛的名句。

关于这两句，人们有不同的理解。一说，是指出征的战士在雨中做梦回家，醒后才发觉身仍远在鸡塞（鸡塞，即鸡鹿塞，汉代边塞名，在今内蒙古。这里只是泛指边疆）。另一说，是指少妇为远在鸡塞的丈夫设想，她想象征人在秋雨中，会忽然梦醒。其实，如果把它和词的上片联系起来，明白上片是写少妇想到韶华憔悴的心态，那么，很清楚，这在细雨中梦醒的人，依然是少妇。当她看到外面一片憔悴的景色，无心再看，索性去睡了。这时候，外面下起了秋雨。

秋天下雨，这是常有的事。选择什么样的下雨情景，才能与作品的题旨切合，这就有技巧的问题。如果李璟写楼外下倾盆大雨，也未尝不可，但这会传达出另一种意味。在这里，李璟选择的是"细雨"。秋雨细细地下，天上一片迷蒙，给人增添了淡淡哀愁的感觉，正如秦观所说"无边丝雨细如愁"。这情景，和上片的"西风愁起"相呼应。而秋雨的淅淅沥沥，最易催人入梦。李璟选用"细雨"，又和"梦回"紧密地联系。说"梦回"，首先是说明抒情主人公看到楼外凄迷的景色，百无聊赖，闷闷地睡着了。而在"秋风秋雨愁煞人"之际，她梦醒了。有意思的是，在"梦回"之后，词人忽然下"鸡塞远"三字，这是说少妇梦醒，醒来后，才发觉边塞离家很远很远。联系到上文"梦回"，便含蓄地表明，在睡梦中，她曾到过鸡塞，见过守卫边疆的丈夫。

李白曾有诗云："长安一片月，万户捣衣声。秋风吹不尽，总是玉关情。何日平胡虏？良人罢远征。"（《子夜吴歌》）秋风一起，边疆更冷，家里的人，自然想到远在边疆的亲人。有所思，便有所梦，所以，唐代金昌绪的《伊州歌》写道："打起黄莺儿，莫教枝上啼。啼时惊妾梦，不得到辽西。"

李璟这句词的写法，与《伊州歌》意味相近，但他强调少妇在细雨中睡着，又在细雨中梦醒。在梦中，她曾和亲人在一起。梦醒了，才发觉这不过是个梦，才省悟鸡塞远在天边，而陪伴着自己的，只有楼外纷纷扬扬的细雨。短暂的甜蜜，换来的是更深沉的苦涩。如果和《伊州歌》相比，那么金昌绪所写的少妇口吻，略带娇嗔，稍具喜剧性的色彩，而在李璟笔下，那曾梦到鸡塞，曾有过片刻喜悦的少妇，梦醒后，反更惆怅凄迷。这一句，既烘托出凄清的气氛，又传达出人物心态的曲折变化，实在十分巧妙。

"小楼吹彻玉笙寒"，它和上句是对偶句，二者呼应成文。词人写少妇在梦醒之后，心情落寞，这时候，小楼响起了玉笙的声音。以玉形容笙，则显出笙之美、声之美。至于这笙，不知是谁在吹。是这少妇为排遣闲愁在吹，还是她听到别人在吹？词人没有直说，留给读者去想象，他只是表达笙声让小楼增添寒意。我们知道，乐曲的声音，确是很能引发人们联想的。例如唐代诗人李益有诗云："回乐峰前沙似雪，受降城外月如霜。不知何处吹芦管，一夜征人尽望乡。"（《夜上受降城闻笛》）便描绘守边将士听到芦管的乐声，引发了思乡的感情。

吹彻，吹透也，响遍也。按理，这一句应写为"玉笙吹彻小楼寒"，这也能和上句的词性匹配。但若采取这样的句式，则容易让人理解为少妇听到笙声响遍，还感到小楼的寒冷。而李璟调整了主语的写法，则是强调小楼周遭，响遍了由这玉笙吹出的寒意。玉质冰凉，但"寒"字，主要是形容玉笙吹出来的声音。按理，声音无所谓"寒"，说它寒，是词人运用通感的手法，把听觉和触觉、感觉沟通，是楼头少妇心境的凄凉，让她感到笙声的寒。这寒意，不仅让人感受到细雨的寒、小楼的寒、听笙者和吹笙者内心的寒，连那玉笙本身，也是寒的。整个小楼上的一切，沉浸在落寞、忧伤、孤寂的气氛中。显然，"玉笙寒"三字，可说是神来之笔。

如果把这两句联系起来，意味便更深长了。上句写从梦中到初醒，梦境中少妇到了很远的鸡塞，梦醒后才明白鸡塞实在距离很远，整句的意味，迷离恍惚，侘傺惶惑，表现出迷惘的愁怀；而下句，则写充满寒意的玉笙声吹彻小楼，让她头脑反而清醒，让她意识到自己的现实处境。上下两句，一重在虚中有实，梦回省悟便是实；一重在实中有虚，笙声让人感到寒意便是虚。两句的互相映衬，在对比中从不同的方面，清晰地透露出少妇复杂的心态。

从上下两片看，上片是写少妇看到楼外的景色，众芳芜秽，不堪再看，于是回到楼里。下片则写少妇回到楼内的情态，她在愁烦中入梦，梦醒后倍感孤独忧愁。上下两片互有联系，也逐步深入细腻地描绘出少妇悲秋心境的发展过程。

最后"多少泪珠无限恨，倚阑干"这两句，收束全篇。李璟直接点出"恨"字，清晰地说明词的题旨。不过，人们觉得这结句很易理解，历来的评论者，也没有仔细揣摩。其实，这看似平常的地方，并不平常，尤其是"倚阑干"三字，深藏意韵。

从整首词的构思来看，李璟先写少妇望楼外景色，这明明是倚栏观景；再写她转身入内小睡，梦醒后听到笙声，听着听着，越听越是伤心，便又去倚着栏杆了。"倚阑干"者，是看楼外的景色也，是有所期待也。问题是她重去倚栏，所看到的，依然只会是楼外重复的"菡萏香销翠叶残"之景，依然只会让她感到韶光憔悴，期望落空。但她实在只能一次又一次地重复倚栏看景，排遣那难以排遣的苦闷。至于她重复倚栏，会不会又越看越烦，又回身入内，重复曾经出现的行止？词人都没有写。整首词，就在又去倚栏杆的重复回环动作中，戛然而止，含蓄地让读者想象她会是怎样的心情。如果我们在"倚阑干"后加上省略号，便更能领悟这结句的妙处。

上面，我们比较了冯延巳和李璟的两首词。显然，它们都写出了封建时代妇女对爱情渴望的心态，写出了深锁闺中的妇女的无奈与忧郁，我们不能不佩服他们观察的深刻和艺术手法的细腻，不能不认为它们都是词坛的上品。它们的出现，反映了他们对封建制度下妇女命运的同情，说明即使是身居上层的词人，对人性的认识也逐步加深。当然，我们也看到，冯延巳写的思妇，多少有着他自己的身影。而李璟所写的思妇，其实也多少是李璟自己心情的写照。

这两首词，最大的相同点是：它们都写闺中少妇，在怀念自己等待的人；它们都是从天气入手，一从春天，一从秋天，以景物融合抒情主人公的感情。而它们在艺术手法上的不同点是：冯词从人物的举动，以表现其心态的变化；李词则以景物的变化，衬托人物的复杂情感。这两首词，在艺术表现手法上同中有异，异中有同，都把少妇的心路历程写得细致入微，难分高下。

若从感情深浅来说，冯延巳的《谒金门》只写少妇霎时心血来潮，它从水的微波写人触动心潮，这和他本人的心情相似。他已受知皇帝，还有所期待，希冀得到更多的赏识。李璟的《摊破浣溪沙》则强调少妇孤独之苦，它从抒情主人公看到荷花凋残的惆怅，从迷蒙细雨中心情的惆怅，再到梦醒的惆怅，以一连串凄凉孤独的环境，衬托少妇心境的悲苦和失落。从写烦愁的程度而言，冯词确不如李词。我认为，烦愁程度的不同，应与李璟和冯延巳处境不同、心态不同，有着直接的关系。

据史籍记载，李璟虽然有皇帝之尊，但处境并不美妙。他在位凡十九年，统治初期，还比较顺利，后来则不同了。在朝廷内部，以宋齐丘与钟谟为首的两派互相斗争。李璟之弟李景遂，与李璟之子李弘冀，叔侄间争权夺利。后来弘冀毒死其叔，但不久李弘冀也死了。李璟统治的南唐王朝，国力日衰，在列强割据的斗争中连连失败，日子很不好过。加上他"天性儒懦，素昧威武"（《江南野史》卷二），孤立无援的感觉，一直压在他的心头，他希望有能力的人协助他进行管治。但他所期待的，却是永远得不到的，这是他最大的痛苦。"小楼吹彻玉笙寒"，焉知不是他内心孤苦凄凉的写照？他还写过另外一首《摊破浣溪沙》：

> 手卷真珠上玉钩，依前春恨锁重楼，风里落花谁是主，思悠悠。　青鸟不传云外信，丁香空结雨中愁。回首绿波三楚暮，接天流。

这词写自己没有了主意，不知"谁是主"，青鸟也没有带来好消息。整首词，表现出苦恼不安而又无可奈何的心境。可见，他这小皇帝并不好当。在束手无策的时候，自然会想到往日美好的时光。在孤立无援中，不能不忧烦苦闷。把他的两首《摊破浣溪沙》联系起来看，我们便可理解他为什么能把少妇期待征人的心情，写得如此深刻。就这一点而言，冯延巳说自己的"吹皱一池春水"，"未若陛下的'小楼吹彻玉笙寒'"，也不是故作谦虚之词。

三首《贫女》的比较

早期的词作，一般只写所用的词牌，没有题目。诗就不同了，除李商隐有时以"无题"为题目外，都是写有题目的。有些诗人，彼此之间，使用同一的题材，甚至连题目也一模一样。这样，更适宜比较它们的得失高下，就像今天我们在考试后阅卷，可以从同一考题中，评判出考生有不同的水平一样。

中晚唐时期，不少诗人喜欢写贫穷女性的情态，这固然表现出诗人们有同情下层民众的人道主义精神，而他们也往往以贫女自喻，在抒发贫女对不幸生活的忧怨中，寄寓自己的积郁。这一写作手法，和上述屈原以来的传统，也如出一辙。

晚唐诗人薛逢，写过《贫女吟》一诗：

> 残妆满面泪阑干，几许幽情欲话难。
> 云髻懒梳愁折凤，翠蛾羞照恐惊鸾。
> 南邻送女初鸣佩，北里迎妻已梦兰。
> 唯有深闺憔悴质，年年长凭绣床看。

诗的第一、二句，说是这贫女起来后，无心打扮，脸上残留着昨天的脂粉，这叫"残妆"。她泪流满面，多少恨，欲说还休。三、四句便说她不想梳发打扮的原因，那是怕不小心把凤钗折断；她连眉也不愿画，是因为害怕把眉毛画得好了，显现她秀美的容颜，连那鸾镜也会大吃一惊。五、六句进一步写这贫女的处境，她左邻右舍的年轻人，一个个都结婚了。南面那家嫁女，嫁妆上的玉佩叮当地响；北面那家娶亲，正在做着生孩子的美梦。最后的结句，诗人直接点明她愁苦的原因，她觉得自己年复一年，养在深闺，容颜憔悴，婚姻无望，只能靠着绣床，看着别人去过幸福的生活。

这首诗，用了一些颇为华美的辞藻，但总体而言，创作是失败的。首先，就诗中两联而论，对偶是工整的，却有"合掌"的毛病。它上下两句，重复说着同一个意思，十四个字等于七个字，浪费了笔墨，此属诗家大忌。其次，这诗以"贫女"为题，但诗中描写的，哪里有贫的内容？诗人写她没有打扮，那是她内心的思想问题。勉强能和贫穷扯得上边的，是末句出现"绣床"一词。绣床应是指女性用以刺绣的工具，不是用作睡觉的绣榻。不过，过去的妇女，不论贫富，都要做女红。因此，若以绣床表现这女子的贫，严格来说，也不准确。

以我看，与其说薛逢这诗写的是"贫女"，不如说它写的是怀春的"剩女"。因为诗中一点儿也没有写她如何贫苦，只写她内心的痛苦。这痛苦，是因为南邻北里的青年都成婚了，只有她独在深闺。至于她为什么没出嫁，诗人没有半句提及。所以，这诗水平并不高。

晚唐时期的李山甫，也写过以《贫女》为题的诗：

> 平生不识绮罗裳，闲把金簪益自伤。
> 镜里只应谙素貌，人间多是重红妆。
> 当年未嫁还忧老，终日求媒即道狂。
> 两意定知无处说，暗垂珠泪滴蚕筐。

和薛逢的诗不同，李山甫诗的第一句，让抒情主人公说她平生以来，不知道什么是贵重的衣服，这就把"贫"字点破了。第二句就说她在无聊的时候，便拿起金簪暗自悲伤了。所谓"金簪"，是金属簪的泛指，例如铜簪，也可称金簪。至于为什么"闲把金簪"，这女孩便自觉悲伤呢？因为，过去女性如果用发簪绾起头发，梳成髻子，便意味着结了婚了。当她拿起金簪，便很自然想到，什么时候才可以用它来绾发成髻的婚姻问题。一想到这里，就不由得暗自悲伤了。

从拿起金簪，就很自然地联系到梳妆打扮了。和薛逢所写不同的是，薛诗写贫女懒得打扮，因为一打扮，发现自己那么美，却又迟迟未嫁，不禁悲从中来。而李诗，则写贫女是对镜梳妆的。可是在梳妆时，便发出感慨。她发现镜里的自己，长得白白净净，蛮好看的。她认为，人们本应只爱像她那样不施脂粉，具有自然美的女孩子；可是，在现实生活中，情况却正好相反，人们只看重那些浓妆艳抹的女人。这一联，实际上不仅是谈打扮的问题，而是从对美的评价中，接触到社会价值观的问题。诗人从贫女打扮得素净、真实而得不到赏识，联系到在现实生活中，存在着只重视乔装打扮、表里不一的人物的现象，为此感到不平。这样的写法，当然远比薛诗深刻。

第五、六句是说贫女正当豆蔻年华，可是因家贫，没法嫁出去，这不能不让她担忧。再想深一层，如果拖延时日，人老珠黄，那怎么办？这让她越想越怕。而要改变命运，唯一的办法，就只有赶快结婚，找一个好人家。这是在封建时代妇女的普遍希望。

在婚姻无法自主的情况下，谈婚论嫁，只好急切地请求媒人帮忙。这一来，又招致别人认为是举止轻狂的讥讽。人言可畏，实在让她左右为难。这两句，看似浅白，但能表现出贫女内心的苦恼和外在的压力，写得比较深刻。如果和薛诗的五、六句做一比较，显然，薛诗只写到那贫女羡慕别人在嫁娶，在那里顾影自怜，相形之下，便觉肤浅。

诗的最后说，"两意定知无处说，暗垂珠泪滴蚕筐"。两意，指的是忧贫和忧嫁。她这两层的担心，让她着急地求媒，但又招致别人的讥讽。而她也早就预料到有这样的结果，可又无处诉说。"哑巴吃黄连，有苦说不出"，只好暗自悲伤，让泪水滴在蚕筐上。蚕筐，是劳动工具，这和贫女身世暗合，不同于薛诗用不确切的"绣床"一词。

晚唐另一位诗人秦韬玉，也写了一首《贫女》：

> 蓬门未识绮罗香，拟托良媒益自伤。
> 谁爱风流高格调，共怜时世俭梳妆。
> 敢将十指夸针巧，不把双眉斗画长。
> 苦恨年年压金线，为他人作嫁衣裳。

秦诗的第一句，和李诗的第一句，基本上是一样的，但仔细品味，又有所不同。秦诗首提"蓬门"，蓬门是用蓬草搭成的柴门。这两字一下，这女子的贫穷身世，便被点明了。秦诗说贫女"未识绮罗香"，是说她未曾领略过绮罗制成的贵重衣服的香气，从来未穿过绮罗衣服的意思。这比李诗说"平生不识绮罗裳"，更为贴切。试想，从事纺织的贫女，怎么会不认识衣料是否贵重呢？相形之下，李诗显得过分夸张，反不完全切合实际。

秦诗的第二句，和李诗的五、六两句相近。贫女也知道，要改变自己的命运，只有找个好婆家。请注意，秦诗明确说"托良媒"，是要找个好媒人，找个有能力、有眼光，能真实反映情况的媒人。她把希望寄托在"良媒"，而不是找些能说会道的一般的三姑六婆。但秦诗不同李诗的是，李诗写贫女"终日求媒"，而秦诗说贫女只想到"拟托",她只是准备委托一个好的媒人帮助自己,实际上,她还没有去找哩!但刚刚有这念头,便越发感到悲伤了。这样的写法,比李诗所说终日求媒,人言可畏,更为细致深刻。而从"拟"字到"益"字,也能写出贫女内心矛盾的过程。

为什么贫女会越发伤心?秦诗的第三、四句便顺着写贫女的想法。

"谁爱风流高格调",这是反问句,意思是说,在当下,有谁喜爱像她那样有才华、有品位、格调高雅的人?因为时下的眼光,都是低下的、俗不可耐的。贫女认为,她越是高雅,越是不可能被世俗人所接受,这便是她"益自伤"的原因。

"共怜时世俭梳妆",这一句,比较费解。一般的解法是:"共怜时世"是一组词,"俭梳妆"又是一组词,指人们都可怜这个世道,因而都节俭地不施朱粉。也有另一种解法:认为连接上一句,指有谁和贫女一样喜爱格调高雅,也和贫女一起哀伤当下庸俗的时世,并且节俭地不讲究梳妆打扮。

如果按照上面的两种理解,那么,第四句便成为对时下许多女性的赞美,因为大家都节俭起来了。另外,把"俭梳妆"理解成节俭地打扮,也不通,因为对富家女性而言,可以说节省;而对贫家女性而言,她们本身便没有钱,根本不存在所谓节俭的问题。所以,以上的解法,都难以成立。

在这里,关键在于如何理解"怜""时世"和"俭"这几个词。

"怜",这里是喜爱的意思;共怜,指的是共同喜欢。这比较容易说明。

至于"时世",其实即时髦的意思。"时世妆",也是中唐时期一个特有的词组。陈寅恪先生在《元白诗笺证稿》中指出，从天宝到贞元期间，有一种打扮被称为"时世妆"，指的是时髦打扮。白居易的《上阳白发人》有句云：

> 小头鞋履窄衣裳，青黛点眉眉细长。
> 外人不见见应笑，天宝末年时世妆。

白居易还写了一首《时世妆》，有句云：

> 时世妆，时世妆，出自城中传四方。
> 时世流行无远近，腮不施朱面无粉。
> 乌膏注唇唇似泥，双眉画作八字低。
> 妍媸黑白失本态，妆成尽似含悲啼。

至于"俭"，通"险"。俭妆，即险妆。《新唐书·车服志》中有"禁高髻险妆"条，险妆是指时髦、古怪的打扮。中唐以后，女性流行这样的"时世险梳妆"，例如梳髻，有所谓"半翻髻""闹扫妆髻""抛家髻""堕马髻"之类；画眉则有"鸳鸯眉""小山眉""五岳眉""三峰眉""长眉""蛾眉"等；涂唇则有"啼妆""红妆""泪妆"。总之，这些都属时世的"险梳妆"，是富贵人家女性的时髦打扮，是唐代社会的风尚。秦韬玉笔下的贫女，认为这很可笑，对此也愤愤不平。当然，秦诗中的贫女，是从她自己因贫穷而无法谈婚论嫁的痛苦，发展为对时下妇女共同喜爱"险妆"的讥讽。但是，诗人真正的着眼点，是通过贫女的怨恨，针砭当时整个社会风气堕落。

把秦诗的三、四句和李诗的三、四句相比，两者意思相同，但高下立见。在李诗，语调平缓，诗人只叙述了现实生活中不合理的现象。而秦韬玉的这一联，则在叙述现实生活不合理的同时，使用"谁爱"的反诘句式，从而流露出愤愤不平的情感。这不仅使作品结构产生曲折变化的效果，而且也表明诗人对社会认识程度深浅的不同。

承接着愤愤不平的语气，诗的五、六两句，秦韬玉又透露贫女倔强兀傲的情绪。贫女知道，她出身贫贱，格调虽高而不合时宜，但她毫不自卑，相反，她很自豪，"敢将十指夸针巧"，她敢于夸耀自己刺绣的本领。在过去，"女红"亦即刺绣，是显示女性才能的重要方面。在文学作品中，也常以刺绣手段来表现人物的心灵手巧，像《红楼梦》写晴雯补裘，就是其中的一例。

这一联，秦韬玉既写出贫女的自信心和自豪感，又表现出贫穷的劳动者的骨气，实在难能可贵。这和薛逢笔下的贫女，只是羡慕邻家婚嫁而落泪悲伤大不一样。当然，秦诗写贫女的心情，也是诗人的自况，它寄寓着诗人傲然自负，不屑与凡夫俗子同流合污的态度。

第七、八句是全诗最精彩之笔。"苦恨"两字，分量很重，比伤心又进一层。这贫女年复一年，裁缝华丽的衣服，那是为别人制作出嫁的衣装。"压金线"，即以指头用力压着金线制作的意思，这是劳累活，有过缝衣经验的人，都会理解。可怜这贫女年年都要缝制嫁衣，却没有一件是给自己穿的。为了生活，她不能不缝制嫁衣，而辛勤劳动的成果，却供别人享用。她没有幸福，眼看别人出嫁，只能用自己的辛勤，为别人编织幸福。她心有不甘，又很无奈，一边缝，一边心里泛起了多少波澜！

在这里，诗人选用"作嫁衣裳"的细节来表现贫女的心理状态，十分精妙。首先，这女子要谋生，便要替别人缝衣，这和"贫女"的身份切合。其次，她缝制的是要用金线刺绣的衣服，这是只配给富贵人家享用的衣物，而她则从来"未识绮罗香"，这是多么不平等。宋代张俞有诗："昨日入城市，归来泪满巾。遍身罗绮者，不是养蚕人。"（《蚕妇》）意思也一样，但秦诗这句，写得更深刻。那辛苦地压痛了指头缝成的珍贵衣裳，与荆钗布裙缝制者的贫贱，构成鲜明的对比。更重要的是，缝制的是女性出嫁所需的衣服，这必然引起"拟托良媒益自伤"的贫女，产生复杂的联想，这滋味，不是别的劳动所能比拟的。试想，如果诗人把"嫁衣"改作"新衣""绣衣"之类的词语，那么，效果将完全不同。在李山甫的诗里，也写到贫女"暗垂珠泪滴蚕筐"，蚕筐和贫女的身份也有联系，但与贫女待嫁的心态无关。可见，诗人对意象的运用，反映出他对生活观察的能力，以及艺术水平的高下。也正因为秦韬玉选择的这一意象具有深刻的典型性，"为人作嫁"成为了汉语中的成语。

和薛逢、李山甫所咏的贫女相比，秦韬玉的高明，还在于以顿挫的笔触，层层推进地表达贫女复杂的心态。整首诗，诗人从"自伤"着墨，第一、二句是自伤身世的不幸；第三、四句，从"自伤"发展为伤时，发展为对现实生活的不满。而在伤时的同时，又包含"自伤"的意绪；第五、六句则表现贫女的自信和自负。这情绪的变化，在诗的结构中有顿挫的作用。所谓顿挫，是诗意出现高低起伏的状态，它像摇橹一样，通过短促的反作用力，推动舟船的前进。贫女的自强自重和自伤自怜，构成两股反作用力，让读者清晰地看到贫女思想感情的发展过程。但是，贫女即使是自负自傲，有志气、有能力，也不可能改变自己的命运，也就是由"自伤"进而为"苦恨"，发展为具有广泛意义的更大的悲哀。

这三首诗，同是八句，同是写未嫁的贫女，但贫女感情抒发的重点各不相同，作品的表现力也各不相同。通过比较，我们可以判断诗人不同的思想水平和艺术水平，也可以提高我们的鉴赏和分析能力。

从比较看苏轼的《赤壁怀古》

上面，我们把同一体裁和同一时代产生的作品做出比较。其实，不同时期、不同体裁的作品，只要是选用同一题材，也是可以比较的。从比较中，也可清晰地发现作者不同的风格和特点，从而加深对作品的理解。

在唐代，杜牧写过一首广被流传的七绝，题目是《赤壁》：

> 折戟沉沙铁未销，自将磨洗认前朝。
> 东风不与周郎便，铜雀春深锁二乔。

三国时代的赤壁之战，是历史上的重大战役，历来不少作家也都以它为创作题材，像李白也写过《赤壁歌送别》："二龙争战决雌雄，赤壁楼船扫地空。烈火张天照云海，周瑜于此破曹公。"但说实在的，李白这诗写得一点儿也不佳，让人失望。

杜牧的《赤壁》一诗，并不费解。读过《三国演义》的人都知道，它取材于赤壁之战，诗人通过找到古战场上沉埋在长江的折戟入手，抒发自己对这场历史上有名战役的看法。

鲁迅说："发思古之幽情，往往为了现在。"凡是以历史为题材的文学作品，包括咏史诗，绝不会是只写历史的问题。作者咏的是"史"，但对历史的描绘和评价，贯穿着他对历史的认识。更重要的是，它必然贯穿作者自身的情感。正因如此，所以能成为"诗"。明代诗论家谢榛在《四溟诗话》中指出，咏史诗应是"或己事相触，或时政相关，或独出断案"。其中，所谓"己事相触"，更是创作咏史诗这一题材的重要规律。

赤壁，是三国时代周瑜、诸葛亮和曹操交战的地方。杜牧来到这里，几百年前战争的硝烟没有了，可是战争的痕迹依然存在，折断的刀戟已沉入江底，过去拿着刀戟的将士，连白骨也成为灰土，只剩下兵器的铁还没有腐蚀净尽，它成了历史的见证，把它们打磨洗净，还可认出它们是前朝的遗物。历史在消逝，人亡物在，自然引发出人们许多联想。

在赤壁之战中，曹操以几十万大军，直迫赤壁北岸，战船连接数里，却被孙吴的主帅周瑜，打得抱头鼠窜。此一役，周郎趁着天上刮起东风的时机，发起火攻，取得了重大的胜利。《三国演义》不是还有诸葛亮扮神扮鬼借东风的描写吗？这是对东风和诸葛亮的神化。赤壁之战是在冬至的时候进行的，按理，冬天只刮西北风，不可能刮东风。但"冬至一阳生"，冬至前后几天是会刮东风的，周瑜正是掌握了这一自然规律，利用东风向西吹，才烧毁了驻在赤壁西北的曹军战船。当然，这场战斗的胜负，东风起了重大的作用。

铜雀台,是曹操所建的宫苑。二乔,即大乔和小乔两位美女,大乔嫁给了孙策,妹妹小乔嫁给了周瑜。一直以来,人们对赤壁之战,都肯定周瑜,赞扬他以少胜多,击败强敌。其实道理也很简单,曹操挟天子以令诸侯,人强马壮,但却是一支骄兵,骄兵必败。周瑜只有几万军队,面临灭顶之灾,是一支哀兵,哀兵必胜。从天时、地利、人和等方面看,周瑜占了地利与人和的优势,他和诸葛亮又掌握了气候变化的规律,取得战争的胜利,并不是偶然的。

然而,杜牧在诗的前两句说到了生锈的折戟,油然生出怀古之情后,第三句话题一转。他认为,周瑜之所以取得了胜利,靠的是有好运气。如果不是东风帮助了他,方便他运用火攻的战术,那么,魏兵便将捉住大小二乔,将她们锁在铜雀台里,成为供曹操享用的姬妾,那才真是赔了夫人又折兵哩!自然,孙吴也将被曹魏灭掉。按杜牧的观点,是认为靠运气取胜的周郎,实在没有什么了不起。

杜牧这对周瑜揶揄的看法,以及这首诗的立意,和一般人不同。说实在的,真有点儿强词夺理。但文艺创作,也未必一定要和事实一模一样,作者甚至可以借题发挥。"戏说"多了,有歪曲历史之嫌,但我们也不能不承认这也是文艺创作的一种样式。杜牧对周郎的评价,一方面受到了陈寿《三国志》以曹魏为正统的影响。另一方面,也和杜牧的创作风格有关,他常喜欢作惊人之笔。例如人们在失意落魄时,多会心灰意冷,他反而得意得很。他被贬到扬州,竟有诗云:"落魄江湖载酒行,楚腰纤细掌中轻。

十年一觉扬州梦，赢得青楼薄幸名。"（《遣怀》）这种旷达乐观而又带着冷嘲的心态，很具特色。杜牧的《赤壁》，写的是一段富有悲剧性的历史，诗的前两句还多少有怀古悲凉的意味。但第三句笔锋一转，整首诗的旨趣全变，它的命意也别开生面，显得新奇而有趣，为人津津乐道，因此，被收入《唐诗三百首》中。有人甚至说它"意思翻新，可当《史记》"（《精选评注五朝诗学津梁》）。

当然，杜牧这语出惊人的想法，也招致一些人的不满，宋代的许𫖮便说他"社稷存亡，生灵涂炭都不问，只恐被捉了二乔，可见措大不识好恶"。评价实在低得很！

说杜牧"只恐捉了二乔"，不顾老百姓之灾难，也太过分了。因为杜牧并非置国计民生于不顾的人，试看他写过的《阿房宫赋》，责问封建统治者为何奢侈腐败，盘剥百姓，"奈何取之尽锱铢，用之如泥沙？"便可见到他实在是关心社稷苍生的。问题是，为什么杜牧却偏偏再把周郎揶揄一番，说他不靠才能，只靠运气？而且这强词夺理的立意，竟也获得许多人的共鸣？其中大有深意。我们知道，杜牧也懂得政治和军事，他曾向朝廷提出过对付藩镇割据和如何战胜吐蕃的方略，可是不被接纳，一再受到排挤，只能"落魄江湖"。而一些没有才能的凡夫俗子，一个个受到朝廷的重用。像他的族兄杜惊，无才无德，却做了大官。杜牧心中愤愤不平，觉得很不是滋味。平素喜欢游戏人生的品性，与不满现实的感慨，油然化为冷嘲，便故意以反常的姿态借题发挥，把赤壁之战中的周瑜数落一番。不过，杜牧借周瑜嘲讽的那些靠运气升官发财的现象，在封建社会，却是普遍的。不少达官贵人，或是靠一张油嘴吹牛拍马，或是靠裙带关系鸡犬飞升，或是靠不可告人的手段受到朝廷重用。至于靠碰运气捞了一把，取得成功，更是大有人在。这些人占了茅坑不拉屎，大量有能、有德、有才的人，便只能屈居下僚，或者一辈子不得志。所以，杜牧的惊人之笔，并非嫉妒成功人士，而是反映了广大下层怀才不遇者，对现实不满的牢骚心态。从他对周瑜的独特评价中，触发了人们对"世无英雄，遂使竖子成名"的感慨，这就是《赤壁》一诗获得成功，并且被人们认同，成为名作的缘故。

杜牧《赤壁》一诗的成功，主要在于"意思翻新"。而在吟咏赤壁之战的诗歌中，获得了最大成功的，则是苏轼的《念奴娇·赤壁怀古》：

> 大江东去，浪淘尽，千古风流人物。故垒西边，人道是，三国周郎赤壁。乱石崩云，惊涛裂岸，卷起千堆雪，江山如画，一时多少豪杰。　　遥想公瑾当年，小乔初嫁了，雄姿英发。羽扇纶巾，谈笑间，强虏灰飞烟灭。故国神游，多情应笑我，早生华发。人生如梦，一樽还酹江月。

杜牧咏赤壁，以周郎的"侥幸"、靠好运气，与"己事相触"。而苏轼吟咏周郎在赤壁的遭遇，也与"己事相触"。但他们描写的角度和抒发的情感大不相同，描写手法也大不一样。

苏轼的《念奴娇·赤壁怀古》，写于乌台诗案之后。由于苏轼不同意王安石的政治主张，写诗讽刺王安石的新政，被捕入狱，后来又被贬到湖北。这首词，是他被贬到湖北黄州时写的。一直以来，它被评为"乐府绝唱"。

苏轼在黄州写了和赤壁有关的四篇作品。除前、后《赤壁赋》《赤壁洞穴》之外，就是这一首词《念奴娇·赤壁怀古》了。在他游赤壁的时候，周瑜的事触动了他，这和杜牧是一样的。这就是两者之"同"。不同的是，杜牧以讽刺周郎的成功，为自己的失败鸣不平。而苏轼则以赞叹周郎的成功，为自己的失败鸣不平。这就是同中有异。因而我们可以通过对这两首成功之作的比较，更清楚地认识到它们各自的价值。

杜牧诗的成功，在于他以反常的姿态评价历史人物，使人陡然一惊，耳目一新。而苏轼正面赞美周郎，却是与人们对这段历史的认识相一致。即使是以曹魏为正统的陈寿，也在《三国志》中说周瑜是"衔命出征，身当矢石，尽节用命，视死如归"的勇将。因此，从正面评价周瑜，其实很平常。为什么苏轼的《念奴娇·赤壁怀古》可以独步千古？这很值得我们仔细体味。

大江东去，浪淘尽，千古风流人物。

这开头的三句，一开始便从大处落墨，使人陡然一惊，感觉到它的景象无比豪雄，感受到词人有无比开阔的视野与胸襟。"大江流日夜"，它一泻千里，具有无穷的力量，那滔滔江水，连历史上所有英雄也淘洗净尽。"千古"，比喻永远的历史。历史上所有英雄人物都被冲走，这既说历史无情，谁也挡不住大江的伟力，又说明曾在历史的大舞台上叱咤风云的人物，都不存在了。

"大江东去"，人们多以为是指长江从这里向东流去。这固然也对，因为词人就站在长江边上看风景。但如果只以为这写的是实景，格局便小了。因为，苏轼要写的，不仅是"长江滚滚向东流"之意，而是登高望远，目空千古，亦即李白的"登高壮观天地间，大江茫茫去不还"之意（见《庐山谣寄卢侍御虚舟》）。大江，苏轼不做具体的指述，不直接说"长江东去"。显然，这"大江"，既是长江，也包括宇内一切的大河大江，还包括时间的"大江"。当"千古"两字一下，它更转化为历史长河，这比只写眼前的长江，更加开阔，更具深意，这写法实在精警得很。

罗贯中《三国演义》开头有词："滚滚长江东逝水，浪花淘尽英雄。"这原出自于明代杨慎《临江仙·〈廿一史弹词〉第三段说秦汉开场词》，清代毛宗岗重刻《三国演义》，把它置于小说之首。它分明拾苏轼牙慧，但气魄意境，反而小了。杨慎具体说长江，反不及苏轼说"大江"。"浪花淘尽英雄"，也不错。但苏轼是说"千古"，非秦汉一时的英雄人物而已。苏轼从长江放眼到天地之间，才会从无穷的空间，联想到"千古"，联想到无穷的时间。这气势，只有唐代陈子昂"前不见古人，后不见来者。念天地之悠悠，独怆然而涕下"可以比拟。陈子昂也是把无限的时间和无限的空间联系起来，但陈诗又失之于抽象，不及苏轼写得生动具体。所以，《念奴娇·赤壁怀古》的开头两句，虽然也是实境的描写，但又从中透露出词人睥睨一世的心境。

这里还要注意"风流人物"的提法。苏轼用这特定词语，而没有用"英雄人物"一词，其中大有深意。现在，人们说的"风流"，多少有点儿贬义，就如说风骚一样。而在古人，说风流、风骚，都是褒义。不过，"英雄人物"和"风流人物"，也不能画上等号。

在过去，"风流"指风流倜傥，仪表儒雅，具有风度翩翩的气质。他可以是高官，甚至是武将，但一定是个"腹有诗书气自华"，一举一动都有书卷气的人士。所以，张飞可以称为英雄人物，但绝不能称为"风流人物"。而周瑜，则是既可称为英雄人物，也可称为风流人物。易言之，风流可包括英雄，英雄却未必风流。

请注意，苏轼在《念奴娇·赤壁怀古》里强调"风流人物"，是有特定意思的。我们知道，周瑜是武将，但文武双全。《三国志》记载他很懂得音乐，时人谓"曲有误，周郎顾"。如果在音乐演奏时出了一点儿纰漏，他能立刻听出，会回过头来望着失误者。人们佩服他具有高度的文化艺术修养，还称之为"顾曲周郎"。苏轼虽然明知周瑜是个指挥千军万马的将军，却不泛指他是英雄人物，而特指他为"风流人物"，这无疑是强调他文采风流的一面，赞美他具有能文能武的儒将的特质。此外，还隐藏着另一层深意，这一点，下面再说。

故垒西边，人道是，三国周郎赤壁。

此词曰《赤壁怀古》，但这里所说的赤壁，是指整个赤壁地区。据说，苏轼只到了三国时代曹魏、孙吴交锋的战场附近，那地方叫赤鼻。苏轼所站的赤鼻一带，当然也有一些残旧的堡垒，所以词中说到"故垒"。而那些"故垒"，也照应着上文所说的"千古"，未必一定是三国时代的堡垒。苏轼在写了浩瀚的大江以后，着眼于故垒，这也和杜牧先写"折戟"一样，从具体的物象，把读者引入历史兴废的怀古。

其实，从苏轼所站的位置望过去，那故垒的西边，才是三国时周瑜打仗的地方。所以，苏轼并非真的到了古战场，而只是遥望古战场。不过，那地方是否就是赤壁鏖兵之处，也未十分确定，所以说苏轼加上"人道是"三字，说明只是传闻而已。这也难怪，因为他只是游览到赤壁的附近，在这里浮想联翩，借题发挥。他是在怀古，而非在考古。

当苏轼站在长江之边，慢慢望过去，目光投向西边，那里是传说中的古战场赤壁。"三国周郎赤壁"这话也说得很有意思。上文说到"千古"，在历史的长河中，苏轼要怀古，他怀想的是哪一段时期？是截取历史长河中三国时期那一段，再又集中到三国时期赤壁之战那一段。面对着赤壁，他想到的英雄人物，便聚焦到魏、蜀、吴会战的各路英雄，又再集中到赤壁之战中取得胜利的周瑜。在这里，苏轼称周瑜为"周郎"，多少带有亲昵、亲近的口吻，和直呼其名有所不同。至于说"周郎赤壁"，也颇有意思。本来，周郎是周郎，赤壁是赤壁，但因周郎在赤壁大破曹兵，让这小地方竟成了大名胜；而周郎也因赤壁一战，扬名天下。于是，赤壁便被词人说成是属于周郎的，从中流露出赞美的意味。

当词人把眼光聚焦到他所关注的地点，亦即人们传说的古战场，就有了下面的三句：

乱石崩云，惊涛裂岸，卷起千堆雪。

这三句，似乎是实景的描写，但它是，又不是。当然，按照苏轼的实际经历，他确是到过这古战场的。据《赤壁赋》说，那是"清风徐来，水波不兴""白露横江，水光接天"的开阔地带。老实说，当年曹操所率领的千百艘战船，也只能驻在江面开阔处。因此，"乱石崩云"三句，完全是从赤壁向西遥望的想象之词，而不是当年赤壁战场的实景。这很重要，因为现在许多人理解错了，以为这三句是描写客观景象。

苏轼遥望的想象中的赤壁战场是怎样的呢？一方面非常雄伟。从上望，乱石把天空的云崩开，可见险恶，可见高峻；向下看，巨浪拍打，击裂河岸，可见凶猛，可见伟力。苏轼把赤壁的环境写得很凶险，是和表达这里发生过一场恶战有联系的。但是，当"卷起千堆雪"五个字一下，又显得这里的景色在险峻奇雄中带着秀丽。浪花如雪花，冲到岸边，飞溅起来，就如卷走千堆白雪，气势既无比阔大，又无比潇洒，无比俊美。这韵味，和上两句不同。上两句的"崩""裂"，很奇险。如果只从崩云、裂岸的意象着眼，接下去，一般人可能就会写"伟力真如铁"或者"观者心魂慑"之类。但苏轼写浪花拍岸，既不是"潮打空城寂寞回"的冷漠，又不是"潮平两岸阔"的平稳宽大，而是以雪花形容浪花，说那汹涌的波涛，拍打着山体，卷了回去，化作千堆的雪花。这意象，俊美得很，潇洒得很，与"乱石""惊涛"的意象，形成矛盾的统一，这三句也成为千古名句。这两者结合的景象，一则把景色豪雄化，一则又把景色儒雅化，它也是词人心境的外化。而这雄豪与俊秀景色的融合，又起了衬托他要写的"风流人物"的作用。

其实，赤壁这地方，真如苏轼所说那么豪雄俊秀吗？按宋代范成大说，这地方气象并不大："赤壁，小赤土山也。未见所谓'乱石穿空'。"（《吴船录》）可见，苏轼所写的，并非当地景色的实录。不过，文学作品是容许虚构的，作者可以根据自己的主观感受形容书写。就如摄影师若从仰拍的角度，拍摄一座小山，也可让观者看成是拍到一座高山一样。

> 江山如画，一时多少豪杰。

这是上片歇拍。

词的歇拍，讲究"欲断还连"。断，指上片结束；又要断而不断，藕断丝连，能够引起下文，这就是"还连"。像苏轼的《水调歌头》，上片歇拍是说月亮里的嫦娥"起舞弄清影，何似在人间"。下片开头"转朱阁，低绮户，照无眠"，就是说月亮照到人间，即承接"何似在人间"的气脉。像毛泽东的《沁园春·雪》，上片说到江山的美景，特别点到"须晴日，看红装素裹，分外妖娆"，便引出下文"江山如此多娇，引无数英雄竞折腰"。这两首词都是"欲断还连"的成功例子。《念奴娇·赤壁怀古》的上片，则以遥望赤壁一带风景，怀想千古豪杰作收束，从而引出下文的"风流人物"周瑜，这就是"欲断还连"。而怀想周瑜，又只截取他在赤壁之战那一段历史，可见，苏轼的目光从广阔无边、目空千古，慢慢集中到一个焦点。

"遥想公瑾（周瑜的别字）当年"这一句，正面点出"怀古"的题材。"当年"，指的是赤壁之战的日子。那一段时期，周瑜大胜曹操，威风八面，改写了历史的进程。

有趣的是，苏轼在写周瑜破曹之前，却先说一句"小乔初嫁了"。

在我国古代的文学作品里，为突出英雄人物，往往采用陪衬的办法。一种是用丑衬美，如为突出威武儒雅的岳飞，便弄出一个粗野的牛皋；为突出丹凤眼、卧蚕眉、五绺长须的关羽，则配上容貌黝黑、丑陋古怪的周仓。一种是以美人配英雄，像穆桂英配杨宗保，虞姬配项羽。在这首词里，苏轼也采用陪衬的手法，他要极写周瑜少年英雄，年青得志，便特别点出美人小乔来陪衬，说周瑜刚刚和她结婚，洞房花烛夜与金榜题名时连在一起，意气风发，真是喜上加喜。上面说过，小乔是孙吴有名的美人，其实，在赤壁之战前的十年，小乔早嫁给周瑜了。苏轼偏说她"初嫁"，无非是强调他所崇拜的周瑜，情场得意，战场得意。这一笔，似是闲笔，却又是为了突出周郎的"雄姿英发"。

更妙的是，苏轼说"羽扇纶巾，谈笑间，强虏灰飞烟灭"。作为主将，周瑜在前线指挥，实际情况是穿着盔甲的。但苏轼却写他摇着鹅毛扇，戴着丝巾，一派儒生打扮。

关于这句，曾经引起过学者的争论。有人说：这句是写诸葛亮的，是说孔明配合周瑜打败了曹操。其实不然，这解释只是受了《三国演义》的影响。苏轼这词，全是写周瑜，所以只能是说周瑜的打扮。人们也愈来愈知道，战争的胜利，靠的是运筹帷幄，所以汉高祖取得天下后论功行赏，功劳最大的是萧何、张良，而非樊哙等冲锋陷阵的武将。晋代的羊叔子，身为主将，却穿"缓带轻裘"，故有"缓带轻裘，羊叔子乃斯文主将"之说。苏轼让周郎摇羽扇，戴纶巾，便有强调他风流倜傥，轻轻松松就打了胜仗的意味。从这里，很自然过渡到周瑜在"谈笑间"便打了胜仗的描写。

"强虏灰飞烟灭"，有些版本作"樯橹灰飞烟灭"，这是强调周瑜以火攻之计大破曹兵。当时曹兵号称有八十万，孙吴兵马只有三万。曹魏来下战书时，吴将皆失色，独周瑜主战，他令黄盖行苦肉计，又让庞统诱骗曹操把战船绑在一起，随后周瑜放火进攻，把曹船烧得一干二净，所以有"樯橹灰飞烟灭"之说。但我认为，采用"强虏"一词更好。因为"灰飞烟灭"，已包含了使用火攻让曹兵彻底失败之意。"强虏"则指强大的、气势强盛的敌人，这比指一般的木船更重要。因为打败的对手越强，越能说明自己的本事高强。正如武松打虎，而非打猫，竟能克之，适说明胜者之勇。所以，这里说周瑜从容克敌，战胜的是"强虏"，更能显出其"雄姿英发"的形象。

写到这里，苏轼对赤壁鏖兵和周郎的仰慕，已告一段落，下面，便直接抒发自己的感受。

故国神游，多情应笑我，早生华发。

关于"故国神游"这句，有两种解释。一说是苏轼说自己来到此地，出神地、全神贯注地游思古今。另一说，则是苏轼想象周瑜的魂魄，重来故地。我认为应以后说为是。首先，这词的下片，一直都在怀想周瑜的往事，从语气的衔接而言，"神游"者，应是词人想象中的周瑜。另外，所谓"故国"，是故土、故乡的意思。苏轼是四川人，湖北赤壁一带，说不上是他的故乡、故土。但周瑜曾在这一带属于孙吴的地方打拼，对他而言，赤壁当然属于"故国"的范围。

在这里，苏轼在回顾了周瑜年少得志、建功立业以后，便想象他的精魄，也回到了赤壁游览。这一来，他又想象，若是这多情儒雅的周郎，与东坡自认为也是多情儒雅的他，相遇在一起。那时，周瑜便会嘲笑他"早生华发"了，说他老了，没用了！按史载，周瑜在赤壁之战时，是三十四岁，已经功成名就。反观苏轼，他被贬到湖北，在赤壁一带游览时，已是四十六岁左右了。他觉得自己至今一事无成，只有一头白发，所以，便认为那多情的周郎，应会嘲笑他。当然，说周瑜会嘲笑他，其实是苏轼的自嘲。由于他游览赤壁，把周瑜的遭遇与自己相比，"己事相触"，便觉得很无奈，很感慨。

面对着茫茫宇宙，滚滚江流，无穷无尽的历史，千古的风流人物，特别是面对着志存高远、风流儒雅，并且业绩辉煌、青史留名的周瑜，苏轼思前想后，无言以对。他便想："人生如梦，一樽还酹江月。"这是他对想象中的周瑜，包括对可能嘲笑他命途多舛的人们，做出的精警豁达的回答。换言之，他是说：怀什么古？什么都不要想了，人生就像一场梦，一切都如过眼云烟般的幻影。那就拿出一樽酒来，对着江上明月，酹在江面，和江月一醉。

为什么苏轼在结句中，要酹酒临江？这也值得我们思考。从艺术上看，《念奴娇·赤壁怀古》以"大江东去"开头，最后以"江"作呼应，结构是完整的。而说到"江月"，还有更深的含义。

苏轼在《赤壁赋》中说过："客亦知夫水与月乎？逝者如斯，而未尝往也；盈虚者如彼，而卒莫消长也。"意思是说，日日夜夜，江水奔流，无穷无尽，正如孔子所说："逝者如斯夫，不舍昼夜。"江水是流不尽的，总不会一流就完事了，它永远在流。而月亮，有盈有虚，有圆有缺，最后也是永远不会消失。江和月，都是永恒的，这是宇宙的规律。相对来讲，人生短促，人生如梦，很快就消逝了，这也是不可避免的规律。所以，苏轼认为，有些人"哀吾生之须臾，羡长江之无穷"，其实何必哀？何必羡？谁人与我共醉？最好的办法，就是举杯邀明月，"挟飞仙以遨游，抱明月而长终"。宇宙、人生，既然是改变不了的，因此，苏轼认为，他也不必因"早生华发"而发愁，不必和周瑜比较得失荣辱，不必感到无奈伤悲，而应以豁达的态度对待一切，把人生潇洒走一回，就可以了！这就是苏轼对人生的感悟。

其实，这词在开头说，大江"浪淘尽，千古风流人物"，那么，周瑜虽然是英雄，虽然是文采风流的儒将，实际上连他也被历史长河淘汰了。至于苏轼自己，也只能被历史淘汰，这也是应有之义。所以，应以豁达的态度，对待历史，对待人生。

现在，我们终于明白，为什么苏轼强调武将周瑜的文采风流了。原来，他自己是文官，所以一直把周瑜的儒雅，和自己相提并论。周瑜是儒雅英雄，仍被浪淘汰，苏轼自命也是"风流人物"，却生不逢时。那么，"早生华发"，也算不了什么！一樽酹江月，感谢江和月，这便是他从怀古中得到的哲理性的启示。显然，苏轼在词里写周瑜，其实也在写自己。这一点，元代的元好问看得很清楚，他说："东坡《赤壁》词，殆戏以周郎自况也。"（《题闲闲书赤壁赋后》）这评价，说到了《念奴娇·赤壁怀古》一词题旨的本质。

如果我们把苏轼的《赤壁怀古》和杜牧的《赤壁》比较，那么，很清楚，他们都用了同一历史题材，提到的人物也都是周郎，也同是以历史"己事相触",但使用的体裁不同,艺术手法也大不相同。杜牧的诗,胜在立意新奇,让人在惊讶中领略深意;而苏轼的词,则胜在层层深入,如江流宛转,盘旋而下,最后流进更深远的大海。

就《念奴娇·赤壁怀古》的结构而言,苏轼先以阔大的笔墨,从时空的角度,放眼于大江,放眼于千古;再从历史的长河中,遥望具体的地点赤壁,从而截取赤壁之战的一段史实,进入视野;再把眼光集中到赤壁之战中的周瑜;最后才从周瑜的遭遇联想到自己。当然,绝句和词的长调,篇幅不同,杜牧和苏轼在处理同一题材方面的写作技巧,也各有千秋。

在戏曲表演中,当舞台上元帅出场的时候,往往会采取一种表演手法。在后台,乐队先来一段惊天动地的大锣大鼓,随着鼓声,一队跑龙套的便叉着手跑一通圆场。跟着,出场的是四名插着靠旗的大将,分立两旁,齐齐亮相。接着,会有一个武师扮马童,或做牵马的样子出场,或翻着筋斗出场。最后,元帅才在【急急风】的伴奏下,踱着方步,走到舞台中央亮相站住。显然,经过一番衬托,千呼万唤始出来的人,才是真正的主角。我觉得,苏轼在《念奴娇·赤壁怀古》中的表现手法,和上述元帅出场的模样颇为相似。请勿以为他突出写周郎,便是把周瑜当作主角,其实,最后出场的元帅,正是苏轼自己,多情的周郎,也只不过是配角。清代的黄苏在《蓼园词选》中指出:"题是怀古,意谓自己消磨壮心殆尽也。……总而言之,题是赤壁,心实为己而发。周郎是宾,自己是主。借宾定主,寓主于宾。是主是宾,离奇变幻。"这真是一语中的。

上面,我们用比较的方法分析了同一题材的作品,其中有同一体裁的,有不同体裁的。在比较它们的同中之异和异中之同后,作者水平的高低、风格的差异，显得更加清晰，对它们的鉴赏和研究，也更有说服力。只要运用得当，它不失为一种行之有效的研究方法。

羌村三首(其一)

唐·杜甫

峥嵘赤云西,日脚下平地。
柴门鸟雀噪,归客千里至。
妻孥怪我在,惊定还拭泪。
世乱遭飘荡,生还偶然遂!
邻人满墙头,感叹亦歔欷。
夜阑更秉烛,相对如梦寐。

书者简介

钟东:
广东省书法评论家协会理事。
中山大学中文系1994级研究生校友。

峥嵘赤云西　日脚下平地
柴门鸟雀噪　归客千里至
妻孥怪我在　惊定还拭泪
世乱遭飘荡　生还偶然遂
邻人满墙头　感叹亦歔欷
夜阑更秉烛　相对如梦寐

唐杜少陵羌村
三首之一
乙未夏锺东录

第四讲　有情此有诗

缘情与言志的关系

诗歌创作要有感情,这是常识。元代的杨维桢说:"有情此有诗。"俄国著名文学理论家别林斯基也说:"感情是诗歌天性的最主要动力之一,没有感情,就没有诗人,也没有诗歌。"我认为,这是真理。

但是,长期以来,文坛上对这个问题,一直存在争论:诗歌创作,是"言志",还是"缘情"?《尚书·舜典》提出:"诗言志,歌永言。"《诗大序》提出:"诗者,志之所之也,在心为志,发言为诗。"所谓志,是志向、理想。这有强调教育功能和政治作用的意思。

到汉代,儒家把"诗言志"推到极致,汉儒所谓"志",仅限于先王之道,亦即"仁义礼智信"的道德观。《诗大序》认为《诗经》中的诗,是为了"经夫妇,成孝敬,厚人伦,美教化,移风俗",把"言志"视为最高创作准则。郑玄发挥为"美刺说",认为诗歌创作,是为了对社会政治的批评或表扬。

不过,在封建时代,尽管儒家诗教处于诗坛的垄断地位,但也不能捆住所有人的手脚。人们突破的办法之一，便是在理论上强调"情"。

第一次强调创作需要"情"的，是晋代的陆机，他在《文赋》中突出地提出"诗缘情而绮靡"，还提出诗作"及其六情底滞，志往神留，兀若枯木，豁若涸流"，意思是说：喜、怒、哀、乐、爱、恶六种感情，如果在作品中显得沉滞，没有生动的表现，那么，道德理想是上去了，神情却失落了。这样的作品，便像枯萎的树木，像干涸的泉水，没有什么意义。

南明梁刘勰在《文心雕龙》里，也处处提出"情"的作用，说"夫缀文者情动而辞发，观文者披文以入情"（《文心雕龙·知音》）。他强调作者和读者，都会受到"情"的支配。

陆机和刘勰，处在汉王朝大一统局面已经崩溃的时代，各阶层、各利益集团进一步分化动荡，也导致意识形态出现种种变化，人的思想，包括文艺思想，也出现了变革势头。在诗歌创作中，开始在一定程度上强调个人的价值，走向了一个"自觉时代"。陆、刘提出"诗缘情"而作，正是这一代诗坛创作趋向的反映。

不过，其后唐代的李翱，又提出"情者，妄也，邪也"，把情与志对立起来。让人意外的是，唐代的大诗人白居易竟说得更极端，他提出诗歌"为君、为臣、为民、为物、为事而作，不为文而作"，简单地把诗歌创作看成只为政治服务的婢女，这就把诗作庸俗化了。其实，白居易本人也做不到。他最好的诗，是"闲适诗"，是抒发个人感情的诗，而不是他那些口号式的"讽喻诗"。当然，个人感情与政治、社会有着千丝万缕的联系，但如果把政治性强调得过了头，才是真正的"妄也，邪也"。

必须指出,在文学史和文学批评史上,把"诗言志"和"诗缘情"绝对化,过分强调两者之间的对立,其实只是一个伪命题。

儒家提出"诗言志",重视理性成分,这并没有错。因为志向、理想,也不是抽象的,它也包含着感情的成分。《诗大序》在说"在心为志,发言为诗"之后,便指出"情动于中而形于言"。可见,儒家的典籍,并没有排除诗作的感情因素,本来,思想和感情就是融为一体的。所以,有人甚至认为,连中国的哲学,也是感情哲学。

中国诗学,有着漫长的抒情传统。就思想史而言,孔孟虽然很少论及"情"本身,但谈及的伦理道德本体,却根源于人的自然情感问题。例如提出孝、仁的观念,就是直接把世俗之"情",引申为理念。如说"恻隐之心,人皆有之,羞恶之心,人皆有之",便是以自然的情感,作为伦理道德建立的前提。出土竹简上的孔子论诗,还有"礼因人情而生"的提法。

上面说到儒家经典,如《诗大序》,其实是没有排斥"情"的;至于刘勰等人,虽然注重情,也并没有排斥理念、理智。刘勰说:"情者文之经,辞者理之纬。"理,指义理、理想,亦即与"志"同一概念。他重视个人情感和创作的社会效能,认为二者相互联系,互为经纬。人们在一定的时期,根据文坛发展的态势,或可适当强调其中的一个侧面,但不应绝对化。

事实上,情与志,亦即情与理的关系,是诗人个人感情与社会责任的问题,二者是应该统一的。清代一位重要的思想家叶燮,指出"情必依乎理""情理交至""理在情中",这是正确的判断。这一点,西方一些杰出的理论家,也一直关注。像罗丹说:"伟大的艺术家总是完全意识到他们做的是什么。"别林斯基说："伟大的诗人谈着他自己，谈着他的'我'的时候，也就是谈着大家，谈着全人类。"可见，他们既重视自我情感的抒发，也注意在抒发中表现自己的社会责任。所以，写些只有自己才看得懂的诗，不顾社会效果；或者反过来，把诗作仅仅视为政治、政策的传声筒，都是不对的。

我认为，在诗歌创作"情"与"志"的关系中，情是第一性的。诗人所写的那些发自内心真情实感的作品，才是真正意义上的"诗"。前面提到过郁达夫在抗战期间，流落东南，所写的"曾因酒醉鞭名马，生怕情多累美人"两句，不见得是宣扬什么理志，但表现了当时知识分子彷徨失落的感情，便不失为好诗。相反，若没有情，就只能沦为标语口号式之作。

这就是为什么陆机说"诗缘情而绮靡"，刘勰说"情动而辞发"，《诗大序》说"情动于中而形于言"。道理很简单，无情，不可能有好诗。"有情此有诗"，这是真理。

真情的流露

诗歌创作，如果没贯注真情实感，只凭技巧，只重文采，光靠堆满华丽的辞藻，是不行的，是经不起推敲的。从古以来，有些诗甚至没有多少文采，只是白描，可是，它洋溢着复杂而充沛的感情，特别是对广大人民群众充满真挚的感情，所以也能感动千百年的读者。下面，我将告诉同学们一首杜甫的好诗：

> 堂前扑枣任西邻,无食无儿一妇人。
> 不为困穷宁有此,只缘恐惧转须亲。
> 即防远客虽多事,便插疏篱却甚真。
> 已诉征求贫到骨,正思戎马泪盈巾。
>
> ——《又呈吴郎》

关于杜甫的身世生平,同学们学习中国文学史时,应该大致知道了。至于这吴郎,我们不知其名,只知道杜甫在写这首诗之前,还写过一首《简吴郎司法》。看来这吴郎做过司法参军之类的小官。据考证,《又呈吴郎》写于公元767年,是杜甫在四川居住时写的。在那里,他有一间草堂。这草堂,杜甫在他的诗里经常提到,如《客至》中就说:"舍南舍北皆春水,但见群鸥日日来。花径不曾缘客扫,蓬门今始为君开。"后来,杜甫把这草堂,借给了一位姓吴的亲戚居住。

这草堂前边有一株枣树,杜甫住在这里时,西邻的一位寡妇常来打枣子。吴郎来住后,在园子边上筑起篱笆,分明有不想让寡妇前来打枣的意思。看来,寡妇把吴郎修筑篱笆这一桩事,告诉了杜甫。杜甫知道了,很不以为然,便写诗给吴郎。诗题用"呈"字,表示客气。至于说"又呈",是因为先前他已经给吴郎寄过一诗。

至于这第二首呈寄吴郎的诗,是否真的客气?我们读下去就知道了。

在研究这首诗之前,不妨先看看杜甫之前写给吴郎的那首诗,诗名《简吴郎司法》。用"简"字,意即写信,那是很一般的动词,和"呈"的意味并不一样。

> 有客乘舸自忠州，遣骑安置瀼西头。
> 古堂本买藉疏豁，借汝迁居停宴游。
> 云石荧荧高叶曙，风江飒飒乱帆秋。
> 却为姻娅过逢地，许坐层轩数散愁。
>
> ——《简吴郎司法》

诗的一、二句说，吴郎坐船从重庆来，诗人便派人骑马迎接，安排他在瀼西头的草堂居住。三、四句说，诗人买下这间草堂，本来是想在这里读些诗书，过过清闲疏懒的生活。他对吴郎说：现在你来了，便借给你，让你远离应酬烦嚣的生活。五、六句说，这里风景不错，早上，在高高的树林里，光影闪动。在江边，风很大，可以看见秋风里船来船住。在诗的最后两句，杜甫说：因为我们是姻亲，你作为客人住在这里，也就成为草堂的新主人；那么，如果将来我来到这里，彼此相逢，你便反客为主了。那时，你一定会容许我坐到层楼上，一次又一次地散心解闷吧！显然，它多少有点开玩笑的意味。这首诗，既没有感情，又没有诗味，是杜甫诗歌创作中少见的坏诗。

可是，他的《又呈吴郎》就大不一样了。

> 堂前扑枣任西邻。

这起句，写得很直白。杜甫首先说，他以前是以怎样的态度，对待那位前来打枣的邻居老妇人的。句中下一"任"字，强调任由她前来打枣,一点儿也不干涉。

有些诗,并没有什么铺陈,也不讲究什么文采,让人以为作者只是随便下笔,不善经营。其实,一些成功之作,其精妙处正在于把绚丽归于平淡,让人不觉得作者经过仔细的思考,才是最为成功的笔墨。

在这一句里,杜甫下笔淡淡地用"堂前"一语。请注意,"前"字似别无深意,直是白描。其实,枣树未必是种在堂前的,更不必强调它在堂前,说它种在堂之东、堂之西,也是可以的。但杜甫写枣树的位置是在"堂前",这似不经意,却是说明,过去老妇来打枣的行为,就是在他的眼皮底下发生的:作为草堂的旧主人,他也明明见到老妇前来打枣,但从来没有防范,没有干涉。于是,特别点明"堂前"的这一地点,就为"任"字的出现做了铺垫,也突出了"任"字的意义。

"扑枣",就是打枣。杜甫不用"打"而用"扑",这字的选择,有深意在焉。我们知道,打枣子,用的是竹竿。一般人以手持竹,把枣打下。而用"扑",则显得这打枣的邻人,手力不济了,只好加上腰背之力,扑着身子,把枣打下来。可见,她是多么老了,要费尽全身之力才能打枣,多么可怜!在这里,杜甫下一"扑"字,也似不经意,若仔细体会,便知道杜甫并非随意为之,也可领略汉语词汇的精微处。

还要注意的是,这诗写老妇人打的是"枣",而不是"果",有可能在草堂前边,种的真是枣树。但是,它也包含着另一层意思。

据《汉书·王吉传》载:"始吉少时学问,居长安。东家有大枣树垂吉庭中,吉妇取枣以啖吉。吉后知之,乃去妇。"因为王夫人拿了人家的东西，显得贪心，品德不好，王吉便不肯原谅她，要和她离婚。杜甫未必是有意用典，但古代文人都知道这个故事，知道打别家的枣，意味着行为不检。

为什么杜甫任由邻居来打枣呢？紧接着，他说出了原因：

　　无食无儿一妇人。

这句有几重的意思：第一，来打枣的人是"无食"的穷人，并不是看到枣子熟了，她要摘来尝鲜，而是要用枣子充饥。第二，她"无儿"，如果有孩子，孩子当然会奉养她；即使是打枣，也会由儿女们去干。第三，她是"一妇人"，没有丈夫，所以强调"一"。第四，她是个羸弱的妇女。可见，她孤苦伶仃。这七字，实在包含着四层意思，也包含着诗人对穷人无限怜悯和同情的感情。

　　不为困穷宁有此。

第三句的"有此"，指的是打枣这一回事。杜甫说，打别人家的枣，要别人的东西，自古以来，都知道是不对的。杜甫认为，这一点，他知道，吴郎知道，其实那老妇人也知道。但如果不是困穷，老妇人又怎会做出这样的事呢？汉代的王吉，不是因此而休妻了吗？难道这老妇人是贪婪之徒吗？这句诗，杜甫一方面补足了上面所说自己任由老妇人打枣的原因；另一方面，也婉转地告诉吴郎，应该充分体谅老妇人生活的艰辛。

> 只缘恐惧转须亲。

恐惧，指的是老妇人，也是杜甫对老妇人心情的推想。他认为她会知道，偷偷地去扑打别人的枣子，是不妥当的，谁知道主人家会不会责骂？所以，她一定是诚惶诚恐的，心情像十五个吊桶——七上八下。杜甫又告诉吴郎，过去，他看到老妇人一面扑枣，一面惊慌的样子，觉得她太可怜了，反而必须对她表示善意，让她不要介意，要对她表现得亲切一些，好让她安心一些。这句诗，杜甫既写了自己对老妇的心情，又从自己的心情中，照见老妇的心情，更以自己对穷苦人家怜悯的心情，去打动当下不准邻妇打枣的吴郎。在这里，杜甫显现出对穷人的深切同情，实在令人感动。我们也都知道，杜甫在《茅屋为秋风所破歌》中悲叹："安得广厦千万间，大庇天下寒士俱欢颜！风雨不动安如山。呜呼！何时眼前突兀见此屋，吾庐独破受冻死亦足！"可见，他那悲天悯人的思想感情，是一贯的。

> 即防远客虽多事，便插疏篱却甚真。

杜甫说了自己对老妇人的态度，实际上是对吴郎的批评。但是，吴郎如今到底是草堂的主人，又是自己的亲友，不能不给他一些面子。所以，杜甫接着说：老妇人提防着吴郎这远方来客，怕受斥责，不敢到草堂打枣，实在是多心了，多此一举了。因为她不知道，吴郎其实也是很仁慈的，是不会去责备她的。这句诗中"即"和"虽"两个虚字的设置，十分重要。在这里，杜甫首先宕开一笔，似乎是责备老妇人，却为下一句诗预作蓄势。紧跟着，诗人说：这也不能怪她呀！因为，草堂上插上了篱笆，明显有提防她的意味，这插篱笆的事，却是真的呀！难怪她对吴郎有所"误解"了。

这两句诗，口气非常婉转，似是责备老妇人，又不是真的责备；委婉地批评吴郎插篱笆做法的不妥，又注意维护吴郎的尊严，让他有台阶可下。在诗句中，诗人连用"即""虽""便""却"几个虚字，把深切同情老妇，委婉含蓄批评吴郎的心情，表现得十分微妙。

已诉征求贫到骨。

在委婉地批评吴郎以后，杜甫又告诉他，自己之所以对老妇人产生怜悯之情，是因为她对自己诉说过贫苦的原因。那时官府苛捐杂税，层层剥削，使她穷到见骨，连身体上的一点儿肉都没有了。杜甫说，他知道老妇人拿取别人的枣子，但这不是她的错。她不只无儿无女，而且受尽欺凌，受尽剥削。这等于说，过去他任由老妇打枣，是知道了她有关的经历，所以很同情她。这又等于说，吴郎由于不知道她的经历，对她有所防范，也可以理解，相信吴郎知道后，就该懂得怎么做了。显然，这一句，也是婉转地给那吝啬的吴郎以下台阶的机会。

正思戎马泪盈巾。

诗的最后一句，是杜甫向吴郎诉说自己当下的心境，他说从老妇的凄苦中，他想到了更多。他想到在现实生活中，何止是一个妇人的贫苦。他想到当时兵荒马乱，民不聊生，连自己，包括吴郎，也要逃到四川，生活很不安定，不禁悲从中来，热泪滂沱了。

这首诗，真不讲究文采，但感情十分真挚。诗人充满对人民的同情，但思想又很纠结。他知道，并非每一个人都能对穷人抱有关心，而面对这种状况，有时又不能直率地批评，只能委婉地表达。

现在，回过头来，我们便明白《又呈吴郎》这"呈"字的意味了。上面提过的《简吴郎司法》，写得很随便，而用"呈"字，口气很客气，而越客气，则越认真，越是显得杜甫把"插篱笆"一事看得很严重。他没想到吴郎对穷人没有仁爱之心，所以，内心很不安。这样的心情，又反过来说明杜甫对贫苦百姓感情的真挚。

杜甫又曾有诗云："哀哀寡妇诛求尽，恸哭秋原何处村？"（《白帝》）《又呈吴郎》之所以动人，是因为诗人抓住了一件小事，从老妇人打枣，想到广大人民的生活。清代评论家仇兆鳌说，这诗"语淡而意厚"。语淡，是诗的用词遣句看来没有什么特别之处，平淡无奇；意厚，是说它的感情真挚深厚。就技巧而言，律诗因为有两联的拘束，很易沉滞。这首诗则写得既委婉，又流畅，所以仇兆鳌又说："此章流逸，纯是生机。"认为杜甫这首诗除了感情充沛以外，又显得思想活跃。在诗中，杜甫连用两个流水对，显得自然流畅；而"不为""只缘""即""虽""便""却"等虚字的连续运用，也显现出挪腾变化的妙处。

《羌村三首》的深挚

说到诗词"缘情而作"这一论题,我还要特别推荐大家看看杜甫的另一篇名作,那就是《羌村三首》。

在《羌村三首》中,杜甫分别写自己回到羌村的情景:第一首写他和妻子相见,第二首写他和家人相聚,第三首写他和邻里相访。每首诗,都写得很动人。其中,尤其以第一首最佳。这首诗,相信许多人都读过了,但如何理解它的精微,还值得仔细分析。

> 峥嵘赤云西,日脚下平地。
> 柴门鸟雀噪,归客千里至。
> 妻孥怪我在,惊定还拭泪。
> 世乱遭飘荡,生还偶然遂。
> 邻人满墙头,感叹亦歔欷。
> 夜阑更秉烛,相对如梦寐。
>
> ——《羌村三首》(其一)

这诗是杜甫在公元757年写的,那时,是安史之乱发生后的第三年。杜甫那年从凤翔回到了鄜州的羌村。

在唐代,开元、天宝年间,国力强盛,社会安定,杜甫曾经历过"忆昔开元全盛日,小邑犹藏万家室"的日子。但是,安史之乱发生后,一切都改变了,多少人妻离子散,家破人亡,"四邻何所有,一二老寡妻"(《无家别》)。人民流离失所,处处十分荒凉。

杜甫妻子姓杨,他们夫妻感情很好。杜甫在外面做官,把妻子、儿女留在羌村。他一直很想回家,但"烽火连三月,家书抵万金"(《春望》),只能通过书信,艰难地了解家中消息。他也曾写过怀念夫人的诗,像"今夜鄜州月,闺中只独看。遥怜小儿女,未解忆长安"(《月夜》)。他以想象家中妻儿对他的思念,来表达自己对妻儿的思念,感人至深。到了公元757年,经过千辛万苦,"夜深经战场,寒月照白骨"(《北征》),他总算有机会回到羌村了。《羌村三首》就是他抒发回到家中种种感受的名篇。

《羌村三首》第一首的前四句,是写在归途中看到的景况。它平白如话,似乎没有什么特别之处,但仔细研究,原来大有文章。杜甫之所以被认为是"诗圣",确是有其道理。他非常擅长在似乎是平淡无奇的笔墨中,细腻而又深刻地描绘生活、表达情感。上面的《又呈吴郎》如此,《羌村三首》更是如此。他的成就,非一般人所能及。试看:

峥嵘赤云西。

这五个字,写傍晚的景色,似乎也很寻常。"赤云西"三字,点出时间,那是黄昏之景。夕阳西下,西边的云被落日染成了红色,如此而已。

本来,黄昏时分,天边有红云、红霞,这是很美的,谢朓就有"余霞散成绮"之句。但杜甫笔下的赤云,并不是用以形容黄昏的美。在灾难的年代,他突出地写赤色的云,使人联想到的是烽火和鲜血。

在《喜雨》中,他说过"春旱天地昏,日色赤如血"。残阳如血,让人感到的只是一片悲凉。我们还要注意,杜甫在赤云之前,加上"峥嵘"两字,强调赤云的高耸,这也不是随意落笔。我们知道,在民间的气象学中,这高耸的云,叫作堡垒云。民间说:"早看东南,晚看西北。"在西边,红云高耸,这意味着或许要刮大风,下大雨了。所以,请别以为杜甫只是客观地描写黄昏景色。他对景色的选择,是要透露云高将雨,天色将暗,表达天涯游子的紧张心情。

> 日脚下平地。

日脚,指太阳垂下的光线。它下了平地,大地越来越昏暗了,暮色越来越浓重了。如果再过一会儿,天全黑,走夜路,那就更麻烦了。所以,急着回家的人,仰望天色,便想早点到家。可见,次句点明到达羌村的时间,不是早上,不是中午,而是黄昏。这时间的选择,是有用意的。

以上的两句,十个字,既写到天,又写到地。在诗人仰俯之间,我们要注意两个问题。其一是杜甫回家,只看天地。看天,愁有风雨也;看地,愁看不见路也。其他则一概不写。其二,杜甫选择黄昏"日脚下平地"这将黑未黑的天色,作为"归客千里至"的背景,固然可能是实情,同时,这特定的景色也衬托出全诗朦朦胧胧梦境般的韵味。这作用,我们读下去,便会明白。

> 柴门鸟雀噪。

如果说，上两句是从很宽广的视角看天和地，那么，这第三句，杜甫的视野倒是集中到一个很具体的实景上。他到家了，心一宽，便看到家的柴门，看到鸟雀在柴门上，叽叽喳喳地噪叫。

杜甫选择"柴门鸟雀噪"这一形象，实在高明。第一，鸟在柴门上叫，可见当时村庄的荒凉。门庭冷落，寂寞无人，鸟雀才在柴门上做窝。如果这里人来人往，鸟雀是不会在人家门口栖息的。这点出了乱世中村庄特有的景象。第二，"归客"来了，惊动了雀鸟，它们又叫又跳，倒又多少衬托出欢欣的气氛。第三，雀鸟的噪叫，也惊动了屋里的人，为下一句写妻子的出现埋下伏笔。第四，从柴门鸟叫，很自然地引发人们对黄昏飞鸟回巢的联想，"鸟倦飞而知还"，让急着回家的人，想到自己到底回到家了，到底可以松一口气了。可见，杜甫选择这一意象，看似平常落笔，其实韵味深长，包含着丰富复杂的情感。试想，如果这句改为"门口狗在叫"，味道便大不一样。

归客千里至。

这句是前面三句的归纳。千里，说明走了很长一段路。至于归途中，悠长的路程，自然会看到各种各样的情景，但是，杜甫一点儿都没有写，四句诗，其实只突出地写了一个"至"字。诗人把千里悠悠的所见所闻"一笔抹杀"，正好恰切地表现出他一心一意，只想着归家的心态，以至于没有把其他东西放在眼内。所以，把千里的情景写得越简洁，越显得归客心情的专一；而这专一的心情，又是感情复杂的另一种表现方式。愈简单，愈复杂，这正是杜甫创作技巧的高明之处。

现实生活告诉我们，远离家乡或多年离家的人，若有机会回家，心情往往会是五味杂陈。越是走近家乡，内心的滋味越是难以言传。在古代，交通不便，许多人离乡别井，回家时，心情尤其忐忑难安。古代的诗人，也很能捕捉住"归客"的典型心态，作为创作的题材。像唐代的宋之问写过《渡汉江》："岭外音书断，经冬复历春。近乡情更怯，不敢问来人。"宋之问和家里隔绝多年，骤然能够回家，他反而心情紧张起来，因为早就音信不通，不知道家是否还在，不知道家里人是否健康。所以越是近乡，心里便越畏怯不安，生怕会有什么意外。杜甫倒没有"怯"，因为他和家里还有书信来往，虽然是"家书抵万金"，总算是略知一二。所以，他只是焦急，只是一心赶路，以至于路上的景色，一概视而不见。这和宋之问抒情的手法，各有不同，也各有各的妙处。

以上四句，杜甫集中笔力，写的是一个"至"字。而写他的"至"，又先写他的"将至"；先写他快要到家，才进一步写他到了家。从将到家和到达家门，其间又有一个过程。"归客"先注意天上有赤云；然后看到日影下平地；接着才入村，再到了家门，看到鸟雀归巢。这三个过程，三个景色的递进，也是为了说明返家过程中的心情。

我国的文人，很善于用景色的变化，来说明人的心境和行为。像宋代欧阳修的《临江仙》上片："柳外轻雷池上雨，雨声滴碎荷声。小楼西角断虹明。阑干倚处，待得月华生。"这五句词，全写一个"待"字。柳外轻雷，将雨也；不久，池面上有雨了；又不久，雨珠滴在荷叶上，滴滴答答，说明雨渐少了。过了一会儿，雨停了，虹现了，月亮出来了。这一切，全为表现词中的抒情主人公，倚着栏杆，静静地等待，表现她等待时间之长，心情之苦。杜甫《羌村三首》(其一)的前四句，艺术手法也与此相类似。表面看似平常，当想深一层，才知道很不平常。

妻孥怪我在，惊定还拭泪。

这两句极不平常了！它极突兀，而又极细致。诗人说，在兵荒马乱的日子里，妻子当然希望他平安无事，希望他活在世上。但当他突然归来，妻子完全意想不到，所以第一个反应是"怪"。怎么丈夫会突然出现呢？到底是怎么回事呢？第二个反应是"惊"。怎么丈夫会站在眼前呢？这人到底是不是杜甫？他是人还是鬼？在日落西山之后，丈夫的突然出现，反使她大吃一惊。第三个反应是"惊定"。她再细看，来人果然是自己的丈夫，这才回过神来，松了口气。这一句，是诗人眼中所见妻子由惊而喜，喜极而泣，酸甜苦辣，五味杂陈的情态。

我们知道，杜甫擅写喜中之泪，像"剑外忽传收蓟北，初闻涕泪满衣裳。却看妻子愁何在，漫卷诗书喜欲狂"（《闻官军收河南河北》）；又像"喜心翻倒极，呜咽泪沾巾"（《喜达行在所》）。从怪、惊、惊定、喜到喜极而泣，正如清代浦起龙在《读杜心解》所云："公凡写喜，必带泪写，其情弥挚。"当然，这喜极之泪，又夹杂着悲情。因为在杜甫离家时，"床前两小女，补绽才过膝"（《北征》），家里的一切，里里外外，全仗妻子勉力支撑。回想起走过来千辛万苦的历程，乍见丈夫，她，真是悲喜交集。

这里要指出的是，杜甫很擅长从人的动作或表情的变化中，细腻地表现思想感情的矛盾和曲折。像《羌村三首》的第二首，写和家人相聚，就有"晚岁迫偷生，还家少欢趣。娇儿不离膝，畏我复却去"。这诗的三、四句，固然可以理解为他的儿女害怕他又要离开。但以我理解，杜甫离家时，两个女儿才"过膝"，才两三岁。他们知道父亲回了家，所以"不离膝"。但是，他们到底年纪小，还不太认识父亲，所以诗人说孩子"畏我"，以为"我"是外人，他们在膝下转悠，忽然又走开。这出人意料的举动，和"妻孥怪我在"一样，以不平常的动作，非常曲折细致地表现出家人们对"归客千里至"的特定情态。

世乱遭飘荡，生还偶然遂。

这是诗人看到妻子复杂感情后发出的感慨、回应和解释。上面的两句，诗人写妻子的反应、动作，显得很激动。而这两句，语气比较舒缓，它是诗人的自言自语，又是诗人对妻子体贴的安慰，让人感到他似是长长地舒了一口气。那"生还偶然遂"感慨的口吻，包含着庆幸、悲叹、辛酸、回味的情绪。在这里，诗人写夫妇两人心情的对比，一紧一宽，相映成趣。对妻子而言，在门口骤然见到丈夫，自然既怪且惊；对归家的丈夫而言，见到妻儿，是有思想准备的，所以回应也相对缓和，这很切合他们这对老夫老妻的身份。

邻人满墙头，感叹亦歔欷。

如果按一般写法，顺下去，自然会继续描绘"归客"回家后与妻儿相聚的情景，但是，让人想不到的是，杜甫忽然转过笔锋，描写聚在屋旁的看客。这颇像在今天拍摄电影，镜头开始拍了两人在门口相见的近景，然后拉开画面，拍一个中景，让观众看到以这对夫妇为中心，围着的是一群知道了杜甫归来的邻居。

杜甫是如何描写邻人前来观看的场景的呢？

请注意这句"满墙头"的"满"字。满，指来了许多人，但邻人是不可能排着队来的，只能是三三两两地前来。显然，他们是来了多时了，但杜甫夫妇俩，一点儿也没有发现。发现时，墙头人已满了。这又说明"归客"一直沉醉在与家人重聚的悲欢之中，稍定神，才知道邻人都来了！

"满墙头"，不是邻人爬上墙头来看，而是隔着墙头来看，围观者都只露出了头。那短墙，把邻人和杜甫夫妇隔开了距离。他们没有走进来，是不忍打扰、惊动这一对悲喜交集的夫妻。这把主人和邻人隔开的写法，反突出了邻人对患难夫妻的同情。如果写成"邻人走过来，感叹亦欷歔"，主角和配角之间没有留下距离空间，便缺乏含蓄，没有让观众和读者发挥想象的余地。

邻人为什么欷歔？因为他们既是同情，又联想到自家。如今，杜甫侥幸能回家了，邻居们当然替他高兴，而家家都有人流落在外，家家都有本难念的经，那些在外乡的亲人，情况不知如何，他们也能够躲过战乱，像杜甫那样平安归来吗？邻人们睹景思人，在为杜甫一家高兴的同时，又掺和着各自的担心、伤心，所以都只站在外面叹气。"各有各的不幸"，这是乱世特有的景象，没有经历过离乱的人,是不容易体会到的。

> 夜阑更秉烛,相对如梦寐。

至于"归客"回到家进了门以后的情况,诗人又省略不写,只突出"夜阑更秉烛"的一个细节。

对"夜阑更秉烛"的"更"字,可以有两种解法。一般的说法,是指夜深了,他们夫妻二人没有睡,更点起了蜡烛,继续说着家常。但我以为,"更",更换也,互相交照也,他们交换手中的烛,你照看我,我照看你,互相都想把对方看得更真切一些,这是至爱的表现。在烛影中,在火光的闪烁中,两人相对,庆幸夫妻是在一起了。但还是怀疑,这是真的吗?于是觉得好像是在梦中。在上文,诗人不是说过"妻孥怪我在"吗?而在夜深人静后,痛定思痛,这一回,不仅妻子怀疑是否在做梦,连诗人自己,想不到竟能回家,也怀疑是在做梦。因此,把"更秉烛"理解为夫妻更换秉烛,更能体现出喜中带悲、既爱又怜的心态。其实,杜甫在《月夜》中就有"何时倚虚幌,双照泪痕干"两句。"虚幌"指的是软帘子,而"双照"则是相互照见的意思,与"更秉烛"运用的是同样的写作手法。

这两句诗所表达的明知不是梦,却还怀疑是在做梦的情态,也为一些诗人仿效。如:

> 故人江海别,几度隔山川。
> 乍见翻疑梦,相悲各问年。

> 孤灯寒照雨，湿竹暗浮烟。
> 更有明朝恨，离杯惜共传。
>
> ——司空曙《云阳馆与韩绅宿别》

这写的是朋友的偶然相逢。又如：

> 彩袖殷勤捧玉钟，当时拚却醉颜红。舞低杨柳楼心月，歌尽桃花扇底风。　从别后，忆相逢，几回魂梦与君同，今宵剩把银釭照，犹恐相逢是梦中。
>
> ——晏几道《鹧鸪天》

这是写情侣的相逢。当然，景况不同，司空曙、晏几道所表现的怀疑在做梦的写法，也各有差异，但看来都不及杜甫感情的真切和深挚。

上面，我们通过诗人创作的分析，论述了"诗缘情而作"的重要性。写诗，诚然需要技巧，但评价一首诗是否是好诗，更要看重它有没有真情实感。有一些应酬之作，尽管写得华美典雅，感情却是肤浅的。而只有真情贯注的诗作，才能感人肺腑。杜甫的《又呈吴郎》和《羌村三首》的成功，就是明证。

对杜甫的《羌村三首》（其一），清代乾隆钦定的《唐宋诗醇》评价道："真语流露，不假雕饰，而情文并至。"不错，它的用词遣句确实全无雕饰，但说它不费经营，显然又不是。从结构看，这诗开首四句，写得极省略，却表现出"归客"的极热切、极焦急。跟着，诗中写到夫妻见面的两句，则表现得极激动、极突兀。

再写到"世乱"和"邻人"四句，感情渐见舒缓。转入结尾两句，虽写"归客"夫妻松了一口气，却百感交集，它是和"妻孥怪我在""生还偶然遂"相互呼应的余波，写得极细致，也极深刻。

总之，整首诗，情感起伏变化，既是自然的，似不在文采方面着力，但结构上有放有收，有细节的特写，有全景的展示，这分明是经过诗人仔细安排的。试想，如果省去"世乱"中间四句，从"惊定还拭泪"后就直接写夫妻"夜阑更秉烛"，那么，既没有点明"世乱"的特定情景，又没有点明邻人的同情，便很难说明诗人归家这一题材的深刻性，也没法表现夫妇在患难中互相怜惜的深情。

"看似寻常最奇崛，成如容易却艰辛"（王安石《题张司业诗》），这是文学创作最高水平的表现。也许有人说《羌村三首》属古体诗，容易表达真情，而格律严谨的近体诗，则难以抒情，其实不然。像李商隐的"相见时难别亦难，东风无力百花残。春蚕到死丝方尽，蜡炬成灰泪始干"，不是也充满真情吗？又如杜甫的"国破山河在，城春草木深"，以及前边说过的《又呈吴郎》，也是律诗，但也都充满真情。可见，"有情此有诗"是诗歌创作的基本原则，它与诗歌的体裁无关。

《如梦令·昨夜雨疏风骤》

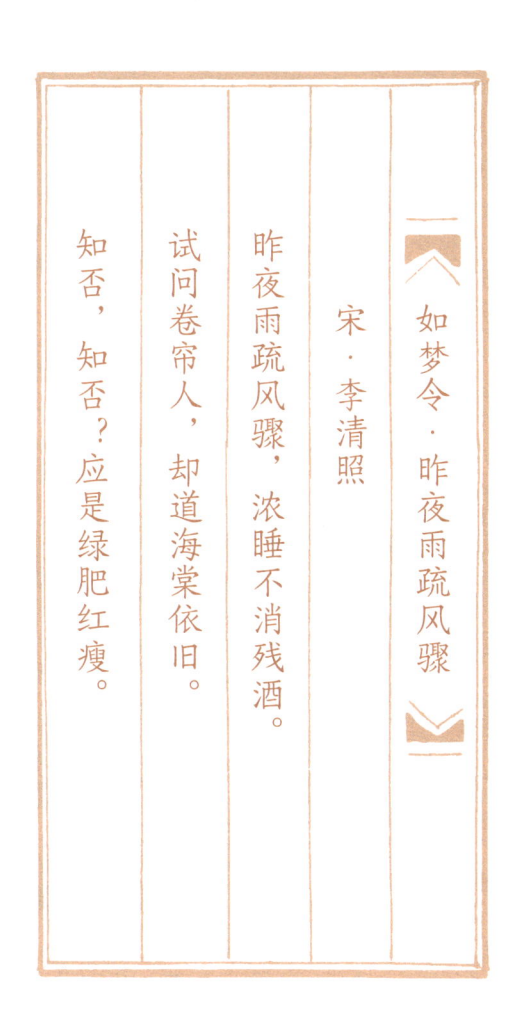

宋·李清照

昨夜雨疏风骤,浓睡不消残酒。

试问卷帘人,却道海棠依旧。

知否,知否?应是绿肥红瘦。

书者简介

林敏玲:
广州市书法家协会副主席。
中山大学中文系 1986 级校友。

昨夜雨疏風驟濃睡不消殘酒試問捲簾人却道海棠依舊知否知否應是綠肥紅瘦

李清照詞如夢令 乙未年端陽前林敏玲書

第五讲　穷愁与婉约

诗穷而后工

在我国诗歌史上，有一个很有名的命题：诗穷而后工。这句话，是宋代欧阳修提出来的，它显示出生活与文学创作的普遍规律。

首先，我们要说明的是，何谓"诗穷而后工"。

早在汉代，司马迁说："《诗》三百篇，大抵圣贤发愤之所为作也。此人皆意有所郁结，不得通其道，故述往事、思来者。"司马迁意识到，所谓发愤、郁结，就是现实生活与人的主观意愿产生冲突，出现不平衡。有冲突，就要宣泄。为此，唐代韩愈就形象地提出："大凡物不得其平则鸣。"从矛盾需要宣泄这一点出发，韩愈认识到，矛盾尖锐的程度，与作者感情宣泄的力度、作品感人的深度，互成正比。他说："夫和平之声淡薄，而愁思之声要妙；欢愉之辞难工，而穷苦之言易好也。"在他看来，心态平衡，感情的脉搏跳动振幅不大，对读者没有多少冲击，那么，给人的印象也不可能深刻。相反，如果诗人主客观之间矛盾尖锐，内心极度纠结，情绪激动，愁思百结，便容易给读者造成感情的撞击，得到共鸣。

在前人讨论的基础上，欧阳修便提出了"诗穷而后工"这著名的论点。这论点的可贵之处在于它概括出生活与创作的关系：生活是基础，生活影响感情，感情影响作品的内容和技巧。

纵观我国的大诗人，都有"穷"的经历。

所谓"穷"，未必是生活的贫乏，明代的方孝孺说："困折屈郁之谓穷，遂志适意之谓达。"又说："人之穷达，在心志之屈伸，不在贵贱贫富。"在他看来，主要是心志的问题。诸如政治上的失意、爱情上的失落、精神上的苦闷，都属于"穷"。换言之，诗人的主观意愿与客观环境产生了矛盾，或者思想分裂，都属于"穷"的范围。而客观现实和作者分歧越大，作者的思想感情越痛苦，对生活的体会越深刻，就越可能写出高水平的作品。

当然，对这问题的理解也不宜绝对化，也有些人在惬意的时候，写出过较好的作品。不过，"诗穷而后工"，也确是诗歌创作的普遍规律。

载不动，许多愁

我国古代的诗词，多写"愁怀"。愁怨悲戚之辞，是"诗穷而后工"派生的表象。

我国古代许多作者，在主观与客观的矛盾中，感到个人意志遭受客观环境的限制、压抑，而又无法突破、无力突破。一方面，主体力量脆弱；一方面，又不甘心主体的迷失，反映到创作中，愁思恨绪，便成为不可遏止的洪流。

本来，一个人有喜怒哀乐的感情，反映到表达感情的诗词中，则喜怒哀乐都应得到充分的表现。在西方，诗歌也写愁，但不像我国传统诗词写得那么多，反而以表现明快、欢乐情绪的作品居多。像公元前八世纪至公元前六世纪，古希腊产生了第一批抒情诗。其中最重要的诗人萨福，写了大量充满欢乐精神的《琴歌》。在古罗马，贺拉斯的《歌集》四卷，多是抒发个人享乐的喜悦。意大利文艺复兴时期但丁的《神曲》，写到地狱的恐怖，但更多是写天堂的喜悦。至于英国雪莱那种昂扬的情调、美国惠特曼那种幽默的态度、俄国普希金那种雍容优美的气质，我们在学习外国文学时，都是会感受到的。

我国诗词也有写欢乐的，也有格调明快的，如李白、苏轼的一些诗和词。但是，相对而言，抒写愁怨之情的诗人和诗作，确实显得更多。许多诗人，像被愁思恨绪笼罩着、包围着，"剪不断，理还乱"。无论是昂藏七尺的男子，还是闺中少妇，许多时候许多人，都成了多愁善感的林黛玉。无论风花雪月、春夏秋冬、山川文物、历代兴亡、人情世态，都会让诗人引起愁思：离愁、边愁、闲愁、春愁，不一而足。真是"问君能有几多愁，恰似一江春水向东流"。至于说到写"愁"的名句，如：

生年不满百，常怀千岁忧。（《古诗十九首》）
日暮乡关何处，烟波江上使人愁。（崔颢《黄鹤楼》）
白发三千丈，缘愁似个长。（李白《秋浦歌》）
只恐双溪舴艋舟，载不动，许多愁。（李清照《武陵春·春晚》）
旧恨春江流不断，新恨云山千叠。（辛弃疾《念奴娇·书

东流村壁》）

其中，辛弃疾说得最有意思：

> 少年不识愁滋味，爱上层楼，爱上层楼，为赋新词强说愁。　而今识尽愁滋味，欲说还休，欲说还休，却道天凉好个秋。
>
> ——《丑奴儿·书博山道中壁》

他说，少年不懂愁，却喜欢登上高楼，发表一番感慨，未懂得愁，却为了写新词勉强说自己有多么愁。到老年了，尝尽了愁的滋味，却说不出口，只装出无所谓的样子，用"天气凉爽，好一个秋"的态度去打发。其实，这愁的滋味真不好受。

总之，一辈子离不开一个"愁"字，这是古代许多诗人普遍的心态。

为什么有那么多的诗人写愁呢？这首先和我国诗人的传统心态有直接的关系。

在封建时代，许多作为主体的个人，始终处于弱势的状态，他们面对着客观强大的压力，无力改变现状，就只能发愁。这一点，和中华民族强烈的群体意识有着密切的关系。

在第一讲里，我提出过人具有自然性和社会性的本质属性。古代的东方，是劳动密集型、效率偏低的农业社会，亦即马克思说的，是属亚细亚生产方式的社会。这种形态的社会，更重视人与人的联系，更重视群体性和人的社会性。传统的思想沉淀，决定了历代诗人把集体包括家、族、国，置于首位。儒家追求修身、齐家、治国、平天下，集中地反映了重视群体的理念。个人的修身是重要的，而最终是为了家和国这一集体。

当社会现实和群体利益出现困难时，沉淀在诗人脑海中强烈的群体意识，便具体呈现为忧国忧民的忧患意识。他们不满现实，却又不想并且不能推翻现实稳定的秩序，便会把民众、亲友的种种不幸，统统包揽在自己的身上。主观的感情、理想，和客观现实产生矛盾，呈现为"穷"，产生了困惑。这种纠结的情绪，在创作中，便呈现为"忧""愁"。范仲淹说："居庙堂之高则忧其民，处江湖之远则忧其君。是进亦忧，退亦忧。"（《岳阳楼记》）这名句，集中体现了传统中国知识分子的思想。总之，强烈的忧患意识，是我国知识分子的思想传统。

当主观意愿和客观现实发生矛盾，在强大的压力下，诗人意识到个人力量的脆弱，又看不到前景、出路，而感情又需要找寻宣泄的出口，便发而为诗。管子说："止怒莫若诗。"（《管子·内业》）就是说，诗人在创作中，能够得到情绪的宣泄与解脱。而宣泄和解脱亦即"止怒"的办法，主要是以下两种：

一是尽量克制，遵守儒家提出的"温柔敦厚"的观念，注重哀而不伤，怨而不怒，把对现实强烈的不满，转化为适度的忧伤。所以，诗人们面对种种"穷"的困境，在诗中表现的感情，多半是发而为愁、为怨，而不是怒。至于像岳飞的《满江红》那种气吞河岳、慷慨悲愤的词，在中国诗词史上，不是没有，但确是为数不多。所以，我们在下一讲会专门讲述。

二是以幽默的态度，消释苦恼，把人生的痛苦，付诸一笑。

在这方面，苏轼是最懂得其中奥妙的。"日啖荔枝三百颗"，为的是消解被贬的苦恼。"人生如梦，一樽还酹江月"，以一声叹息，熨平苦恼。还有辛弃疾，他被贬后，在苦闷的心境中，却写了这样一首词：

> 万事云烟忽过，百年蒲柳先衰。而今何事最相宜？宜醉宜游宜睡。　　早趁催科了纳，更量出入收支。乃翁依旧管些儿，管竹管山管水。
>
> ——《西江月·示儿曹以家事付之》

辛弃疾被贬，十分不满，却摆出豁达的态度，自我排解愁怀。他曾"醉里挑灯看剑，梦回吹角连营"（《破阵子·为陈同甫赋壮词以寄》），也曾"把吴钩看了，栏杆拍遍，无人会，登临意"（《水龙吟·登建康赏心亭》）。后来连连失意，他便宣告一切不管，觉得只宜吃吃喝喝，只宜管山管水，怡然自得算了。

其实，这看似万事不关心的豁达态度，不过是他报国无门，无可奈何，是怨和愁的另一种表达方式，骨子里也是愁怀的抒发。

其次，诗词的体裁，特别是格律化的近体诗和词句确立的习惯、规矩，对审美的主体，也是有所约束的。我们不得不承认，形式会对内容和诗人的感情有所制约。就是说，从审美的角度看，诗人的思想感情，需要经历格律化的过滤。这一来，诗人作为审美主体，要形象地表现审美对象时，就需要思考、斟酌自己的表达方式，看看是否适应格律的要求。于是，他也成了审视自己思想感情的看客。换言之，他不仅在人生的舞台上演戏，而且要从审视的角度，在人生的舞台上看戏。他要表达自己的愁怀，还要依据格律化的审美要求，以超然的态度审视自己的愁怀。

在创作中，一旦经历了过滤的过程，原生态的思想感情，便呈现为净化和静化。因此，在现实生活中，尽管诗人情感十分强烈，忧患意识十分强烈，但并非很多作品，都能让人心灵震撼，神魂颠倒。这种状况，很像一些外国朋友形容的中国人的性格那样，一如保温瓶，外冷内热。所以，有些外国文学界的朋友说，中国诗词往往是热情过后的平静，表现出的更多是忧伤，而不是愤怒。这也不无道理。

两难的心态

在上面，我们反复强调，所谓穷愁，实际上是客观的现实与作者的主观产生的矛盾，反射到作者内心的表现。特别是，当作者的主观世界也因此而引发内在的矛盾时，便连他自己也无法解决内心的冲突。换言之，他无法摆脱受到各方面的约束。这一来，他左也不是，右也不是，内心苦闷，困折屈郁。总之，进退维谷，这也难，那也难，这叫"两难心态"。

困折屈郁的两难心态，在一些抒写爱情、婚姻的诗词中，表现最为明显。

古人追求爱情，情感是真挚的，但在客观条件和礼教思想的影响下，他们不能不左顾右盼。他们真的爱上了，但又受到各方面包括自己内心的掣肘。他们十分苦恼，这种无法获得的理想的感情，具有广泛的社会基础，因而也获得广泛的同情。

这类抒写爱情冲突的诗词，感情往往是强烈的，而表现方法往往是婉曲的。两难的矛盾，统一在一首诗词中所产生的美，往往能给予读者较高的艺术享受，并且产生强烈的震动。下面，我们不妨以陆游的一首词为例，看看他在婚姻爱情上表现出的两难心态。

陆游的诗风，多半是昂扬豪放的，他崇尚"上马击狂胡，下马草军书"的英雄气概。想必大家都读过他"楼船夜雪瓜洲渡，铁马秋风大散关"那充满豪情的诗句。不过，他的一首调寄【钗头凤】的词，却显示出他思想感情的另一个方面。

红酥手，黄縢酒，满城春色宫墙柳。东风恶，欢情薄，一怀愁绪，几年离索。错，错，错！　春如旧，人空瘦，泪痕红浥鲛绡透。桃花落，闲池阁，山盟虽在，锦书难托。莫，莫，莫！

这首词，包含着一段凄婉的故事。据周密《齐东野语》卷一载：陆游娶妻唐琬，两人感情很好。可是，陆家的婆媳关系极不好，陆母硬是要陆游休妻。陆游不敢违抗母命，不得已和唐琬离婚，但两人的感情，无法割断。过了几年，唐琬已改嫁给赵士程。一天，他们在春日出游，恰巧在沈园里，遇见了陆游，唐琬遣人给陆游送上酒肴。陆游思前想后，惆怅伤感，便作了这首词，把它写在沈园的墙壁上。

沈园相遇，引发了陆游对过去他和唐琬恩爱生活的回忆。想当初，他们也曾一起游过沈园。那时候，唐琬一双纤嫩如酥的玉手，捧出淳厚的黄酒，两人共享。在沈园外面，满城春色，柳傍宫墙，真个是风光旖旎，两情缱绻。如今，这一切，只能化为美好的回忆了。

"东风恶"一句，笔锋顿转。词人以"恶"字形容东风，表面上是说气候的变化，实际上以无情的风，比喻拆散他们恩爱夫妇的封建势力。而"欢情薄"一句，则是词人自怨自艾之词。陆游知道无法抵御摧残爱情之花的东风，却也承认自己的"薄幸"，因为，他不得不"尽孝"，不得不服从母命，导致不得不做出对不起唐琬的事。真所谓进退两难，结果，得到的是"一怀愁绪，几年离索"。大错铸成，不堪回首，让词人柔肠寸断。于是他一连迸发出三个"错"字，激烈地表达内心的痛苦。这是自己从母命之错，是当初娶了唐琬之错，还是命运之错？实在难以言说。

如果说，词的上片是回忆和诉说从前的欢乐与痛苦，那么，在下片，词人便写他在当下的心境。下片以"春如旧"领起，沈园重逢，春色如旧；可是，一切都变了。陆游说，他和唐琬已各有归宿，几年来即使是忘不了过去的恩爱，即使是互相想念，瘦了腰肢，损了玉肌，也是枉然。词人下一"空"字，把他们虽然不满现实，却又无法改变现实的苦闷心情展现无遗。在悲苦的命运面前，他们只能以泪洗面，湿透鲛绡。

在词人眼中，如今沈园的春天还是和过去一样的春天，但景色实在是大不相同了。他看到的是"桃花落，闲池阁"，落红片片，撒在荒废了的池塘里、楼阁上，显得一片凄凉，更无人怜悯。这景色，正是词人心情的写照。从池阁虽在而春光消逝，他想到自己和唐琬，虽然依然互相爱着，过去的山盟海誓还深深地印在心上，但一切都过去了，能够托谁互传音信，互诉离情？封建的伦理道德，像大山一样压着他们，让他们透不过气。最后，词人连呼"莫，莫，莫!"他悲苦地说：别想了，别说了，一切都别提了！而越是这样说，越是表明他根本放不下，根本无法抚平内心的伤痛。

陆游的《钗头凤》，写的毕竟只是个人的思恋之情，而在社会矛盾尖锐的时候，特别是国破家亡之际，诗人身受其害，思想感情受到强烈的刺激，发而为诗，特别能使读者震撼，让作品得以流传。但是，在客观条件的约束下，是奋起抗争，还是苟且偷生，这对许多人来说，是一项严酷的考验。老实说，在芸芸众生中，苟全性命于乱世的人，属大多数。但这些人，尽管没有宁为玉碎，不为瓦全的胸怀，而内心也多半是痛苦的。客观形势却不能让他们在创作中直抒胸臆，或者说，他们也没有直接表达愤懑感情的勇气。这种纠结的思想感情，发而为诗，便往往只能委婉地表达自己的怨和愁。那种愁思恨绪，正如骨鲠在喉，让他说也难，不说也难。这也是一种两难。

在清初，词人朱彝尊写过一首有名的词，题为《雨花台》，调寄【卖花声】：

衰柳白门湾，潮打城还。小长干接大长干。歌板酒旗零落尽，剩有渔竿。　秋草六朝寒，花雨空坛。更无人处一凭栏。燕子斜阳来又去，如此江山！

明末，李自成起义，推翻了明王朝。可是满洲贵族领兵攻入北京，打败了李自成后，挥师南下，直取江浙，又攻下了南京。南京，曾是明太祖朱元璋时期的首都，到明成祖时，才迁都至北京，以南京为陪都，作为南方政治经济中心。

北京失陷后，明王室便逃到南京，建立了南明皇朝，但清兵继续南下，进行大屠杀，扬州十日，嘉定三屠。南京陷落后，官民逃跑。明王朝土崩瓦解，这六朝金粉地，便成了空城。

在明末，朱彝尊倒没有当过什么官，在战乱中，家道中落。他和当时许多汉族的知识分子一样，深受儒家的思想影响，对清军的大肆烧杀抢掠，是很反感的。他曾去过广东，和具有反清思想的大文学家屈大均有交往；后来回到江南，也参加过反清活动，但很快便失败了。他知道，清朝已在神州大地站稳了脚跟，再也无法撼动清朝的统治。因此，他一方面心灰意冷，一方面作为明朝的"遗少"又缅怀过去。至于他做了清朝的大官，那是后话。

朱彝尊到过南京，这繁华的地方让他抚今追昔，自然愁肠百结，抒发出当时一代知识分子的感情。

雨花台在南京，词中"花雨空坛"，指的就是雨花台。传说梁武帝时，有和尚在这里说经，一时间，天上落下许多鲜花，这叫"天花乱坠"。雨花台也成了南京的象征。白门湾、小长干、大长干都在南京。白门，是南京的西城门。

朱彝尊在词中写道：从雨花台望过去，白门湾一带，环绕着一排排的衰柳。在这里，"衰"字一下，整首词也就笼罩着凄迷的气氛。衰柳，不同于疏柳、青柳、杨柳。衰败的柳，传达出冷清衰落的景象，词的第一个意象便笼罩整首词，让读者一下子就进入作者的规定情景。运用这样的手法，可说是"入手擒题"，亦即一落笔，便起了定调的作用。

词的第二句"潮打城还"，用了唐代刘禹锡"山围故国周遭在，潮打空城寂寞回。淮水东边旧时月，夜深还过女墙来"（《石头城》）

的诗意。潮水拍过来,又拍回去,千次百次,都是一个样子,很空虚,很落寞,这和苏轼说的"惊涛裂岸,卷起千堆雪"的景象,完全不同。

"小长干接大长干",大、小长干互相连接,它们都在南京南门,那是最繁华的地段。张籍有诗云:"长干午日沽春酒,高高酒旗悬江口。"(《江南曲》)现在,没有人来唱歌了,酒店招牌也没了,到处一片荒凉。在江边,只剩有渔竿,孤孤单单地留在那里。本来,繁华之处不可钓鱼,现在长干没人来往,反可在此垂钓了。也许,连钓鱼人也没有,只剩下渔竿,这说明虽然有人来过,但如今空空荡荡。

在传统的诗词意象中,渔翁和樵夫,一般代表归隐和不问世事的闲人,他们的活动,也多在荒郊村野。现在,本来繁华的大、小长干,成了渔人、樵夫流连的地方,可见沧海桑田,变化之大了。而且,连钓鱼的人,也不知到了哪里。四下里空空落落、寂寞萧条的情景,可以想见。

朱彝尊这样的写法,很是聪明。前几句,写南京城里原是最繁华的地段,现在什么都没有了。不过,说什么都没有,也不然,不是还有渔竿吗?而这根剩下的渔竿,正好映衬出四围的空寂。柳宗元的《江雪》:"千山鸟飞绝,万径人踪灭。孤舟蓑笠翁,独钓寒江雪。"以"独钓"衬托"千山""万径",也是这样的写法。我见过一位摄影家,拍摄了一幅大草原的风景。在画面中央,有一株小树,我很欣赏这样的处理。如果只拍摄一大片草地,没有小树相衬,反不能显出草原之大。所谓"万绿丛中一点红","一"与"万"的对比,"红"与"绿"的反差,便使对立的意象,显得更加鲜明。朱彝尊对渔竿的"特写",便有这样的妙处,它反衬出这里千家零落、万般空寂。何况，我们说过，渔樵的意象还有特定的含义。

《雨花台》的下片，起句是"秋草六朝寒"，这是整首词写得最好的一句。秋草，既点明季节，秋草枯黄，又和上片"衰柳"相对应。六朝，南京曾是六朝金粉地，孙吴、东晋、宋、齐、梁、陈，都在此建都。现在，词人放眼望去，这里的地面，长满了枯黄的草。

这一句，朱彝尊提到了"六朝"。他从长满秋草的空间，联想到时间，想到在这同一空间里，经历过漫长的历史。这片土地，见证过每一朝每一代，有盛有衰，有兴有亡。如今，一切已成陈迹，那一片枯黄的秋草，似乎是六朝的写照。在这里，词人看着秋草，想到六朝，顿然觉得秋草是寒冷的，历史也是寒冷的。

本来，秋草无所谓寒，历史也无谓寒，只是词人看到这一切，想到这一切。他看到天地的无情、历史的无情，不禁倒抽一口冷气；他感到心寒，便感到草是寒的，历史也是寒的。这五个字，简洁而含义丰富，意味无穷。它比李白所说的"吴宫花草埋幽径，晋代衣冠成古丘"（《登金陵凤凰台》）还要深刻。李白的两句诗，在于吊古，而朱彝尊这一句词，除了包括吊古和伤今的意味之外，还有对历史规律的认识。

朱彝尊把视觉和感觉贯通起来的做法，我们可以称之为"通感"。对于通感在文学创作中的意义，钱锺书先生曾有深刻的分析，请参看钱先生的《管锥编》。在《雨花台》这首词里，对"寒"字的运用，胜过千言万语。记得王安石也写过类似的词句，如："六朝旧事随流水，但寒烟衰草凝绿。"（《桂枝香·金陵怀古》）说六朝都过去了，现在只剩一片绿色的寒烟衰草，也不错，也含蓄。

还有唐末的韦庄写过"江雨霏霏江草齐,六朝如梦鸟空啼"(《台城》),同样也写出荒凉景象,可是,都不及朱彝尊这句的深沉。他只用一个"寒"字,便把客观环境和主观感受包含在内,境界全出。

和上片的写法对应,词人把浏览广阔空间和历史长河的目光,收回到眼前的一个地方,这就是他所登上的雨花台。

"花雨空坛。更无人处一凭栏",他凭栏四望,只见雨花台的祭坛空空荡荡,完全没有了过去挤拥的景象,只有他一个人在倚栏遐想。"一",是靠一靠、凭一凭的意思,是强调"凭栏"的语气词。

这时候,词人又把浏览的目光,从广阔的视野中收窄,落在燕子这焦点上。

"燕子斜阳来又去",在暮色中,他看到只有燕子在天空里飞翔,飞回旧巢,又飞去了。它似乎对旧巢依依不舍,又似乎找不到窝,无处栖息。它飘忽不定的踪影,让人倍感悲凉。

按说,朱彝尊登上雨花台,他看到的周遭事物、景色不少,为什么只写看到燕子?这里牵涉选什么样的意象,才能更好地表达作品题旨和作者感情的问题。在黄昏,在斜阳里,燕子回巢,这固然是雨花台实景的描写;同时,词人也在有意识地勾起读者思想感情的历史沉淀。

上面说过,这词里的"潮打城还",化用了刘禹锡"潮打空城寂寞回"的意象;而刘禹锡又曾有《乌衣巷》一诗:"朱雀桥边野草花,乌衣巷口夕阳斜。旧时王谢堂前燕,飞入寻常百姓家。"乌衣巷也在南京。在这里,朱彝尊无疑也是化用《乌衣巷》的诗意。但刘禹锡的诗,主要在表现人世盛衰的无常。以王导和谢安为代表的东晋时期的豪门望族，后来都破落了，曾在王、谢堂前筑巢的燕子，也因荣华富贵之家不存在了，无法找到旧巢，只好飞入普通的百姓家里做窝。朱彝尊也描绘黄昏时燕子飞来飞去的景象，这既有对刘禹锡诗意的继承，让人引发对石头城历史遭遇的记忆，同时也着意显现南京离乱之后的荒凉，引导读者联想难民生活的漂泊。"来又去"的意象，和曹操说乌鹊"绕树三匝，何枝可依"（《短歌行》），以及周邦彦说"月皎惊乌栖不定"（《蝶恋花·商调秋思》）韵味相近。

最后，词人发出了一声悲叹：如此江山！这一句，是全词的点题，是词人吐露国破家亡的伤感，也表现出当时知识分子悲哀和无奈的感情。

读了这首词，我的感觉是，它像一幅意境疏淡的山水画。明清易代之际，八大山人、董其昌等画家所画的山水画，多是残山剩水，画面上寥寥几笔，清淡萧疏。朱彝尊的这首词，在疏淡词笔背后，透露着深沉的意绪，描画出国破家亡中的残山剩水。其风韵，与八大山人等的画笔相似。这首词，以雨花台为中心，上片，是从雨花台望去的远景；下片，则是雨花台近景，再淡出为寥廓天空的远景。它像电影中两个水墨画一般的画面，呈现出这曾作为陪都的南京，周围的一片寂寞、一片凄凉。最后迸发出"如此江山"的一声悲叹，渗透着词人的兴亡之感和故国之思，显得忧郁而沉重。

朱彝尊从"更无人处一凭栏"写到"如此江山"，和李后主的"独自莫凭栏，无限江山"的写法，颇为相似。李后主的词是：

帘外雨潺潺，春意阑珊，罗衾不耐五更寒。梦里不知身是客，一晌贪欢。　　独自莫凭栏，无限江山，别时容易见时难。流水落花春去也，天上人间。

——《浪淘沙》

　　李后主是南唐小王朝的皇帝，名叫李煜，他在政治上无所作为，成为亡国之君。不过他的词写得很好，在词史上占有重要的地位。清朝词论家周济评价他的词作如"粗服乱头"，而"不掩国色"，认为他不考虑辞藻文采，可是感情真挚动人，像美人那样不必注重装饰，而自然地流溢着天然美的本质。这首《浪淘沙》是李煜在亡国当了俘虏后写的。词中说帘外在下雨，自己则在帘内，倒没有写及帘外的景象。他只是想到外面已是"春意阑珊"，便引发出内心的苦闷。词人甚至提出"莫凭栏"，认为不要遥望远方，因为看了外面的景致，会联想到"无限江山"已沦敌手，反引起无限的感伤。

　　李煜这词，纯是从自身的不幸引发出无限的感伤，比朱词显得更加沉痛。朱词也写得不错，词人怅惘心酸，却还是像个旁观者。上面我们提到朱彝尊两次借用了刘禹锡诗的意象，不着痕迹，也颇贴切，还有助于让读者们在头脑中勾起历史的沉淀。但是，把前人创造的意象，在一首小令中连续顺手牵羊般拿来运用的做法，又恰好说明他的凄苦还不是深入骨髓。这又告诉我们，诗家要写出更能感动读者的作品，最好还是要结合自己的不幸，写自己真切的感受。

凄惨哀戚的《声声慢》

就写自身的不幸、结合家国的不幸抒发情感而言,宋代女词人李清照所写的《声声慢》,和李煜、朱彝尊的写法又有不同。如果说,上述两首词作,朱彝尊侧重写外景,李后主侧重写内心,那么,李清照则把内心与外景结合起来,其感染力也有不同。

李清照所处的时代背景,和朱彝尊有些相似。她生于北宋,十八岁嫁给赵明诚,赵明诚是个金石学家兼才子,而李清照则更是被人称道的才女。赵明诚不服,据说他把自己的词和李清照的词混在一起,给友人陆德夫鉴赏。结果陆德夫品味后说:"只三句绝佳。"这三句正是李清照写的名句"莫道不销魂,帘卷西风,人比黄花瘦"(《醉花阴》)。赵明诚不得不服了。那时,他们过着幸福的生活。后来,赵明诚辞官回家,夫妻一起读书写诗,十分恩爱。

谁知过了不久,金兵南下,赵家避难逃命。半路上赵明诚病故,李清照流落杭州,成为寡妇。她无依无靠,生活悲惨,国仇家恨,集于一身。"诗穷而后工",她生活的艰难、内心的悲苦,更甚于朱彝尊。现在,试看她是怎样写那首《声声慢》的:

> 寻寻觅觅,冷冷清清,凄凄惨惨戚戚。乍暖还寒时候,最难将息。三杯两盏淡酒,怎敌他、晚来风急!雁过也,正伤心,却是旧时相识。　满地黄花堆积,憔悴损,如今有谁堪摘?守着窗儿,独自怎生得黑?梧桐更兼细雨,到黄昏、点点滴滴。

这次第,怎一个愁字了得?

这首词,其实就写一个"愁"字。在未逃难之前,李清照也写过许多愁。例如"花自飘零水自流,一种相思,两处闲愁"(《一剪梅》),写相思之愁。又如"薄雾浓云愁永昼,瑞脑销金兽。佳节又重阳,玉枕纱厨,半夜凉初透"(《醉花阴》),写秋天淡淡的伤感。它们都是被传诵的名句,而其愁的程度,与《声声慢》不可同日而语。

这词的第一句:"寻寻觅觅。"词人说,她在找什么东西。而东找西找,找什么呢?这也不是,那也不是。她也许什么都不找,什么也没有找到。但仅此一句,就把一个上了年纪的妇女落寞、忽忽如有所失的心态写活了。

"冷冷清清",是寻寻觅觅又找不到什么东西的结果。寻来寻去,东张西望,四顾茫然,发现原来屋子里就只她一个人。加上进入秋天,凉气侵人,于是油然产生冷冷清清的感觉。

"凄凄惨惨戚戚。"从环境的冷清,进一步写到内心的感受。从彷徨、冷清,写到内心的凄凉,十四个字层层深入。句子看似平凡,很自然地凑到一起,又很不平凡。李清照一开始便写自己哀伤无助的心情,让读者也跟着她一起一下子掉进冰窟一样,不由得倒抽一口冷气,感受到她营造气氛的笔力。

在诗词创作中,连用十四个叠字,是从来没有过的。到元代,散曲家乔吉,也学着李清照,连用叠字:

莺莺燕燕春春,花花柳柳真真,事事风风韵韵。娇娇嫩嫩,停停当当人人。

——《天净沙·即事》

乔吉用了一大批叠字来写美女游春,说她们打扮得妥妥当当。这全用叠字的句子,很雕琢,华而不实,简直是东施效颦,适增其丑。

要特别注意的是,李清照选用【声声慢】这一词牌,很有讲究。【声声慢】是规定用入声韵的。过去,语言学家们总结过中国声调的风格,指出:

平声平道莫低昂,上声高呼猛烈强。
去声分明哀远道,入声短促急收藏。

在我国,有些优秀的词人,是很懂得运用语言的音乐性,来加强词意的表现力的。像刚才说过朱彝尊的《卖花声》,词的下片,"寒、坛、栏"三韵,都押下平声,有助于显现感情的沉郁。如果把"更无人处一凭栏",改作"更无人处倚栏杆",改下平声作结为上平声作结,意味就没有那么深长了。又如苏轼的"大江东去",若改为"长河流去",语音所表现的气势便不一样了。至于王维的《山居秋暝》:

空山新雨后,天气晚来秋。
明月松间照,清泉石上流。

第三句 "明月"句,口型渐张,有月亮渐次升起的韵致;第四句"清泉"句，多用舌前音，很轻柔，很流畅，从声音形象而言，就像小河淌水。

李清照的这首词，选用【声声慢】短促的入声押韵的词谱，又连用十四个谁也没有尝试过的叠字句式，从音乐性而言，很能形象地表现命途多舛的妇女，那种悲悲切切、抽泣呜咽的形象。如果改用平声韵，例如改作"彷彷徨徨，惆惆怅怅，天天悲悲伤伤"，意思或许相近，但韵味大不一样了。清代的评论家徐釚说："首句连下十四个叠字，真似大珠小珠落玉盘也。"(《词苑丛谈》卷三)所谓"大珠小珠"一语，正是强调它特有的音乐美。我想，汉语属汉藏语系，注意语言的音乐性安排，这一点，对今天新诗的创作，也是可参考的。

李清照在首先描绘了自己的心绪，让人内心一沉以后，便说明她伤感的原因。

乍暖还寒时候，最难将息。

这一句，有丰富的含义。从自然气候看，秋天忽冷忽暖，变化多端。它忽然会暖，到底还是冷的。其次，这乍暖还寒的天气，也和她的身世相似。秋天草木摇落，她也徐娘半老。似未老，实已老，这也是乍暖还寒。再次，这一句也隐喻当时的社会形势。我们知道，李清照虽是女子，却有浓浓的家国情怀。她是山东人，曾有诗云"欲将血泪寄山河，去洒山东一抔土"(《上枢密韩公诗》)。宋朝打了败仗，她敢于歌颂勇敢的失败者，想着复仇："生当作人杰，死亦为鬼雄。至今思项羽，不肯过江东。"(《夏日绝句》)

她赞扬项羽不甘失败的精神。在南宋迁都杭州以后，形势稍安定，但王朝依然文恬武嬉。正如林升说的：

> 山外青山楼外楼，西湖歌舞几时休？
> 暖风熏得游人醉，直把杭州作汴州。
>
> ——《题临安邸》

李清照眼看山河破碎，表面上市井繁华，实际上危机四伏，面临着土崩瓦解。这也与乍暖还寒的气候相仿。总之，秋的寒意、身世的伤感、国事的蜩螗，都交集在一起，才让她发出"最难将息"的感叹。

在这心情最难平静的时候，只能以酒浇愁了。

> 三杯两盏淡酒，怎敌他、晚来风急！

李清照有词云："故乡何处是，忘了除非醉。"（《菩萨蛮·风柔日薄春犹早》）《声声慢》的这几句，她也写自己想到以酒释闷。但又想到，只有三两杯酒，酒味也薄，连要一醉以解千愁也不可能。再者，这时候已经到晚上了。晚上天气寒冷，朔风凄紧，关河冷落。那一点点淡酒，怎能抵受得住旷野的荒凉？在这里，如果明白她所谓"乍暖还寒时候"的含义，就知道她说的"风急"，也不只是指秋天的寒风，而且是形容她所处的境遇以及时局，知道此中有着更深长的意味。

紧接着，在晚风中，词人看到了天上的过雁。

> 雁过也，正伤心，却是旧时相识。

这三句，意思很平白，但仔细研究句子中的几个虚字，以及"雁"的意象，就会发现词人的文心，何等细腻曲折。

在秋天，雁过长空，这是经常会看到的景况。而对正在感到孤独寂寞、形影相吊的人来说，更禁不住心情有所触动，有所感慨，所以，词人用了"也"这一感叹词。要注意的是，为什么她一看到雁儿飞过，就涌现出强烈的情绪呢？这涉及对"雁"的理解以及创作技巧的问题。

在文学领域，有所谓"符号学"，这是 20 世纪初西方出现并流行的理论。20 世纪 80 年代，在我国文坛风行一时，乃至于有些人把一切文学作品，都用符号学加以解释。这当然是不妥的。但是符号学有其合理的地方，吸收其合理的因素，会有助于我们对作品的理解。

其实，我国早就对符号有所认识，如《易经》以"—"代表阳，以"- -"代表阴，这就是符号。即认识到在其抽象的图形后面，传达出某种特定的含义或信息。因此，它是公众认同的信息的载体，是储存信息的工具，也是传达信息的媒介。它是简单的，含义却是复杂的。例如"+"，看到它，要么可以知道这是表示数字相加；若它被涂上红色，便知道这表示救护。这一符号，是世界通用并认同的。当然，不同的群体，对符号有不同理解。如对龙，我们感觉它神圣、伟大，而西方则是感觉恐怖。即以颜色来说，它也可以作为符号，像我国以红色代表热烈，所以若逢喜庆，则用红；

白色则有哀伤的意味，所以若逢丧事，则用白。可是，在西方，包括日本和韩国，遇结婚和吉庆的事，用的却是白色。

在我国的文化领域中，其实早就有运用符号的做法。例如以松柏表示健康长寿，以牡丹表示富贵，梅、兰、菊、竹意味着坚强、清高。至于雁，它在诗词中出现，也有符号的含义，并非只是纯粹表示景物那么简单。

首先，我们要了解在我国传统文化中，对雁这种动物赋予的内涵。

在古代，我国是农业社会，人们面朝土地，背靠青天，向来是安土重迁的。而雁，有秋天往南飞，春天往北返的习性。因此，古人一看到飞雁，便想到背井离乡的痛苦。《诗经·小雅·鸿雁》云：

> 鸿雁于飞，肃肃其羽。
> 之子于征，劬劳于野。
> 爰及矜人，哀此鳏寡。
> ……

鸿雁这种候鸟的习性，使安于故土的人，当不得不背井离乡时，一看到它，立刻想起自身的处境，想到自己不能像雁那样回归。所以唐代诗人卢照邻说："愿逐三秋雁，年年一度归。"（《昭君怨》）但在现实生活中，背井离乡的人并没有按时回家的可能，于是，看见雁的飞翔，反会增添离愁别绪。特别是，在雁群排成"一"字形或"人"字形飞行时，有些雁落伍成为了孤雁，那就惨了。杜甫有《孤雁》诗云："孤雁不饮啄，飞鸣声念群。谁怜一片影，相失万重云。"所以，人们若是看到孤雁，更会联想到自己的孤独，联想到天涯漂泊之苦。

雁，其实是未经驯化的鹅。这野生动物，还是爱情的表征。据知，在古代，订婚时有纳雁的礼节。《白虎通·嫁娶篇》说："用雁者，取其随时南北，不失其节，明不夺女子之时也。又取飞成行，止成列也。明嫁娶之礼，长幼有序，不逾越也。"又，清人黄钧宰《金壶七墨》中指出："禽类中雁为最义，生有定偶，丧其一，终不复匹。"所以，古人想到雁，往往和婚姻、爱情联系起来，如果看到的是孤雁，便联想到鳏寡孤独，想到丧偶。

古人又传说，人们往往把书信缚在雁的脚上，让它带到亲人那里，这叫作"鸿雁传书"。于是，远方游子看到了雁，便把它和得悉亲人消息的希望联系起来。

在古代看到雁，人们会立刻联想到离别、爱情、婚姻等种种含义，因为"雁"是承载着这种种含义的符号。所以，李清照在落寞的黄昏，一见到雁，立刻浮想联翩。本来希望看到有什么景物可供排遣的她，反增添了一段哀愁。这就是她在"雁过"之后，再着一"也"字，悠长地叹一口气，用以加重感情色彩的原因。

"正伤心"，是指她正在为"雁过"而伤心不已之际，谁知更有甚者，认真一看，这雁"却是旧时相识"。"却是"是虚词，即"犹是""还是"的意思。它和"正"字配合起来，便在原有语调的基础上，让感情进一步加深。

李清照说那飞雁是"旧时相识"，当然是不可能的，因为雁儿并不是她养放的鸽子。显然，所谓"旧时相识"云云，不过是她触景生情，触目伤心，从而引发的联想。她想到，秋天的雁，从北而南。她原住在山东，为了逃难，也从北而南。如今，她先到了杭州，看见雁儿从北方的沦陷区飞了过来，"同是天涯沦落人"，自然会有似曾相识之感，这也是不奇怪的。

问题是，词人咬定这雁是"旧时相识"，这就有意思了。这一判断，既出人意料，又很不合理，但却表明了她对赵明诚思念之深。过去，夫妻小别，"雁足传书"，赵明诚是曾经写过家信给她的。她曾说过："云中谁寄锦书来？雁字回时，月满西楼。"（《一剪梅》）如今，赵明诚亡故了，李清照却认定，那飞过来的雁儿，就是曾经给她寄来过家书，给她带来过安慰的那只鸿雁。可是，物是人非，再不会有丈夫的来信了，看到"旧时相识"的雁，更让她悲上加悲。

下片的换头是：

满地黄花堆积，憔悴损，如今有谁堪摘？

上面说"雁过"，举头望也；紧接着说"满地"，低头望也。在词的创作中，讲究上、下片的过片之间，要"欲断还连"。即上片的最后一句，应让词的意思告一段落。紧接着，下片的第一句，应是另一组意象的开始。但它和上面句子的意味，又要有所衔接，才使二者意味既有不同，又互相联系。

李清照不是在"寻寻觅觅"吗？她举头寻觅，看到的是"雁过也"；低头寻觅，见到的又是另一番落寞的景象。俯与仰之间，有过渡，而复又衔接。

她看到，地上堆满凋谢的黄花，一片凋零。到了深秋时节，连本来傲霜的菊花,也禁不住风吹雨打凋谢了,落了满地。它既憔悴,又破损,还有哪一株值得被人摘去欣赏?我们知道,李清照爱菊,也常以菊自比,像"莫道不销魂,帘卷西风,人比黄花瘦"(《醉花阴》)。这句说满地落花,憔悴破损,固是秋景描写,其实也是李清照的自喻。

在冷冷清清的环境中,窗外天上地下的景色,让她倍感哀戚,可她又百无聊赖,便索性直接抒写自己在窗下的情态。

守着窗儿,独自怎生得黑?

这两句,用语很平常、很通俗,而又精确细致到极点。先看"守",为什么要"守着窗儿"?是防小偷吗?当然不是!这守,是厮守的守,守望的守。她没有人陪伴,只在窗下呆呆地望着、等着。实际上,她也不知是望着什么,等候什么,也许什么也不望,什么也不等,只是默默地、呆呆地在窗下,望着外面。这和在屋子里寻寻觅觅的状态,是一样的。总之,她脑海里一片空白,似乎只有窗儿陪着她发呆。这就是"守"字的意味。

"独自怎生得黑",她是在自问自答。一个人,整天无所事事,饱受寂寞和苦闷的煎熬,什么时候才能挨到天黑?实际上,这苦闷的心情,词人只说了一半。她觉得白天难过,而到了天黑以后,长夜漫漫,更如之何?不是更难过吗?这一点,词人没有再说,只留给读者想象,而人们一定可以得出自己的答案。所以彭孙遹在《金粟词话》中说李清照的这句词,"用浅俗之语,发清新之思,词意并工,闺情绝调"。而"黑"这一字属险韵,从来的词人,很难押得妥帖自然。人们常赞叹，李清照运用险韵，灵活稳准到如此程度，在宋词中，只有辛弃疾的"马上琵琶关塞黑"（《贺新郎》）可以比拟。

正在木然枯坐之际，她知道，外面下起雨了。

> 梧桐更兼细雨，到黄昏、点点滴滴。

词人说，她守着窗儿，窗外有树，那是棵梧桐树。为什么特别指出是梧桐树呢？这固然是实景，同时，"梧桐"也是一个符号。枚乘在《七发》中说："龙门之桐……其根半死半生。"后来，人们多把梧桐和丧偶联系起来。所以白居易的《长恨歌》，写唐玄宗和杨贵妃的悲剧，有"秋雨梧桐叶落时"之句；元杂剧作家白朴，写有《梧桐雨》，也描写唐玄宗在梧桐树下，怀念逝去的杨贵妃。宋代词人贺铸怀念亡妻，悼亡词中有句云："梧桐半死清霜后，头白鸳鸯失伴飞。"（《鹧鸪天》）显然，梧桐也和雁的意象一样，有着象征性的意义。

接着，词人用了"更兼"这一连接词，正好说明是她看到梧桐，立刻引发鳏寡的联想。本来，她看到梧桐，已是满怀惆怅，加上细雨霏霏，迷蒙一片，到黄昏了，仍在下个不休。梧桐叶子阔大，雨点落在它的叶上，滴滴答答，就像在她的心上敲打，也像满怀愁绪的人，滴下了泪珠。

这两句的巧妙之处，在于既写窗外的雨景，而雨景的实质又是愁人的心境。

在词的结句，李清照以反诘的语句，直接表明内心的痛楚：

这次第，怎一个愁字了得？

意思是说，这情况，怎能用一个"愁"字就说得完呢？的确，李清照有个人身世之哀愁，有为国家残破的哀愁，愁肠百结，千般苦，万般恨，用一个简单的"愁"字，是无法概括得尽的。

李清照这一首《声声慢》，时而直抒胸臆，时而以景喻情；时而直露无遗，时而含蓄曲折；时而用通俗的语言，时而用象征的符号，大俗而又大雅，把苦闷彷徨与寂寞凄楚的心绪，展现在读者的眼前。从古以来，让多少人为之戚然，为之一掬同情之泪。本来，直白甚至直露的抒写和婉曲含蓄的意象，是很难融合在一起的。李清照这首词的过人之处，恰恰是能把矛盾的抒写方式，有机地组接交融，从而收到极佳的艺术效果。

李清照所处的时代，也和朱彝尊一样，是民族矛盾和社会矛盾交集激化的年代。但她的愁苦，也就是我们所说困穷的命运，更甚于朱彝尊。而且，她是直接通过写自己的命运，来抒发对时代的感受的。试看，一个中年寡妇，流落异乡，无依无靠，前路茫茫。这复杂的心情，发而为诗，便更细腻、更丰满、更深刻。它证实了我们所说：在一定程度上，"穷"与"工"，是成正比的。

我之所以比较详细地介绍了李清照的这首词，是觉得它在中国诗歌史上，有很特别的意义。

诗歌，最早来自民间，其语言，本来都是通俗的。后来慢慢为文人所接受，文字就走向典雅化。但经过一个阶段，文人们受到散文的影响，在注意音乐性的同时，又吸收散文的韵味，并且不排斥散文语言的通俗性，也不排斥散文句子的连贯性、逻辑性。于是，格律诗词，出现了散文化倾向。

以词为例，它最早来自曲子词，很通俗。到了晚唐和北宋，风气变了。北宋商业经济出现，城市繁华，朝廷有能力供养一些文人、画家，研究如何提高文艺创作的水平。宋代有画院，画工叫待诏，即等候皇帝召唤，由皇帝出题目，据皇家气派、兴趣去画。这导致风格婉媚、线条细腻的工笔画盛行。人们不是推重宋徽宗的瘦金体书法吗？其风格秀媚中又有骨感，和唐代颜体的庄重、厚重大不一样了。

在这样的文化氛围中，北宋词坛便出现了以婉约派为主的风气。词多用于歌伎在筵席上演唱，用于表达细腻曲折的心理。于是，词的写作内容，不同于多数唐诗那样直接干预现实，一般不接触社会的重要事件。当时流行的婉约派词风，颇有点像后来我们听到的邓丽君的歌声。

可是，北宋后期，社会矛盾日渐尖锐，统治阶层内部的斗争日益尖锐。而东北、西北边境上的少数民族，不断向中原地区侵扰，最后连宋朝徽宗、钦宗两个皇帝，也成为俘虏。在这变革时代，激荡激烈的不再和谐的生活，使一部分词人的词风有所改变，出现了和婉约派不同的豪放派。词的内容，不再只写风花雪月，语言也趋向散文化、通俗化，情感表达趋向激越，写作风格趋向直抒胸臆，不像婉约派那样讲究含蓄婉转。

有趣的是，李清照是婉约派词人的代表人物，她的词风，柔媚含蓄。如：

> 昨夜雨疏风骤，浓睡不消残酒。试问卷帘人，却道海棠依旧。知否？知否？应是绿肥红瘦。
>
> ——《如梦令》

这词写闺房中人对春天的爱恋。李清照抓住少妇一刹那的感情律动，细腻地描写，技巧是高明的。而且，她认为这才是词的正宗。甚至可以说，她的创作思想比较保守，不认同词作出现散文化的浅俗倾向，强调"词别是一家"。她特别厌烦苏轼的词，认为他的作品不够含蓄，有散文化的倾向，指责那只是"句读不葺之诗"，而不是词。

问题是，当李清照不得不走出闺阁，乃至于生活困窘时，她的词风也起了变化。如果我们把《如梦令》与《声声慢》比较，简直是判若两人。甚至可以说，《声声慢》以生活化语言入词，并不追求婉雅。当然，它在表达感情方面，也很曲折，气势也不豪放，但整首词的韵味，却绝非婉约。生活的道路，决定了她在创作上风格的变化。

甚至，李清照有时还写出近于豪放的作品。如：

> 天接云涛连晓雾，星河欲转千帆舞。仿佛梦魂归帝所。闻天语，殷勤问我归何处。　我报路长嗟日暮，学诗谩有惊人句。九万里风鹏正举。风休住，蓬舟吹取三山去。
>
> ——《渔家傲》

这首词，如果放在苏轼、辛弃疾的作品中，人们也不容易区别出来。

《声声慢》是李清照在南宋时期的作品。一个坚定反对词风散文化，反对词成为"句读不葺之诗"的婉约派领袖人物，自己竟也向对立面转化，也写出了"句读不葺之诗"，这很有讽刺意味。而它的出现，不仅说明李清照词风的转折，也说明整个宋代词坛风气的变化。这首词，写的是闺情，感情极细腻，而它以浅俗之语，发清新之思，直露中又有婉曲。我认为，它是婉约派转型的代表作，在词的发展史上，有独特的意义。

《声声慢》的出现，也说明宋代女性关心家国的命运。李清照愁得不得了，绝非"一个愁字了得"，实际上，这也是她对改变命运的渴望。结合她对失败英雄项羽的歌颂，结合她对"九万里风鹏正举"的气概，可见，宋代女性并不是懦弱的群体，她们的思想已走出闺阁。宋代活跃的经济交往，使包括女性在内的民众，进一步认识到自身的价值和力量。因此，在国家危难之际，女性在痛苦中也思奋发，以救家救国为己任，这就有了十二寡妇征西、穆桂英挂帅、梁红玉击鼓退金兵的传说。到明清，这些传说更以小说形式出现，它是妇女的社会作用和人性逐步得到重视的反映。

满江红·怒发冲冠

宋·岳飞

怒发冲冠,凭栏处、潇潇雨歇。抬望眼,仰天长啸,壮怀激烈。三十功名尘与土,八千里路云和月。莫等闲、白了少年头,空悲切!

靖康耻,犹未雪。臣子恨,何时灭!驾长车,踏破贺兰山缺。壮志饥餐胡虏肉,笑谈渴饮匈奴血。待从头、收拾旧山河,朝天阙。

书者简介

许鸿基:
广东省书法家协会副主席,
广州市书法家协会主席。
中山大学中文系1978级校友。

怒髮衝冠憑欄處瀟瀟雨歇抬望眼仰天長嘯壯懷激烈三十功名塵與土八千里路雲和月莫等閒白了少年頭空悲切靖康恥猶未雪臣子恨何時滅駕長車踏破賀蘭山缺壯志饑餐胡虜肉笑談渴飲匈奴血待從頭收拾舊山河朝天闕

岳飛滿江紅
乙未舒曉基書

第六讲　时危节乃见

从《满江红》说起

我在前面曾经讲过，古代诗词，由于"温柔敦厚"诗教的影响，相对而言，婉约风格的作品居多。但是，慷慨悲歌和豪爽豁达的作品，历代也有呈现。"时危节乃见"，在社会矛盾激烈，特别是民族矛盾最为尖锐的时候诞生的作品，往往成为时代的最强音。

我们也说过，"诗穷而后工"。面临国破家亡，或是边境受到侵扰、中原受到蹂躏、人民饱受痛苦，时愈"危"，有血性的诗人也愈"穷"，心情愈激动，诗也就愈"工"。保卫山河的愿望、奋勇杀敌的气概，以及枕戈待旦的艰辛，都会涌到诗人的笔尖，从而在诗坛上涌现出大量的优秀作品，这就是赵翼《题遗山诗》中所谓"国家不幸诗家幸，赋到沧桑句便工"吧！

我国是多民族国家，在封建统治时期，武装冲突是经常发生的。有时候是汉族统治者要扩张势力，导致爆发战争。杜甫的《兵车行》说"边庭流血成海水，武皇开边意未已"，写的是汉族向外的扩张；而更多的情况是，少数民族的奴隶主，垂涎中原地区的繁华富裕，南下抢掠。像传说金主亮看到了柳永的《望海潮》，知道杭州"有三秋桂子，十里荷花"，"市列珠玑，户盈罗绮"，便决心侵扰中原。这时候，一批表现出爱国主义精神的作品，便在诗坛上喷薄而出。像陆游的《十一月四日风雨大作》：

> 僵卧孤村不自哀，尚思为国戍轮台。
> 夜阑卧听风吹雨，铁马冰河入梦来。

这诗是大家所熟知的，诗的后两句，写得最有特色。在梦中，风声雨声竟转化为铁马在冰河上铿锵的声音，诗人似乎在梦幻中和敌人格斗。这意象，慷慨奇雄，表达出诗人壮志未酬，一直想到前方杀敌的意愿。

至于大家熟悉的岳飞的《满江红》，正是在民族斗争中，表现情绪最为激越慷慨的一首。

那时候，北宋积贫积弱，金兀术领兵长驱直入，连宋朝两个皇帝徽宗、钦宗都被抓去当俘虏了，这对宋朝军民来说，实在是奇耻大辱。而岳飞的抗战主张，一直被压下，他既焦急，又愤慨。极端困难的处境，让他写出了气壮山河的《满江红》。

> 怒发冲冠，凭栏处、潇潇雨歇。抬望眼，仰天长啸，壮怀激烈。三十功名尘与土，八千里路云和月。莫等闲、白了少年头，空悲切！　靖康耻，犹未雪，臣子恨，何时灭！驾长车，踏破贺兰山缺。壮志饥餐胡虏肉，笑谈渴饮匈奴血。待从头、收拾旧山河，朝天阙。

这首词，在抗日战争时期，更是影响了广大群众。当时，我们只剩半壁江山，和南宋相似，所以大家一读起来，便热血沸腾，感慨万千。记得那时最能掀动人心的，是传说中由岳飞书写的"还我河山"四个字，再就是他的《满江红》。

关于这首词，有些学者认为不是岳飞写的。因为岳飞之孙岳珂，在搜集整理岳飞的遗稿时，没有收录此词。宋、元两代人的书，也没有提到这首词。更重要的是，当时岳飞抗金，要直捣黄龙。黄龙府在东北，而这词说"踏破贺兰山缺"，贺兰山在西北，于理不合。所以，有人认为这是明人的伪托。

在这里，我不想做详细的考证。因为岳珂搜集岳飞的遗稿，本来就有遗漏。至于在文学作品中，地理位置用得不准确，也是常会出现的。例如唐代诗人王之涣说："黄河远上白云间，一片孤城万仞山。羌笛何须怨杨柳，春风不度玉门关。"（《凉州词》）按地理位置，在玉门关根本看不到黄河，所以有人认为"黄河"是"黄沙"之误。但这一来，诗的气势就差远了。何况北宋姚嗣宗写给韩琦的《崆峒山》有过"踏碎贺兰石，扫清西海尘"之句，颇受传诵。南宋的岳飞受其影响，用"踏碎贺兰石"的意象，也是可以的，所以不必拘泥。退一万步说，即使这词不是岳飞所写，只是明代人的伪托，也完全不会影响它在中国文学史上的价值。

当作者的思想感情激动沸腾，发而为词，喷薄而出，实在未必会字斟句酌的。不过，作者除了用炽热的感情烤炙人心之外，总会让人思考，到底他是如何使用文字，如何安排思路，从而紧紧抓住读者的心，让人们同洒激奋之泪。

岳飞的《满江红》，劈头便说"怒发冲冠"。这极其夸张的一句,总括了整首词的格调,表现出作者在极压抑的情况下,愤怒的感情像火山一样喷发。在这里,作者运用战国时代赵国使者蔺相如怒斥秦王的典故。据《史记》载,秦王和赵王约好,用土地换取赵国的和氏璧。赵国的使者蔺相如,捧着璧,到了秦宫,他看到秦王没有信守承诺的意思,便压抑着怒火,假称璧有瑕疵,一手夺回,"持璧却立,倚柱,怒发上冲冠"。又载:荆轲受燕太子丹的委托,准备入秦刺杀秦王时,燕丹及宾客在易水为他送别,荆轲唱起了"风萧萧兮易水寒,壮士一去兮不复还"一曲。那时大家激昂慷慨,"发尽上指冠",说是怒气从头顶冲了上来,竟把帽子也顶起来了。后来人们便以此夸张的描写形容被压抑着的怒气喷薄而出,表示愤怒到了极点。

作者为什么会"怒发冲冠"?接着两句是"凭栏处、潇潇雨歇"。原来,这时候他凭栏远望,只见潇潇的雨,茫茫一片,眼前什么也看不清楚,这混沌的景象让他十分压抑。等到雨消云散了,看得清楚了,眼前呈现出大片河山的景色,便想到大好山河沦入敌手,本来是自家的土地,如今变得可望而不可即,一腔怒气便不禁冲天而起。

请注意,若按感情发展的顺序,依照词谱,写为"雨歇潇潇,凭栏处、冲冠怒发"才是顺畅的。而作者却在第一句先说"怒发冲冠",再说明愤怒的原因,这倒装的劈头一句,让读者心魂震慑,起到先声夺人的效果。

"抬望眼",这"抬"字细腻地表达出词人情感发展的过程。如果说,在雨幕中,他看不见前景;雨歇了,他看到了景色,便怒发冲冠,是"凭栏"的第一个动作。那么,"抬望眼",便是"凭栏"的第二个动作。这意味着他从沉思,到愤懑,他想看到更远的祖国山川,便要抬起眼睛。在这里,"抬"的过程,也是他憋着怒火思考的过程。实在憋不住了,他"仰天长啸",则是"凭栏"的第三个动作,它显得词人极无奈,极悲愤。我们知道,词人是胸有雄兵百万的武将,仰天长啸的举动,不同于一般的临风浩叹,那激越慷慨的形象十分鲜明。这三个动作,有起有伏,有扬有抑,连贯在一起,让人感受到词人的内心在激烈地冲突。

为什么词人的感情会如此压抑,如此愤懑?那是他想到自己经历过的一切,概括起来是两句话:

三十功名尘与土,八千里路云和月。

岳飞出生于公元 1103 年,在公元 1128 年参加宗泽领导的军队,到他三十岁左右,应是经历了几年的征战了。他说三十年来,自己追求建功立业、报效国家,但没有成果,一切只付之于尘土。他又用"八千里路"来概括自己日日夜夜追奔逐北的历程。在征途上,风云变幻,披星戴月,他经历了多少个日日夜夜,像云一样飘忽不定,像月亮那样来了又去。这两句词,意韵沉雄,一从时间着眼,表现时间之长;一从空间着眼,表现征途的远。两句一纵一横,既勾勒了多年征战的艰辛,又表达出未能取得胜利的苦恼,所以一直被人传诵,成为名句。

为什么在艰难岁月中徒劳无功?词人归咎于自己,认为自己努力不够,等闲间,荒废了光阴。因此,他在词的歇拍中,写下"莫等闲、白了少年头,空悲切"一句,既是内疚,又是自勉,也为下片提出"待从头、收拾旧山河"埋下伏笔。

其实，在抗金斗争中，宋军未能直捣黄龙的原因，岳飞是知道的，他在另一首词《小重山》写道：

昨夜寒蛩不住鸣，惊回千里梦，已三更。起来独自绕阶行，人悄悄，帘外月胧明。　　白首为功名，旧山松竹老，阻归程。欲将心事付瑶琴，知音少，弦断有谁听？

词中的"千里梦"，是说梦魂曾驰骋千里，为国奔波，与"八千里路云和月"意思相近。而从《小重山》的下片看，词人分明知道，他的抗金策略不被当时的最高统治者采纳。他没有知音，所以，即使激动得把琴弦弹断了，也没有人倾听他的主张。这一点，正是他含蓄地指出宋朝无法取得胜利的原因。不过，在《满江红》中，他只是自责，只怨悔自己"等闲"虚度了光阴，这正反衬出他对国家的责任心。

词人选用什么样的词牌，应该是有所考虑的。【满江红】以入声韵，换头又接连用四个短句，这是它的定格。其格式，分外适用于表达激越的感情。这里"靖康耻"四句，短促激切，势如奔马，词牌规定的旋律节奏，反过来很能表现词人悲愤的心境。如果说，在这四句短句之前，词人写自己凭栏四望，时而壮怀激烈，时而俯仰反思，思绪压抑而沉雄；那么，这四个短句一提到国家的奇耻大辱，词人便义愤填膺，以后一连串句子，全是怒火的喷发。词人对敌人的仇恨与轻蔑，溢于言表，让千古读者都受到极大的震撼。

在下片，词人的愤恨之情亢奋到极点，因此，他只是直抒胸臆，在技巧上根本没有仔细斟酌。像用了"壮"字、"头"字，都是上片出现过的重字；又像"壮志饥餐胡虏肉，笑谈渴饮匈奴血"两句，意思基本上是重复的，犯了合掌之忌。不过，这些稍显粗糙的地方，正好表现词人在创作时不假思索的特定处境和心态。所以，就从创作而言，我也不认同这首《满江红》是明代人的拟作。如果是拟作，试问有谁能有像岳飞那样孤忠幽愤的经历与心情？而且，若不是"凭栏"时即兴之作，在艺术上还可以仔细打磨。千古以来，人们被这首词深深打动，是因为它表现出"力拔山兮气盖世"的豪情，是因为它洋溢着激荡的爱国主义精神，而根本不去计较它的某些不足。所以清代的陈廷焯在《白雨斋词话》中说："千载下读之，凛凛有生气焉。"

"待从头、收拾旧山河"，这句词，激励着人们为民族的命运抗争。在清代，太平天国的石达开，便受到岳飞《满江红》词意的启发，写下一副名联：

忍令上国衣冠沦诸夷狄；
相率中原豪杰还我河山。

在抵抗日本侵略的十四年抗战中，这浓缩了《满江红》词意的对联，也一直产生了很大的社会影响。

四面边声连角起

岳飞的《满江红》着重写悲愤的心情，至于征战的艰辛，只以"八千里路云和月"一句轻轻带过。其实，在正义的保家卫国战争中，守戍边疆的战士，面对强敌，生活是十分艰苦的。他们也不是不想家，更不是不想过着和平的生活，但是，他们又不能不坚守阵地，保卫家园。古代优秀的诗人，并不回避这种内心的矛盾，不回避将士们"两难"的心境。而写出这种矛盾，反而更突显出将士们保家卫国的决心。例如：

> 琵琶起舞换新声，总是关山旧别情。
> 撩乱边愁听不尽，高高秋月照长城。
> ——《从军行》（其二）

这是唐代诗人王昌龄的名篇。王昌龄写过许多边塞诗，写唐代将士驻守边疆、抵御外敌的生活。他的七绝，被称为"神品"。李白和他交情很好。李白有诗云"我寄愁心与明月，随君直到夜郎西"（《闻王昌龄左迁龙标遥有此寄》），就是写给他的。由于他的七绝独步一时，又做过江宁令，故人称"诗家天子王江宁"。

这首诗，第一句说边关将士们在休息的时候，一边弹着琵琶，一边起舞，好像大家很热闹，很兴奋，很豪迈。请注意"换新声"三字，换，即弹了一首，又换一首。在弹者，力求弹出新曲，让人耳目一新。而且，换的是些好听的、时髦的流行歌曲，显得这阵地上的晚会新鲜有趣。

但第二句一下，味道尽变了。在听者甚至弹者听来，曲的意味，总离不开从古以来的别情。弹来弹去，无非是旧的主题，换汤不换药，离不开对家乡的思念。家乡远隔关山，这"总"字很有分量,它概括了将士们换来换去的"新声"。而"新"与"旧",又互相呼应。王闿运在《手批唐诗选》中说:"以'新''旧'二字相起,有无限情韵,俗本作'离别',便索然矣。"王闿运是敏锐的,因为若作"离别情",即指当下的离情;作"旧别情",则既包括当下离情,也延伸到从古以来的别情。所谓"新声",实际上是多少年来亘古不变让人伤感的主题。所以,这"旧"与"新"对照,在"总是"的涵盖连接下,显得十分深刻,更有韵味。从这里,我们多少可以体悟所谓诗词创作中炼字的作用。

这两句语气的转接,很值得研究。在前句,是说将士们变着花样取乐,力图让自己和听众,都高高兴兴。但是,后句说,玩的人其实在瞎玩,听的人也在瞎听,都觉得没有什么味道。对奏者、舞者来说,实在只是打发时间;对听众、观众来说,也只是凑凑热闹。按道理,"换新声"是不可能只有一个味道的。但瞎玩者无聊,瞎听者无心,就只觉得弹来弹去、舞来舞去,都是一个味道。就像无心吃饭的人,吃什么菜,都是一个味道一样。而写他们觉得乐曲单调,实际上是反映心情的复杂。

这两句最巧妙的地方,在于简练地采用一抑一扬的手法,造成了感情的节奏出现跳跃性的反差,效果极为强烈。如果说,岳飞的《满江红》上片是抑,下片是扬;那么,王昌龄《从军行》这两句,则是先扬后抑。

一抑一扬的写作手法,会有很奇妙的艺术效果。曾有一个故事,说某贵妇人生了五个儿子,都当了大官。一天,他们为母亲祝寿,客人们当场献诗。有位秀才念出一首:"这个婆娘不是人,月中仙子下凡尘。生下五儿皆是贼,偷得蟠桃献母亲。"主人听了第一句,大怒,听了第二句,便释然;听了第三句,更怒,听到第四句,则大喜。这就是先抑后扬的奇特效果。王昌龄同样是采用了抑扬的手法,很细腻,也很强烈,诗中的第一句与第二句,便是抑扬手法的妙用。

"撩乱边愁听不尽",这边愁,含义复杂。边地艰苦,是愁;思乡思亲,"不知何处吹芦管,一夜征人尽望乡"(李益《夜上受降城闻笛》),是愁;希望早点打胜仗回家,却没有希望,像王昌龄自己说过"秦时明月汉时关,万里长征人未还"(《出塞》),是愁;感到军营里的不平等,"战士军前半死生,美人帐下犹歌舞"(高适《燕歌行》),也是愁。总之,种种使人心烦意乱的边愁,怎么听也听不尽,弹者越弹,听者越烦。而"撩乱"两字,又和首句"换新声"相呼应,新声换来换去,原想让听者耳目一新,但心烦者却只有"撩乱"的感觉。

在对敌斗争中,写将士思乡、发愁,这会影响他们保家卫国的形象吗?不会。宋范仲淹写过一首词:

> 塞下秋来风景异,衡阳雁去无留意。四面边声连角起,千嶂里,长烟落日孤城闭。　浊酒一杯家万里,燕然未勒归无计。羌管悠悠霜满地,人不寐,将军白发征夫泪。
>
> ——《渔家傲》

范仲淹是北宋政治家和军事家,曾说"先天下之忧而忧,后天下之乐而乐",具有深沉的家国情怀。在与西夏羌人斗争时,羌人说他胸中有十万甲兵,汉兵说"军中有一范,西贼闻之惊破胆"。

明人汪廷讷的传奇《三祝记》,还写他一手挟着两个来恐吓的鬼魅,勇猛非常。可是,他这首写边塞的词,就直面边疆的悲凉和将士的思乡之情,而又绝不影响将士的爱国情怀。"燕然未勒归无计",他慨叹:只有打了胜仗,才能够回到家乡。将士的复杂心情,恰好能表现出他们爱国的理性。这使我们想起苏联卫国战争时的歌曲《喀秋莎》:"喀秋莎走在峻峭的岸上,战士的爱情佑护着她。"假如认为苏联红军反抗纳粹,还想起在家乡的爱人,岂不军心动摇,这就大错了。人的思想感情是复杂而微妙的,正是思家思乡、思念亲人,才使得战士们知道为谁战斗,知道为了家乡、为了爱人而战,就是保卫祖国。这比一味写冲呀杀呀更感人,也更真实。

敢于写边愁,敢于写内心与客观环境的尖锐冲突,正是这样的"穷",才导致诗的"工"。范仲淹不是被人称为"穷塞主"吗?我想,这不是说他没钱,而是说他敢于直面人生,是一个写出了边塞将士思想激烈斗争的塞主。

回到王昌龄这诗,诗人写他听琵琶,听烦了,抬起头来,仰望长空,只见"高高秋月照长城"。这句诗,写得极佳。撩乱边愁已听不尽了,烦到不能再烦了,当言情已到尽头时,下面忽接之以景。

"高高",说明夜已深,月亮高高地挂在天心。秋月,形容月色的皎洁,正如白居易《琵琶行》中说:"东船西舫悄无言,唯见江心秋月白。"这时候,月色如霜,夜凉如水,王昌龄从写听觉,转为写视觉。只见长城盘旋在万山丛中,蜿蜒千里,一直延伸到远方。月照长城,诗人的思想也随着长城盘旋起伏。这景色一片苍凉,给人的感觉是既空旷,又寂寥,它无比阔大,又无比单调，在忧伤中又夹杂悲壮情怀。

这一句全是景，看似与烦愁无关，但又并非无关，所以清人黄叔灿的《唐诗笺注》评它"思入微茫，似脱实粘"。这描写，很像电影中的空镜头，在将士的歌舞声中，镜头淡出，然后转到一个高高秋月照着长城的画面。而作品最精妙之处，恰在这感觉的转换中。在这里，诗人想的是什么？他没有说，却含蓄地留给了读者想象的空间。在凄清的月色中，在艰苦的环境里，读者可以根据自己的生活体验，想出将士该是什么样的心境。在唐诗中，"孤帆远影碧空尽，唯见长江天际流"（李白《黄鹤楼送孟浩然之广陵》），"曲终人不见，江上数峰青"（钱起《湘灵鼓瑟》），都是运用这"思入微茫，似脱实粘"的手法。

为什么王昌龄这诗写得这样"工"？原因是他处在"穷"的社会环境中，处在"危"的时代。面对强敌，面对艰难，他便能理解边防将士的心境，能写出思想深刻的作品。

上面说到岳飞、王昌龄和范仲淹的诗词，总的风格，都可以归入慷慨悲凉一路。它们在感情激荡的程度上各不一样，表现手法也不一样，但都在不同程度上夹杂着悲怆的情怀。豪壮与悲凉，本来是对立的感情。豪壮，是一往无前；悲凉，则回肠百转。但如果一味是豪言壮语，大声镗鞳，感情没有变化，节奏没有曲折，反而不能表现感情的真实，并且不能更有力地表达出豪壮的情怀。其实，人的感情是复杂而微妙的，特别在面对生与死的抉择时，正视内心的痛楚，把悲与壮对立统一起来，更能体现慷慨和豪放。

一次战役的生动描写

在诗词创作中，像上述岳飞《满江红》等作品，多是在民族矛盾尖锐的时刻，抒发激昂慷慨的情怀。本来，直接通过描写战争场面，当是更容易表现出豪情壮志。不过，在诗词史上，这类作品并不多见，很可能是近体诗和词的篇幅，约束了诗人们对这类题材的选择。

在直接描写战争的诗中，最值得注意的是唐代诗人卢纶的《塞下曲》。这是由六首绝句组成的"组曲"，我们选前四首讲解。

其一
鹫翎金仆姑，燕尾绣蝥弧。
独立扬新令，千营共一呼。

其二
林暗草惊风，将军夜引弓。
平明寻白羽，没在石棱中。

其三
月黑雁飞高，单于夜遁逃。
欲将轻骑逐，大雪满弓刀。

其四

野幕敞琼筵，羌戎贺劳旋。
醉和金甲舞，雷鼓动山川。

卢纶被称为"大历十才子"之一，他曾跟随唐代名将浑瑊征战，见证了将士们英勇杀敌的场面。有过这样的战争生活的实践，才能把战争场面描写得如此出色。

在第一首，卢纶首先写战争爆发前大将出场。最妙的是，诗人又不先写大将，而是先写大将的装备。他佩带的箭，箭杆尾部是鹰鹫的翎毛，象征威猛；他背后的战旗，象征权力；旗绣着飞燕，又可见强调这支部队行军的轻捷神速。通过这样的描写，大将虽未出场，已烘托出他震慑人的威严气势。正如传统小说写关羽的武器是青龙偃月刀，张飞用的是丈八蛇矛，李逵和程咬金用的是板斧，它们都能使人物形象显得更加鲜明，更具特色。

"独立扬新令"，当诗人把气氛渲染足了，便让大将出场了。他一个人屹立在将坛上，发布命令。他振臂一呼，底下千军万马齐声呐喊，可以想象，场面何等威武雄壮。这里要注意的是，诗人让"独立"与"千营"互相衬托。在将坛上，只有将军一个人发号施令；在下面，则"千营"将士，敌忾同仇，齐声发喊。再就是，这"千营"又与"一呼"互相衬托，突出地表现千万人发出同一声喊。这喊声，像山呼海啸，烘托出将军"扬新令"时的威严气势。这"独立""一呼"与"千营"互衬的手法，就像是"万绿丛中一点红"，相得益彰。显然，诗人未写出征，先写誓师时的威严雄壮，收到了先声夺人的艺术效果。

第二首,写的是两军接战。不过,诗人并没有花气力写两军对阵,刀枪并举血战沙场,只写将军反击敌军夜间偷袭的场面。

"林暗草惊风",在黑夜里,树木幽深,什么也看不见,忽然,茅草像被风吹得乱动。这"惊"字用得极佳,既形容风起得突然,也展现出将士的警惕。风吹草动,这异常的状态,有可能是敌人趁着风高月黑,要来偷袭了。这时候,诗人没有写战士怎样出击,只突出写"将军夜引弓"。引弓,即拉弓。拉了弓,那箭有没有射,怎样射?诗人又没有写,只留给读者想象。倒是第三、四句说:"平明寻白羽,没在石棱中。"将军放了一箭,天亮了,往前搜索,原来它射进石棱里了。在这里,诗人运用了一个典故。据《史记·李将军列传》载,汉朝名将李广善射,有一次,"广出猎,见草中石,以为虎而射之,中石没镞,视之石也"。这富有戏剧性的情节,恰好表现出李广的神力。卢纶运用这典故,既说明将军的这一箭力重千钧,也启发人们对李广抗击匈奴的联想。至于箭射过去,敌军如何害怕?效果如何?诗人都没有写。但写这一箭,连整支箭杆都陷入坚硬的石棱中去了,便可见将军的神力。由此也就可以想到它所产生的震慑作用。

现在,我们回过头来,便可明白诗人在上一首诗,首先突出"鹫翎金仆姑"的作用了,显然,他是着重以箭来强调将军神勇的武艺的。

其实,敌我两军对垒,肯定要互相厮杀。但诗人根本不去写两军直接交锋的场面,他只需抓住在反偷袭时"将军夜引弓"的一个细节,表现战斗中的一个侧影,便能让读者感受到我军的英姿豪气,想象出当时我军的高度警惕性,以及弓弦响处,敌人吃惊逃跑的狼狈相。

　　以简驭繁，以虚写实，是我国传统文学的创作特色。在《塞下曲》里，卢纶只写了一个战斗细节，便从一个侧面表现出轰轰烈烈的战斗场面。正像在《三国演义》里，有"关公温酒斩华雄"的描写。它写华雄在袁绍、曹操的大营外挑战，连斩几员大将。当无人敢去应战时，关羽挺身而出，曹操便给他暖了一碗酒。关羽先把酒放下，飞身上马。那时候，营外鼓声大振，喊杀连天，营内"众皆失色"。正在紧张之际，只见关羽飞马返回营中，把华雄首级掷之于地。那时，"其酒尚温"。这一段战争的描写十分出色，它只从一个"其酒尚温"的细节，便让读者想象出关羽的神勇。同样，卢纶在《塞下曲》里，也只从白羽"没在石棱中"的细节，表现将军的神力，这就够了，人们完全想象得到将军在战场上那势不可当、横扫千军的勇猛身影了。这种以虚写实的写作手法，很值得我们借鉴。

　　第三首，就写敌人的溃败了。"月黑雁飞高，单于夜遁逃。"月黑，形容天上一片漆黑。这两个字用得很奇特，它不仅是说一般的夜黑，更是说连天上的月亮也是黑色的，显得夜色很可怕。我们说过，古人写诗，讲究炼字，写"月黑"而不用"夜黑"，把夜色表现得不同一般，便是炼字成功的一例。

　　"雁飞高"，是说地面有动静了，惊乱了正在栖息的雁群，雁儿便高高飞走。这表明敌人趁着风高月黑之际，连夜逃跑。这写法，与上首的"林暗草惊风"相似。至于第三、四句，"欲"字用得最为巧妙。诗人写将士们发觉了敌人突围逃跑，正想乘势追击。然而就在这时，"大雪满弓刀"，天上纷纷扬扬，下起鹅毛大雪。诗人写雪飘满在体积很小的武器上，恰好说明这场雪是弥天大雪，这比写"大雪满征袍"更具意韵。而且，大雪连武器也冻住了，这和李贺说的"半卷红旗临易水，霜重鼓寒声不起"（《雁门太守行》）一样，把严寒的气候和肃杀的氛围形容殆尽。

"欲将轻骑逐"，"欲"字用得恰到好处。在大雪连天的时刻，到底将军是下令追击，还是不去追击？是"穷寇勿追"，还是"宜将剩勇追穷寇"？一时间，将军犹豫了。诗人正是抓住了他将下决心而未下决心时的神情，表现他的沉着。这"欲"字，显示出刹那间的迟疑。它就像话剧表演中做"停顿"的动作一样，为下一个动作预作蓄势。这样的艺术处理，犹如神龙见首不见尾，一切留给读者自己去想象，去品味。读者可以想象将士们冒着风雪，追奔逐北；也可以想象将士们蔑视敌人，保存实力。总之，追不追？怎样追？都不重要。诗人只要写出他们面对艰苦严酷的环境，在引而未发中满怀豪情的神态，便足够表现将士们的威武了。

第四首，写的是战后的狂欢。在野外大摆筵席，敞开军营，谁都可以来吃。羌戎，指的是少数民族。他们也一起前来劳军，庆贺凯旋。诗人指出这一点，是重要的。它说明唐军打击的是一小撮叛逆分子，至于少数民族中的大多数人，是拥护唐军为打通丝绸之路而进行的正义战争的。

"醉和金甲舞"，写的是战罢归营，将士们连盔甲也未脱，就大杯喝酒、大块吃肉，喝得烂醉，醉了便穿着盔甲跳舞，忘乎所以，纵情欢乐。这里所谓"金甲"，其实是铁甲。说它是金甲，是强调在阳光中，盔甲闪闪发亮，显得将士们像天兵天将那样威风、雄壮。这时候，到处响起胜利的鼓声，惊天动地，把热烈的气氛推上高潮。

卢纶这一组诗,在写出征前和胜利后,都以豪雄的声音、张扬的手法,衬托出军容的雄壮,格调极其高昂。倒是中间写战争场面的两首,则以静制动。若是一般诗人,或会大写一番战斗场景,力求写得喊杀连天,喧闹激烈。而卢纶,反而只含蓄地从侧面写和敌人的斗争,甚至不写敌我双方正面接触。这样的处理十分高明,因为战争场面的激烈,以文字极难形容,最聪明的办法,不如以虚化实。据说有一位说书艺人讲元代话本《三国志平话》中"张翼德喝断当阳桥"一段。书中写到张飞大喝一声,把木桥也喝断了。但那说书艺人说到这里,只站起来一拍书案,猛然张大了口,却没有发出任何声音,而观众们却感到耳朵嗡嗡作响,震耳欲聋。这说书艺人十分聪明,因为他知道无论自己怎样拼命大喊,也不可能发出像张飞那样能喝断木桥的音波。与其大喝,不如张口而不发声,让观众从动作中自己"听"出声音。这就是以极静表现极闹,以极虚表现极实的奥妙。

在明清之际,有三位文学家曾讨论诗歌创作的问题。洪昇说:写诗如画龙,要把整条龙画出来,才算完整。王士禛表示反对,他说诗就像神龙一样见首不见尾,或者只在云中露出一鳞半爪,不必追求完整。赵执信则认为:虽然只露一鳞半爪即可,但作者心中要有完整的龙的形象,才可以通过一鳞一爪,让观者"看"到龙的整体。赵执信的意见,当然是最正确的。卢纶写《塞下曲》,心中对这场战役是有完整认识的,所以,可以从战役的开始,写到战役的结束。而战争,毕竟是激烈的血肉相搏,又不能不写出激动人心的场面。于是,诗人便在其二、其三写到战事的一鳞半爪,以个别细节展现全局，因而收到极佳的艺术效果。

正由于《塞下曲》虚实结合，有动有静，相互映衬，相互结合，便让读者看到了一场完整的战争情景，看到了唐朝将士在反抗侵扰的斗争中旺盛的斗志和高昂的士气。所以，人们说卢纶的《塞下曲》"有盛唐之音"。《唐人万首绝句选评》还说它"意警气足，格高语健，读之情景历历在目，中唐五言之高调，此题之名作也"。这些评价，是公允的。在我国诗歌史上，正面描写战争场景，达到这样艺术水平的作品，也并不多见。

武戏文唱的妙用

从对《塞下曲》的分析中，我们可以发现，文学作品的内容、题材，会受到形式、体裁的制约。本来，文学作品要表现尖锐复杂的矛盾，要表现慷慨激昂的气概，莫过于直接描写战争的场景。像小说、戏剧、电影，乃至长篇叙事诗、说唱等叙事性的体裁，都可以把战争场面描写得淋漓尽致，扣人心弦。但是，近体诗和词这些容量小的体裁，受形式制约，在这方面便有很大的局限。而当诗人又不得不描写战争，无法回避题材与体裁的矛盾时，最聪明的办法是"攻其一点，不及其余"，通过描写一个细节、一个侧面，让读者联想整个战争的场面。或者，以静写动，武戏文唱，也能突破形式的约束，透彻地表现战争的激烈和慷慨的情怀。

上面说过的王昌龄，也写过一首描写战争场景的七绝。

> 骝马新跨白玉鞍，战罢沙场月色寒。
> 城头铁鼓声犹振，匣里金刀血未干。
>
> ——《出塞》

这首诗历来不太受人注意，但仔细体会，便知其中奥妙！它别开生面地从"战罢"着眼，写战场上的休息。

诗的第一句，未写人，先写马。"骝马"是黑鬃黑尾的红色马，马背上配了新的白玉鞍，黑、白、红三种颜色搭配，显得战马很美。

王昌龄写一位将军，以欣赏的目光看待自己的战马，用意是很深的。按说，这匹马是将军天天骑着的，用不着特别描写。但是，"战罢"两字一落，人们便可理解这时将军特定的心境。显然，他和战马一起，刚在战场上经历激烈的战斗，当坐下休息，看着这匹马时，心态就特别不同了。这匹马和他出生入死，战胜的喜悦之情、对战马的感激之情，都交集在目光之中。重要的是，将军能够细细地欣赏自己的马，也等于表明，战斗停止了，他心头上绷紧的弦也松弛下来了。在这里，诗人先写将军的松弛，和下文大有关系，所以不惜使用全诗四分之一的篇幅。

第二句点出时间、地点、背景。时间：晚上。地点：边疆的战场上。背景：清冷的月色。请注意，这"寒"字用得极妙。按说，经过一场血战，打退了敌人，能有心情坐下来仔细欣赏自己的战马，接下去应是"战罢沙场意气昂"之类才对，怎么会写下一"寒"字？说它"寒"，实际上是将军自己内心的感受。

不同的人，在不同的情况下，对月色的感觉是不同的。百无聊赖的女子，对着月色，会有一份"天阶夜色凉如水，卧看牵牛织女星"（杜牧《秋夕》）的闲情逸致。但在激战过后，将军看到天上的月亮，内心却是一阵发冷。战场上，尸横遍地，四野荒凉，正如孔尚任在《桃花扇》说的"残军留废垒，瘦马卧空壕"，处处是死一般的寂静。这将军，是刚从死亡线上走过来的人，激情过后，汗水干了，惨白的月色一照，回想在鬼门关上的风险，便感到月色是寒浸浸的。这"寒"的心境，是刚刚发生过的那场战斗惨烈情景的反映，它和上句表现胜利后的喜悦心情，恰成对比，也给全诗定下了基调。

第三句"城头铁鼓声犹振"，这描写，似不合理。战斗已经结束，怎么还会擂鼓？过去是鸣鼓进兵，鸣金收兵。上句既明明说了"战罢"，也没理由是"铁鼓声犹振"的。但是，诗人正是要用这似是不合理的描写，刻画将军的心态。显然，将军听到了那还在振荡的铁鼓声，只能是他的一种幻觉，只能是白天战斗中的擂鼓声，留在他耳朵里的余响。所谓"犹振"，就像我们长时间坐火车旅行，停下来时，耳中还在轰隆轰隆作响一样。

耳朵里听见战鼓在响，这使陶醉在胜利中的将军，忽然惊觉。他以为敌军又来了，这就有了第四句"匣里金刀血未干"。他顿时拔起鞘里带血的刀，准备战斗。整首诗，就在这突兀的神态中结束。

在我国的戏曲表演艺术中，有一个很有特色的表演动作，称为"亮相"。它指演员在一连串连续性的动作中，突然做短暂的停顿，呈现出一个具有雕塑性的造型。这动作，把人物在特定情景中的精神状态和性格特点，凝聚在观众面前，能够产生强烈的艺术效果。《出塞》的第四句，和戏曲"亮相"的造型十分相似。诗人写到在战罢的休息中，战场上虽已寂静，但交战的状态还未从将军心中完全平息，这时他忽然似乎听到战鼓在响，似乎感到敌人临近，于是猛然拔起已经入鞘的金刀。金刀上，还残留着敌人的血痕。整首诗，就在将军拔刀的定格中结束。从将军拔刀、看刀的动作，他警惕的表情、坚毅的态度，便如戏曲演员"亮相"一样，凝聚在读者的脑海中。

王昌龄这四句诗，每句各写将军不同的心态。有喜悦有悲凉，有错觉有警觉，这一连串不同的情绪，在相互交织中演进，把将军的形象刻画得栩栩如生。最精警的是，王昌龄出人意料地从"战罢"的角度，表现当时战斗的紧张和惨烈。他没有正面描绘战场的交战情景，却只写战后休息，而通过对将军"战罢"神态的描写，战斗的过程便在读者的脑海中回放，让人们"看"到了激烈的战斗场面。在这里，诗人超越题材与体裁矛盾的技巧，令人佩服。

如果说，王昌龄的《出塞》写的是战后将士在刹那间的景象，那么，王翰的《凉州词》，写的却是出征前一刻的心理状态。

> 葡萄美酒夜光杯，欲饮琵琶马上催。
> 醉卧沙场君莫笑，古来征战几人回？

从表面看，这首诗很好懂，但对它的理解，人们有不同意见。有人说它写出军营里的乐观精神；有人则从最后一句，说它表现出将士的悲凉心境。到底应该如何看待这一首诗呢？

凉州，在甘肃河西地区，唐时属边疆。唐代边患严重，交战频繁。但这首诗也和王昌龄的《出塞》一样，不直接写边境的战斗，只从侧面烘托,写将士们临战前的情怀。

诗一上来,便写喝酒,喝的是葡萄美酒,这酒产于西域地区。夜光杯,指玉杯,其实可能是现在的玻璃杯。相传周穆王探访西王母,王母捧出夜光杯来款待他,表示热烈欢迎。玻璃,如今平常得很,而在唐代,却是很名贵的,连李白也把自己的小孩命名为玻璃(颇黎)。总之,诗人首先点出葡萄酒和夜光杯这两种产于西凉的珍贵之物,便显出地方的特色,意味着饮酒的地点,就在西域附近。而首先突出说美酒和玉杯,赞美之情也就溢于言表。

在将官未饮之前,诗人首先特写杯和酒,也等于表明饮者在未饮之前,对它们认真地仔细欣赏。看来,这酒自然是非饮不可的了。

"欲饮琵琶马上催",有人说,这琵琶是在军营里面的歌舞艺人弹奏的。过去,饮宴时是有艺人奏乐的。如果按照这一说法,等于说是艺人们在助兴。依我看,则不然。因为诗里明明说是"马上",那些弹奏琵琶者是骑在马上的。骑在马上弹琵琶,岂能是在帐幕里?其实,这些弹琵琶的人,是军乐队。过去军乐队的乐器,用的多是琵琶。这句诗是说,当将官举起了玉杯,正在欣赏之际,外面军乐响起,这不是催那正在欣赏"葡萄美酒夜光杯"的人喝酒,而是说,军队即将开赴前线,要催他出发。

如果说,第一句气氛很平静,写的是出征前的饯别。那第二句,琵琶声一响,气氛骤然变得紧张起来了。这里,要注意"欲饮"两字。这两字看似平常,却又非常细腻地表现出人的心理状态。

"欲饮",非未饮,也非已饮,而是将饮而未饮。若作"未饮",则酒仍在桌上,琵琶一响,催人上路,或者那将官就会索性不饮了。

若作"已饮",则酒杯仍放回桌上,琵琶一响,将官一抹嘴便走,那就是"琵琶一响走出来"了。

而"欲饮",则杯必然仍在他的手上。诗人的这一写法,既突出了酒,也突出了将官内心的冲突。军队立刻要出发了,这酒要不要喝?这将官知道,美酒喝了,是会醉的;但若不喝,岂不可惜?既然已经拿起了杯,又岂有不喝之理?这时,琵琶紧催,他不可能再捧着夜光杯细细品尝葡萄美酒了。诗人写他"欲饮"的动作,是着意表现他有过片刻的犹豫,配合着琵琶急促弹出的背景音乐,便让读者想象出将官猛然仰头一喝,然后昂首阔步,走出军营的神态。如果把这场面呈现于戏曲舞台,也会是在片刻停顿后,有一个掷下酒杯或扬起酒杯扬长而去的动作。过去,人们一直未注意这"欲饮"的妙处,其实,诗人有意突出那将饮未饮的迟疑状态,正好微妙地表现这将官的豪放情怀。

到底将官有没有饮下葡萄美酒?从第三句的"醉卧"两字,我们知道他是饮下了的。按理,下面接着就该写出发了,但诗人却写这喝过了酒的将官,开起玩笑说:"醉卧沙场君莫笑,古来征战几人回?"表面上,他是在赞美葡萄美酒,这酒是那么好,喝醉了,卧在战场上,回不来是很自然的事,请诸位莫见笑了。你看,这将官说得多么轻松。其实,这里是语带双关,话里有话的。在沙场上,战死的人永远躺下了,将军把它看成是"醉卧"。他是说:试想从古以来,打仗有几个人能够回来的?所以,把在沙场战死,看成是醉倒沙场不就成了吗?那算得了什么呢?有什么可笑的?"古来征战几人回"是反问句,它等于说:战争,从来都是要死人的,我一上战场,就没有回来的打算。

确实,战争是惨烈的,即使是保家卫国的战争,战死沙场也总是悲哀的事。唐代另一位诗人戴叔伦,曾有诗云:"汉家旌帜满阴山,不遣胡儿匹马还。愿得此身长报国,何须生入玉门关。"(《塞上曲》)这诗写得豪气十足,但感情比较肤浅。倒是陈陶的《陇西行》写得动人:"誓扫匈奴不顾身,五千貂锦丧胡尘。可怜无定河边骨,犹是春闺梦里人。"既写到战士的不惜牺牲,又写到战争的可悲,反能更真实、更全面地写出人们对战争的感受。在元杂剧《单刀会》里,关汉卿写关羽在临战前,唱了著名的《新水令》和《驻马听》曲:"大江东去浪千叠,引着这数十人驾着这小舟一叶。……这也不是江水,二十年流不尽的英雄血!"关羽英勇无比,但关汉卿突出写他认识到兵凶战危,能战而非好战。这一段悲天悯人的喟叹,反能把英雄人物悲壮的情怀展现无遗。

王翰说"古来征战几人回",就当是"醉卧沙场"好了,说得很轻巧。想深一层,想到战争从来都是要死人的,读者就知道作者的心情,其实很沉重。但他只强调出征者把生和死看得很平常,用谐谑的口吻和战友告别,那一句反问,既显出视死如归、满怀豪气,又透露悲凉与壮烈情绪的交集。

这两句诗,该怎么理解?清代施补华说:"作悲伤语读便浅,作谐谑语读便妙。"(《岘佣说诗》)这样说,等于说这将官在开玩笑,他是真的说自己喝醉了。以我看,施补华的理解,才是浅薄的。他没注意到,"古来征战几人回"这反问语气,实在是感慨非常。作者看到,面对死亡,将官的思想感情是复杂的。沈德潜说这诗"故作豪饮旷达之词,而悲感已极"(《唐诗别裁》),这就说对了。为了反抗侵扰,这将官一方面很旷达,很豪迈;一方面，明知要战死沙场，一去不返，又不能没有伤感。正确的理解为，这首诗在谐谑中夹杂着悲情，换言之，悲伤与谐谑兼而有之。它在艺术上的高明之处，就在于把悲壮寓于嬉笑之中。正因它能表现如此复杂的心理状态，所以清代宋顾乐评说它"气格俱胜，盛唐绝作"（《唐人万首绝句选评》）。

无论是王翰还是王昌龄，写战前还是战罢，他们都只从一个侧面的细节描写，去表现即将出现或已经出现过的战斗场面。因为绝句这一体裁的限制，让他们不可能铺排地描绘尖锐紧张的战斗场景。最巧妙的办法，便是选择个别最具有典型性的细节，去表现"一斑"，这反能让人感受到战争的"全豹"。

上述诗词的作者，在激烈的社会斗争中，特别是在尖锐的民族斗争中，都表现出激昂慷慨的情怀，吐露出浩然之气。这气概，是中华民族传统的气质。而由于身处不同时代、不同环境，各个诗人的作品又会呈现出不同的风格。有些诗，在慷慨中贯串着悲壮的情绪；有些诗，则在慷慨中显出内心的豁达，透露乐观的精神。无论是哪一种类型，诗人们在思想上、感情上，都经历过激烈的冲击。或是客观现实的社会环境和他们的理想不一致，或是民族战争与和平相处的主观愿望不一致，或者两者兼而有之，总之，审美主体和客体发生了尖锐矛盾，这就是我国传统诗歌理论中的"穷"。在上一讲，我说过，正由于诗人们都经历过种种不同的"穷"，他们就有可能写出"工"的诗作。

山行

唐·杜牧

远上寒山石径斜,白云生处有人家。
停车坐爱枫林晚,霜叶红于二月花。

书者简介

陈斯鹏:
广东省书法家协会会员,
广东高校书法学术委员会委员。
中山大学中文系1996级校友。

远上寒山石径斜，白云生处有人家。停车坐爱枫林晚，霜叶红于二月花。

杜牧诗山行 乙未夏日陈竹鹏拟楚简

第七讲　情与景的交融

情景的矛盾统一

诗词应是缘情而作，感情是主观的，这就是所谓"情由心生"。但它的产生，又和客观事物联系在一起，是客观事物触动了人的生理和心理机制，即所谓"触景生情"。当作者需要通过诗词这种特定的文学体裁，或是抒发感情，或是阐发理念时，最有效的办法，是通过事物的具体形象，把情和景融合起来，这才有助于审美受体对审美主体的认知。否则，作者抒发的情，会显得空洞，成为概念化的口号，成为像魏晋时代那些玄言诗、和尚诗一样，枯燥无味。

我国古代的评论家提醒诗人们，要注意把心中的感情与眼中所见的景象融为一体。王昌龄在《诗格》中说过："事须景与意相兼始好。"宋代词人姜夔在《白石道人诗说》中也说："意中有景，景中有意。"明代的诗论家谢榛在《四溟诗话》中说得更明确："夫情景相触而成诗，此作家之常也。"

谢榛所谓"作家之常"，说明这应是常识性问题。话虽如此，却并非每个诗人都已充分注意。有一些诗人，也会写到景，写到情。但情是情，景是景，在诗中全无关系，让人读来味如嚼蜡。像唐代大诗人张籍的《送梧州王使君》："楚江亭上秋风起，看发苍梧太守船。千里同行从此别，相逢又隔几多年？"楚江亭畔，刮起秋风，这自然是"景"，但风自风，别自别，此景和下文送友的惜别之情，却没有多少关系。这首诗，实在写得很蹩脚。

宋代的大作家黄庭坚，写过一首这样的词，调寄【浣溪沙】：

新妇矶头眉黛愁，女儿浦口眼波秋，惊鱼错认月沉钩。　　青箬笠前无限事，绿蓑衣底一时休，斜风吹雨转船头。

这首词有情，也有景。黄庭坚写一位渔翁，披着蓑衣，戴着斗笠。他有许许多多的人生经历，或者当过官，从过政。等到辞官不干了，便闲悠悠地穿起蓑衣，当了渔翁了，在风吹雨打中，任由船儿转向，自由自在地享受休闲的乐趣。这首词，就是要抒发退隐的淡逸情怀的。

问题是，词的上片，写新妇矶像少妇含愁的眼眉，女儿浦的水像女子含情的眼波。词人还浮想联翩，觉得水里惊跳的游鱼，是因为把月亮那弯弯的倒影错认为月里嫦娥垂下了钓钩。这一派旖旎的风光，和词的下片要透露的冲淡情怀放在一起，岂止情与景互不搭界，还让人感到这老渔翁像个老而不尊的好色之徒。当苏轼看到这首词，便给黄庭坚开玩笑说："才出新妇矶，又入女儿浦，此渔父无乃太澜浪乎？"这例子，说明情与景的关系若处理不好，是会闹出笑话的。

怎样才能让情与景交融呢?

我们知道,情与景,主观和客观,是矛盾的统一体。在这一对矛盾中,主要方面是情。情是诗词创作的出发点,也是作者进行艺术构思的核心。清代诗歌评论家吴乔,在他的《围炉诗话》中说:"夫诗以情为主,景为宾。景物无自主,唯情所化。情哀则景哀,情乐则景乐。"他正确地认识到,在情与景的关系中,主观因素的情,应该始终居于主导的地位。

杜甫的诗歌创作,有许多首是能作为情景交融的典范的。请看看他的名作《登高》:

> 风急天高猿啸哀,渚清沙白鸟飞回。
> 无边落木萧萧下,不尽长江滚滚来。
> 万里悲秋常作客,百年多病独登台。
> 艰难苦恨繁霜鬓,潦倒新停浊酒杯。

经考证,这首诗是杜甫于大历二年(767)秋天九月登高时,在四川夔州所写的。九月登高,诗人们触景生情,自然有许多感触,像王维就写过"独在异乡为异客,每逢佳节倍思亲"。杜甫写这首诗时,也是独在异乡为异客,但他的感情要比王维深沉多了!

安史之乱以后,社会残破凋零,杜甫生活也很困难,只好跑到成都,投靠他的好朋友严武。严武当过成都府尹,在他的照护下,杜甫生活还算安定。可是,不久,严武突然病逝,杜甫失去了依靠,只好举家离开成都,迁居到长江之滨的夔州。那时候,杜甫穷愁潦倒,百病交侵,肺病、打摆子、风湿全染上了。重阳时节,他登高四望，便写了这首诗。历来的评论家都认为，这诗写得好极了，杨伦在《杜诗镜铨》称赞它"当为杜集七言律诗第一"，胡应麟的《诗薮》更说它"自当为古今七言律第一"。

的确，《登高》的成就是多方面的，这里我们只着重看看：杜甫是怎样把情与景交融在一起的。

诗的前四句，写的都是诗人站在江边山上看到的景色。他第一个印象是"风急"，登上山坡，又是在秋天，山风飒飒，这对年老体弱的人来说，自然是最敏感的。而诗人首先下的"风急"二字，在全诗中又十分重要，因为它贯串全篇，下文的许多描写，都和它有关。

山上风急，烟岚雾障也被吹散，万里无云，秋高气爽，显得天也特别高。天愈显得高，独自站在山上的人，便显得愈孤独、愈渺小，和下文的"独登台"互相呼应。这时候，风又传来山上猿猴长啸的声音，四川多猿猴，啼声很凄厉，乐府诗就说过"巴东三峡巫峡长，猿鸣三声泪沾裳"。如果说，"风急"是诗人在山上的触觉所感，那么，"天高"则是视觉所见，"猿啸哀"则是听觉所闻。这一句，诗人从三个角度构成悲凉之景，紧扣《登高》的题目，重点在于写山。

"渚清沙白鸟飞回"，是说江面上的景。秋天的水，特别清浅，江上的小岛屿，显得冷冷清清。"沙白"，是说沙滩经秋天的阳光一照，显得特别惨白，特别耀眼。"鸟飞回"，鸟在盘旋，因为风太大，鸟飞不高，只能在水面上转来转去，这又和上句的"风急"相呼应。曹操《短歌行》云："绕树三匝，何枝可依。"杜甫说鸟儿飞回，在江面上盘旋，无法停息，意味与此相近。这一句，是诗人从山上俯视长江看到的秋景。

以上两句,是诗人在山上俯仰之间看到的景色,但他选取的景,又和他的心情联系在一起。像说"猿啸哀",猿啸其实无所谓"哀",是诗人内心悲苦,才觉得猿声之哀。说鸟在盘旋不定,无处下脚,这又和诗人四海飘零,无依无靠相似。他自己就曾说过自己的遭际:

细草微风岸,危樯独夜舟。
星垂平野阔,月涌大江流。
名岂文章著,官应老病休。
飘飘何所似,天地一沙鸥。

——《旅夜书怀》

他习惯以漂泊无定的鸥鸟自比。在《登高》,他着眼于江面凄清的景,实在是渗透着他在现实生活中内心的悲戚。

在俯仰天地之间,在勾勒出一幅全景之后,杜甫进一步写到他身旁的景象:"无边落木萧萧下。"在他眼前,一片树林,无边无际,秋风一吹,落叶纷纷,发出了沙沙的声响。到了秋天,山上的树都会落叶,这是叶老枝枯,经不起秋风劲吹的常态,杜甫加上"无边"两字,更说明在他目力所及,所有树木的叶子都被吹落,都不能幸免。这些,固然是秋天的景色,而他着眼于此,也是和他感到自己年老多病,心境悲凉有关。年老的人,看到落叶,是常会把它和生命的陨落联系在一起的,唐代的司空曙有一名句"雨中黄叶树,灯下白头人"(《喜外弟卢纶见宿》),也具有这样的韵味。

"无边落木萧萧下"是诗人写自己由身旁放眼向远处望去,只见那连成一片的树木,到了秋天落叶纷纷,变得光秃秃。跟着的第四句"不尽长江滚滚来",便是写他的目光,又从远方收回眼底。长江从望不到头的地方滚滚而来,汩汩滔滔,来到眼前,又奔向无穷无尽的远方。这"不尽",既从地理上指长江的长,也从时间上指它的源远流长。大江年年岁岁,日夜奔流,无休无止,诗人觉得自己的生命渺小而短促。遥望江水,很自然便会着意撷取这一维度的景色。

以上四句所写的,都是杜甫在登高时看到的景色。一句仰望,一句俯瞰,一句从由近而远,一句由远而近,从而表现出他在山上环视四周的景观。从他选择的这些景色,又透露出悲秋的心情。而上下左右空间阔大高远的意象,衬托出他一个人站在山上孤独的感受。

诗的下半部分,诗人紧扣前面所写所见的空阔景色,突出地直抒胸臆。"万里悲秋常作客",说的是他万里飘零,流落他乡,在肃杀的秋天,特别感到悲凉。"百年多病独登台",说的是他进入年老以来,疾病缠身,羸弱不堪,到如今只一个人登上高台,特别感到孤独。这两句诗,写得十分凝练。宋代罗大经在《鹤林玉露》中说:"万里,地之远也;悲秋,时之惨凄也;作客,羁旅也;常作客,久旅也;百年,暮齿也;多病,衰疾也;台,高迥处也;独登台,无亲朋也。十四字之间含有八意,而对偶又极精确。"罗大经的分析,确是细致入微。我们还发现,杜甫这两句诗,又是层次分明地抒写自己感情的发展。"作客",流落异乡,已是可悲了;"常作客",长年累月离开家园,这比偶然作客更凄凉;

"悲秋常作客",面对秋风飒飒的秋天,伤感的漂泊者又更加伤感;加上诗人离家万里,四海飘零,尤其是苦恼难堪。至于"登台"环望,迥野空旷,已是满怀惆怅;"独登台",孑然一身,形单影只,又比有人陪伴者显得孤凄;而"多病独登台",身罹疾病的孤独者,比健康者独自登高,更是可怜;何况他是年事已高的老人,登此高台,真是情何以堪!可见,诗人在十四个字里,像是抽丝剥茧,既从空间,又从时间,一纵一横,一层一层,步步深入地展现其悲苦之情,真是无比细腻,又无比深刻。

诗的最后两句,杜甫又把悲苦的心情进一步补充。他的笔力,集中在抒发最使他难堪的两点上。"艰难苦恨繁霜鬓",在这艰难的时世、苦恨的情怀中,让他心里最感悲哀的,一是自己年华已老,鬓发如霜,又有志而不能伸,无所作为;一是他想过以酒浇愁,可是,"潦倒新停浊酒杯",他既贫穷,又多病,连一杯浊酒也戒了,饮不得了,想排解闷怀,也没有办法了。于是,在清秋登高,更使他触景生情,增添愁绪。

杜甫这首《登高》,在创作上有两个值得注意的特点。首先,它前面四句主要写景,一、二句写了六种不同维度的景物,三、四句又集中写落木与长江;而后面四句,则主要写情,五、六句写了八种不同层次的情绪,最后两句则集中到自嗟老病与孤独。诗人写景与情的笔触,层层递进,既细致而又概括。诗中的情与景,相触相生,相衬相融,互相结合。

杜甫怀着悲苦的感情登高,登上高处,触目生憎,而凄清的景色又让感情更增悲苦。所以,我们实际上无从说明哪句是纯粹写景,哪句是纯粹写情。王夫之说:"情景名为二,而实不可离。

神于诗者,妙合无垠。"(《夕堂永日绪论》)这观点,可以作为杜甫《登高》的注脚。

其次,杜甫把广阔无垠的景象与孤独悲凉的情绪做鲜明的反衬,像以"无边""不尽""万里""百年",与"独登台"的孤独,相互对立。这相互矛盾的意象,反使二者相得益彰。

其实,杜甫是经常运用这一写作手法的。像《登岳阳楼》:

> 昔闻洞庭水,今上岳阳楼。
> 吴楚东南坼,乾坤日夜浮。
> 亲朋无一字,老病有孤舟。
> 戎马关山北,凭轩涕泗流。

它的写作手法与《登高》如出一辙,都是让无边宽大的景色,与孤独的意象构成对比,从而收到鲜明的艺术效果。古代评论家常说杜甫的创作,具有"沉郁顿挫"的特点。沉郁,是指他的诗显得感情深沉,意境阔大;顿挫,是指他运用的意象,往往前后构成强烈的对比,形成大起大落的反差,审美主体思路的跳跃,激起审美受体感情的跌宕。所以,《登高》一诗,特别是在情景交融的成就而言,可以说是杜甫的代表作。

杜甫的《登高》,正是诗坛上情景结合,妙合无垠的典范。

在风景的背后

我们也见过有些诗,纯是写景,对景只做客观的描写,给人的印象不可能深刻。像写下雪，韩愈有诗说"随车翻缟带，逐马散银杯"（《咏雪赠张籍》），黄庭坚说"夜听疏疏还密密，晓看整整复斜斜"（《咏雪奉呈广平公》），实在都没有什么意思。至于那首"江山一笼统，井上黑窟窿。黄狗身上白，白狗身上肿"，写的也是雪景，更是打油诗了。

不过，有些诗在表面看来写的全是景，但景中包含着情，因为诗人选择什么样的景色，着眼于什么角度，是贯注着他自己的主观愿望的。情感完全融化在取景者的目光中，因此，读者透过诗中的景，也会体悟到作者的情。像岑参写下雪："忽如一夜春风来，千树万树梨花开。"（《白雪歌送武判官归京》）诗人的惊喜之情，溢于言表。又如宋代张元的诗："战退玉龙三百万，败鳞残甲满天飞。"（《雪》）想象奇特，透露出诗人豪迈的气概。

在唐代，柳宗元有一首诗《江雪》，写的全都是景：

千山鸟飞绝，万径人踪灭。
孤舟蓑笠翁，独钓寒江雪。

柳宗元为什么要截取这样一幅万籁无声、一尘不染、一个渔翁寒江独钓的画面？这和他要创造一个清高的形象与清峻的意境有关。他喜爱的，正是寂寞清峻的环境，是那在寒风凛冽中倔强而孤独的渔翁。原因是在政治斗争中，他受到保守派的打击、驱逐，他说过："宗元得罪朝列，窜身湘南。霄汉益高，泥尘永弃，瞻仰辽绝，陈露无由。"（《上江陵严司空献所著文启》）他对现实既不满，又不平，想远离喧嚣的生活，孤芳自赏。所以，这首诗虽然只着意描写寒江独钓的景色，却是他主观情感的流露。

杜牧的名作《山行》，表面上写的也全是景，但透露的又全是情。

> 远上寒山石径斜，白云生处有人家。
> 停车坐爱枫林晚，霜叶红于二月花。

这首诗，最后一句是点睛之笔，有了它，全诗境界全出。

杜牧性情开朗，说自己常常"忽发狂言惊满座，两行红粉一时回"（《兵部尚书席上作》），即使受到政治上的打击，也显得风流浪荡，并不介怀，对生活充满乐观的精神。因此，他在《山行》写出来的景、所表现的情，与柳宗元就完全不同了。

《山行》写的是在山上行走时看到的景色。从诗中出现"枫林""霜叶"等词看，可知写的是秋天的山景。在广东，现在只有旱季和雨季，一年之中，春夏秋冬四季之分并不明显。可是，在广东以北，情况便不同了。秋天天气凄清肃杀，所以宋玉悲秋，开口便说："悲哉，秋之为气也！"（《九辩》）贾岛的《忆江上吴处士》说："秋风吹渭水，落叶满长安。"秋瑾在临刑时则只写了一句："秋风秋雨愁煞人！"总之，秋天给人的是冷落寂寥的印象。

看来，杜牧对秋天的态度，和许多人不同。他曾说："溪光初透彻，秋色正清华。"（《题白蘋洲》）他对秋天倒是充满喜爱之情的，所以，《山行》写的便是与别人完全不同的秋山之景。

《山行》的第一句"远上寒山石径斜"，提到山，提到石径，便直接点题。"远上"是说山路的绵长，也等于说这山的幽深。"寒山"是指秋天的山有了寒意。不过,杜牧下"寒山"一语,并不是指山的荒凉。确实,秋天山上有的树木已经落叶,但如松柏之类的树木,却显得更加苍翠。王维有诗云:"寒山转苍翠,秋水日潺湲。"(《辋川闲居赠裴秀才迪》)这里杜牧出一个"寒"字,而不说远上"苍"山,是因为苍山可以适用于描写任何时候的山色,而"寒山"则既点出了山有秋意,又和下面的"晚""霜""枫林"都产生联系,并且呈现出一派疏淡空灵的韵味。

"石径斜",石径,指这山路是石路,没有飞扬的尘土。那白色的石路静静地躺着,显得洁净舒适。"斜",写的是路的姿态,它弯弯斜斜而又平缓地延伸至山里。在这里,诗人强调石径的斜,便和山行的状态相呼应,也表明这里的山势平缓地向上,并不高峻险恶。

"白云生处有人家",这里的"生"字,用得极妙。有白云生起的地方,一定是山的深处,便和上句"远上"有了联系。所谓山的深处,一定是远离尘嚣的地方,也只有在深山里,才会有白云生起。至于山有多深?杜牧留给读者去想象。用"生"来表现云的动态,也使它具有人性化意味,让它像是有生命的物体,而不仅仅是从窝里升起来而已。

王维有诗云"白云回望合,青霭入看无"(《终南山》)、"江流天地外,山色有无中"(《汉江临泛》),都是以虚写的云,来表现山的深远。杜牧说山的深处生起白云,同样是以虚写的办法,留出空间让读者想象。"有人家",则说明这山并非荒山,和第一句的"石径"也是有所联系的。有石径,说明山上有人家来往。有人走的路,有人家,便有人气,有生意,并非一片死寂了。可见,这一片秋山，是幽远而不荒凉的好去处。以上两句，是上山的人看到的远景，写得很自然，很平顺流畅，老实说，却也没有什么特别之处。

但第三句就很不一般了。

我们知道，写文章是要注意内容或语气的变化的，如果平铺直叙，便不可能引起读者的兴趣。据闻钱穆先生教小学生时，要学生写作文，题目是"今天的午饭"。有一篇作文的结尾写道："今天的午饭，吃红烧肉，味道很好，可惜咸了些。"钱先生给了这篇作文最高的分数，就是因为它写得有曲折，有变化。

诗歌创作，同样要讲究变化。在过去，评论家很重视绝句的转折问题，一般来说，转折是从第三句开始的。元代的杨载在《诗法家数》中说："绝句之法，要婉曲回环，删芜就简，句绝而意不绝，多以第三句为主，而第四句发之。"又说："婉转变化功夫，全在第三句，若于此转变得好，则第四句如顺流之舟矣。"这是有道理的。因为绝句篇幅短小，只宜集中表现一事一物。作者对事物的观察，有一个由浅入深、由此及彼的过程。因此，绝句呈示的意象，也应是流动的、发展的。只有如此，才能让读者感受到它丰富的内涵。

事物发展的进程，总有"起、承、转、合"几个阶段，即矛盾的开始、矛盾的发展、矛盾的变化和矛盾的结束。其中，转和变化，在发展过程中具有关键作用。如果不转、不变，矛盾便不可能深化，进程便不能向前推进。绝句只有四句，第三句刚好要承担转和变的任务。所以，唐代绝句中的佳作，第三句都注意"转"和"变"。

一般来说，绝句往往包括两组意象。一、二句属一组，三、四句属另一组。意象与意象之间,就有如何联系又如何变化的问题。人们注意到绝句的第三句要转折,是针对意象之间的关系,提出处理的方法。它既要与第一组意象有联系,如果没有联系,便互相割裂;又要有所变化,如果没有变化,就没有发展,就会雷同。因此,绝句的第三句,往往是作品成败的关键。

杜牧《山行》的第三句,是全诗的转折处。首先,在上两句,杜牧是要上"远上寒山"的,而在第三句,他却要"停车"。这说明他这位驴友,是坐着车子来的,前面的景色是他在车上,一边走,一边看到的。可是,他觉得山景太美了,不忍离开,于是停下了车子。跟着是"坐爱",表明他并非是走累了,需要坐下来喘口气、歇歇脚,而是由于十分喜爱这里的景色。

杜牧喜爱这里什么样的景色呢?他喜爱的是前面那一片枫树林。秋天,枫树叶子发红。诗人看到枫树连成一片,这气势,真可谓万山红遍,层林尽染,远非只有一株半株红叶的枫树可比了。"枫林晚",指的当然是傍晚,否则只是漆黑一片,也无所谓看到枫林或者是别的树。而在傍晚,夕阳斜照,或者是红霞如火,这时,枫林便愈加美丽,所以杜牧说特别喜爱"枫林晚"的景色。同时,强调"晚",也着力说明他对这里景色的特别喜爱。因为傍晚山行,原该快点赶路了,可是诗人偏偏说坐下赏枫,忘了时间,舍不得离开,可见爱到何等程度。这句诗七个字,包含了几层意思,实在相当精练。

不过,这前面的三句,虽然流畅自然,也只是叙出"山行"的过程,如果没有第四句,那么这诗的意味,也还只属一般。

"霜叶红于二月花",这句一下,整首诗让人眼前一亮,顿觉神清气爽。首先，请注意，诗人说"红于"，这不同于说"红如"，意思是枫林比二月的红花更红更美。按说，二月的红花已够美的了，白居易不是说过"日出江花红胜火"吗？为什么杜牧竟说枫林比二月的花还要美呢？那是因为春花只是一朵一朵的红，而枫林则是红成一片，连整座秋山也映红了。这一点，确也符合事实。

但是，我们更要注意杜牧使用"霜叶"二字，他强调，枫叶是经过风霜才变红的，霜气愈冷，它便愈红。它不像春花那样，禁不起风吹雨打，便显得比二月花更具生命力。在杜牧眼前，那枫林红得鲜亮，红得顽强，红得让他心情振奋和舒畅。这和看"二月花"大不一样。

有了最后这非常鲜丽一句，前面三句写的白色石径、白云袅绕、山上小屋、夕阳斜照，便成了秋山的背景和底色，它们衬托起了火一般红的枫林。这景色，红白相映，有主有从，让读者感觉到秋山的枫林美不胜收，也看到了作者山行的乐趣，以及他特有的心境。

毫无疑问，《山行》写的全是风景，它给读者的印象就像是一幅风景画。但是，作者选取什么角度看风景？看到的是什么样的风景？这必然和他内心的感情有关。杜牧喜爱不仅不惧秋霜，反而经过"霜"的洗礼，变得更红更美的枫林，这实际上是他的人生态度的反映，是他以乐观主义对待生命的表现。所以刘永济先生说："霜叶胜花，常人所不易道出者。一经诗人道出，便留诵千口矣。"（《唐人绝句精华》）有了这一句，整首诗便意态飞动了。

老实说，黄昏景色暗淡，很容易触发人们惆怅惘然的情绪，所以李商隐说"夕阳无限好,只是近黄昏"(《乐游原》)。宋代词人秦观写黄昏时,便说"斜阳外,寒鸦数点,流水绕孤村"(《满庭芳》)。元代的散曲家马致远,更写过《天净沙·秋思》:"枯藤老树昏鸦,小桥流水人家。古道西风瘦马,夕阳西下,断肠人在天涯。"他们都把秋天黄昏的景色,写得很凄迷。如果把杜牧的《山行》和秦观等人的作品一比较,就能很清楚地从他取景的角度,从他所写的秋天黄昏的画面,看到这首诗流注着什么样的情感。这一点,清代黄叔灿所辑的《唐诗笺注》提到:"霜叶红于二月花,真名句。诗写山行,景色幽邃,而致也豪荡。"所谓"致",就是志趣、感情。不错,杜牧写的像是一幅风景画,但又是饱含着豪放感情的抒情诗。真正的诗和优秀的画,一定是诗中有画,画中有诗。宋代的张舜民说:"诗是无形画,画是有形诗。"古希腊诗人西蒙尼德斯也说:"绘画是无声的诗,诗歌是有声的画。"诗歌创作要求情景交融,古今中外的评论者对此看法是一致的。

平淡中有变化

所谓情景交融,其实是在创作中作者的主观世界如何与客观世界融会贯通的问题。景物,固然是客观的存在;事物,也是客观的存在。所以,当诗人描写在生活中发生过的事时,也必须贯串着自己的感情,才有可能取得感动读者的效果。同时,所描写的事也应该是具体的,是读者可以感受得到的动作或形象。换言之,作者把自己的感情和客观发生的事融合起来,也属于情景交融。

一般来说,近体诗和词以及不作为"套数"的散曲,篇幅是比较短小的。因此，作者要描绘自己对一件事的感受时，更需要注意选材的典型性，选择生活中一个精彩的片段、一个强烈的动作、一次灵魂深处的颤动、一件事情发展的高潮，乃至一个突出的面部表情，并在具体的细节中融会自己的主观情感。

唐代诗人孟浩然写过一首诗，描写了一件小事，我们且看看他是怎样把情和事融合起来的：

> 春眠不觉晓，处处闻啼鸟。
> 夜来风雨声，花落知多少。

——《春晓》

孟浩然是有名的田园诗人，据说他和著名诗人王维是好朋友，也想到朝廷谋取一官半职。一天，他正在王维的家里聊天，忽然唐玄宗也来找王维。孟浩然属布衣身份，不便见驾，慌忙躲在床下。王维心情也有点紧张。玄宗觉察到王维神色不太正常，便问王维到底有什么事情，王维只好据实禀奏。玄宗说他也知道孟浩然的大名，不妨一见。孟浩然便钻出来见过皇帝。玄宗见他相貌清奇，倒有几分喜爱，问他近来写过什么诗。孟浩然便背诵了一首《岁暮归南山》，开头四句是："北阙休上书，南山归敝庐。不才明主弃，多病故人疏。"唐玄宗一听，便不高兴了，说：你孟浩然从来没找过我，怎么便说是我把你弃了？由于孟浩然惹恼了唐玄宗，从此也做不成官，真的永远归隐了。不过，孟浩然对当官也并非十分热衷，对田园生活倒真是喜爱的。

这首诗，题目叫《春晓》，写的是春天早晨的情景。按说，写春天的早晨，一般人会联想到青春的活力，写春天充满生气，写生命的开始，写万物的苏醒，写阳光雨露、百花齐放、绿草如茵。而孟浩然诗的第一句，竟是"春眠不觉晓"。

说"春晓"，却从"不觉晓"切入，这出人意料之笔，反说明诗人的机巧。诗人晚上睡得很甜很香，睡得迷迷糊糊，"不知东方之既白"。睡足了，精神饱满，心情舒畅，这是春天滋润的气候给他带来的好处。于是，诗人对春天的喜爱之情，也开始流露出来了。

睡醒了，诗人第一个感觉是"处处闻啼鸟"。看来，是鸟声啼醒了诗人的好梦。"处处"两字，点明了鸟儿之多、鸟声之欢。而天晴才有鸟啼，这巧妙地表现他醒过来时，知道迎来了好天气的心情，切合《春晓》的诗题。

要注意的是，诗人使用了一个"闻"字，他是从听到鸟啼声来感知春天早晨的到来的，可见，他虽然醒了，却依然在室内，甚至还躺在床上。他只从处处鸟儿的啼唤，感受并且想象到外面明媚的春光，想象到春天的早晨会是多么美好。这鸟声，是春之声。诗人对春光的喜爱心情，是从听觉，再透过联想表达出来的。

更妙的是，从早上的处处鸟声，诗人知道了外面是晴天，是明朗的天，他又把这声音作为推进感悟的媒介。从鸟声，他联想到昨天晚上的另外一种声音，那是"夜来风雨声"。看来，昨天晚上下过一场春雨，风声阵阵，雨声沙沙。诗人从早上的鸟声，想到昨夜的风雨声，过渡自然合理，可以看到诗人写作的技巧。早上"闻"的是啼鸟声，昨夜"闻"的是风雨声，"闻"字贯串着两句，互相呼应。试想，如果把第三句换为"昨宵下大雨"，和第二句没有声音的联系，效果便完全不同了。

从风雨声，诗人进一步联想："花落知多少。"

从这句，我们知道诗人早上起来，实在也没有细数有多少落花；昨天夜里，睡得很熟，也不知道有多少落花。这一来，末句的"知多少"（实际上是"不知多少"）便和首句的"不觉晓"，睡得懵懵懂懂，互有关系，似隔还连。诗人只是在春天早上心情开朗的时候，联想到昨夜风雨交加的无奈，再推想到春花的零落。到底春花落下了多少？他在睡梦中和睡醒后，都是没有计算过的，但他可以肯定的是，春花一定被打下了不少。至于春花经风雨一吹，便在枝头凋落，说明这是暮春时节，是美好春光将要逝去的季节。可见，从诗人对落花的关切和感慨中，流露出的是对春天即将过去的忧虑。这惜春之情，也反过来说明他对春天的爱恋。

从上面的分析中可以知道，这首诗所写的，只是孟浩然在某一个春天早上一刹那萌发的心灵状态。他写听到啼鸟，想到落花，却不是写风景。但诗人情感律动的过程，却是内心中的一道"风景线"。他的爱春、惜春之情，融入细小的动作中，表现在微末的事情上，这也有情景交融的问题。在日常生活中，这种淡淡的惋惜之情，是人人都会有的，但孟浩然捕捉到了这细微的心理过程。所以，这首诗成为千古传诵之作。

《春晓》写得流畅自然，却又很平淡，平淡到似乎没有色彩，让人体悟到"文章本天成，妙手偶得之"的道理。闻一多先生在《唐诗杂论》中指出："真孟浩然不是将诗紧紧地筑在一联或一句里，而是将它冲淡了，平均地分散在全篇中……淡到看不见诗了，才是真正孟浩然的诗。"闻先生对孟浩然诗风的感觉，十分准确。

我常和同学们说，写诗和写文章，不要刻意追求辞藻，写得愈平淡而意思愈深刻，"绚烂归于平淡"，才是最高水平的作品。

不过，请勿以为孟浩然不费经营，随随便便地写。其实，他在构思上是下过功夫的。从诗的结构来看，诗人先写早上梦醒，然后再回想昨天夜里的下雨，这就没有按照时间发展的顺序来写。倒是先从昨晚下雨写起，先说"夜来风雨声，花落知多少"，再说"春眠不觉晓，处处闻啼鸟"，才符合时间发展逻辑。但这一来，便没法表现出诗中所要表达的那种"回味"的感情。孟浩然在构思上的高明之处，在于他反过来，首句先写春眠的香甜，流露出对春天的喜爱；次句写春声，回应睡醒的原因；三句忽转为回忆夜里的风雨。这思想感情发展的表现方式，让人意想不到，显得很突兀。唯其如此，末句推想落花满地的暮春景色，表现出对春天即将逝去的惋惜，才更能加深人们对诗人珍惜春天、珍惜春光的印象。可见，平淡的语言风格，并不等于没有精心的安排。当作品平淡到让人觉察不到它的精妙处时，才是诗词创作的高手。

在这里，我又想起了宋代词人李清照的《如梦令》：

> 昨夜雨疏风骤，浓睡不消残酒。试问卷帘人，却道海棠依旧。知否？知否？应是绿肥红瘦。

这首词也写对韶光的珍惜，一直受到人们的嘉许。

李清照这首词，倒是按时间顺序来表现自己的心路历程的。她从昨夜下雨刮风写起，再写第二天酒醒，便关心园外的花朵。进来的人告诉她：没什么，那海棠花还依旧开着哩！她不以为然了，反而嫌来人不懂事,说你可知道,经过风雨,应该是叶子茂盛了,花儿零落了。其中,李清照用拟人化的手法写叶和花的盛衰,别开生面,"绿肥红瘦"也传为佳句。

　　李清照的《如梦令》和孟浩然的《春晓》一样,都是写对春天的即将逝去的惋惜。但她记挂着落花,担心韶光渐老,感情显得比孟浩然更为强烈。在词里,她关心落花,以落花自比,缺少的是像孟浩然那样感受到春天的舒畅之情。她要表达的也不是淡淡的惜春之情,而是对不懂得爱惜春天、不懂得怜香惜玉的风风雨雨,发点牢骚。当然,这两位因处境不同,虽然都是写"春晓",但感受完全不同。我在这里把两首作品做一对照,意在说明孟浩然用逆序的写法,更适合表现从爱春到惜春的婉曲心态,更具有让人回甘的韵味。

　　孟浩然的《春晓》,以倒叙的写作手法表现情感的发展进程,让整首诗在平淡中又显得曲折奇特。袁枚在《随园诗话》中指出:"文似看山不喜平。"诗词创作,也是如此。按照我国传统的审美习惯,是喜欢看到事物参差错落的变化的。以园林为例,欧美式的花园,总体的布局很齐整,树木也经过细心修剪,道路的设计也重平直。据郁达夫先生说,"日本人的庭园建筑,佛舍浮屠,又是一种精微简洁,能在单纯里装点出趣味来的妙艺"(《日本的文化生活》)。我认为,西方人的审美观点注重对称,日本人注重简洁,而我国的文化传统则注重变化。唐代的张泌有诗云:"别梦依依到谢家,小廊回合曲阑斜。"(《寄人》)后面一句,正好概括出我国传统的审美情趣。为了追求变化,我们的园林建筑,往往采用"隔"的手法。像《红楼梦》写贾府的大观园,进门处便先设置一大块假山,挡住去路，不让人对里面的景色一览无遗。这种隔的手法，是为了吸引观者，让人们透过半遮半掩的空间，视觉产生变化，从而得到美的感受。苏州的园林，往往在平坦处加设月亮门，隔开前边的景致，却又若明若暗地露出前景的端倪。"山重水复疑无路，柳暗花明又一村"，这最容易产生引人入胜的审美效果。唐代诗人常建，写过一首名为《题破山寺后禅院》的律诗，前边四句是："清晨入古寺，初日照高林。曲径通幽处，禅房花木深。"这诗的第三句，有些版本作"竹径通幽处"。后来的通行本，都把"竹径"改正为"曲径"。因为竹径通幽，只说两行有竹林的道路通往前边，没有什么变化。而曲径就不一样了，那小路弯弯曲曲，行人的视觉也随着弯曲的小路变化，便更有趣味，更能显出古寺的神秘。文学作品之所以能够引人入胜，无非是要做到情节、结构出现变化，出人意料，让人不得不做进一步的探求。孟浩然的《春晓》，颠倒了时间的顺序，就让人感觉到作者情绪出现曲折，思路产生变化，便显得更有魅力。所以，别以为诗人只是信手拈来。在平淡中见巧思，才是作品的高明之处。

《黄鹤楼》

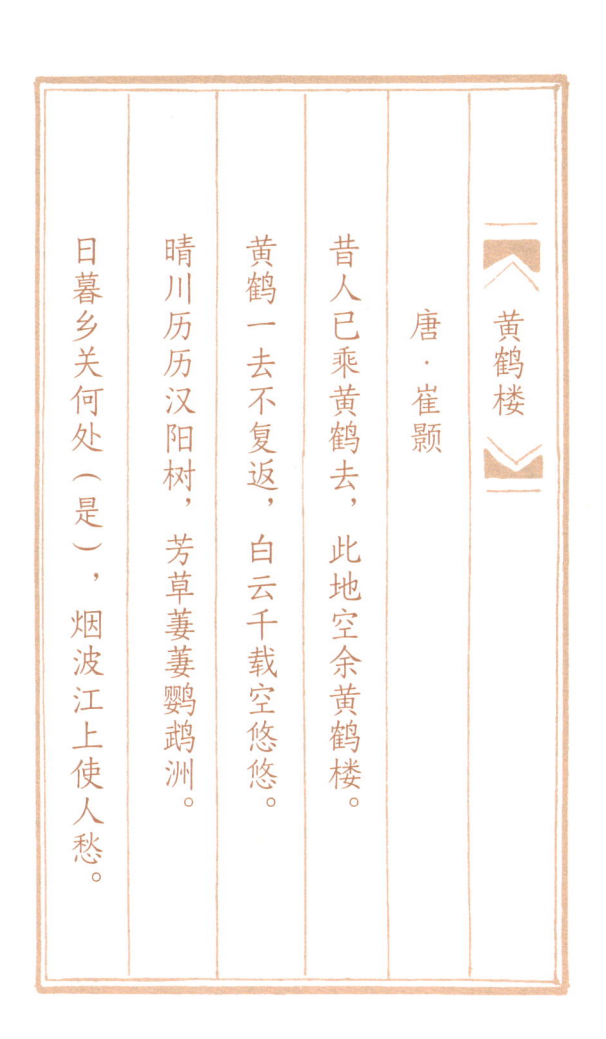

唐·崔颢

昔人已乘黄鹤去,此地空余黄鹤楼。

黄鹤一去不复返,白云千载空悠悠。

晴川历历汉阳树,芳草萋萋鹦鹉洲。

日暮乡关何处(是),烟波江上使人愁。

书者简介

洪楚平:
广东画院原副院长,
广州艺术博物馆副院长。
中山大学中文系1978级校友。

昔人已乘黄鶴去此地空餘黄鶴樓黄鶴一去不復返白雲千載空悠悠晴川歷歷漢陽樹芳草萋萋鸚鵡洲日暮鄉關何處煙波江上使人愁

崔顥黄鶴樓 乙未仲秋

第八讲　理趣，诗和哲理的结合

"天人合一"的理念

当创作达到了情景交融的境界，作品自然是有情趣的。所谓"趣"，指的是形象和意象的生动性、趣味性。而作者观察客观事物的时候，不仅产生感情，往往还会悟出某些规律，悟出人生的道理。他把这些认识，不是抽象地概念化地叙写，而是结合情景，具体地生动地表达出来，这就是有理趣的佳作。

在明末清初，思想家王夫之提倡诗歌创作，应做到"亦理、亦情、亦趣"（《古诗评选》卷五）。清代的思想家叶燮更认为，作者是创作的主体，"盖诗为心声，不胶一辙，揆其旨趣，约以三语蔽之：曰情、曰事、曰理。自雅颂诗人以来，莫之或易也"（《已畦诗集·序》）。又说："发为文章，形为诗赋，其道万千。余得以三语蔽之：曰理、曰事、曰情，不出乎此而已。"（《原诗》）所谓"事"，是指创作中表现的客观具体的形象，它可以与"情"结合，也可以与"理"结合。如果三者交融在一起，就达到很高的境界了。

"理"，属于逻辑和抽象的范畴。作者对"理"的感悟，是指他在对自然界或社会现象的审视中，通过联想、推导，认识到人生和社会的普遍规律。按说，自然界和事物作为自在之物存在于宇宙内，它与人类的发展、社会的变化，并非同一。例如山陵的起伏、江水的涨落、花树的枯荣，是地壳运动、潮汐来去以及季节变换的结果，和人类政治、经济、社会形势的起伏、变化、兴衰，毫不相干。但是，它们忽高忽低、忽开忽谢的轨迹，却可以推动人们的联想。在这里，作者大脑皮质细胞中的抽象思维，起了沟通自然和社会的作用。当作者通过形象思维，能把山川景物的具体形态表现出来，抽象为人生、社会的普遍规律时，就是对"理"的妙悟。这样的作品，便具有哲理性。钱学森先生说："我认为文学艺术里面这个高的台阶，或者说是最高的台阶，是表达哲理的，是陈述世界观的。"这是十分精辟的见解。

在我国文坛，具有理趣的高台阶的作品，并不少见。像我们熟悉的苏轼的《题西林壁》："横看成岭侧成峰，远近高低各不同。不识庐山真面目，只缘身在此山中。"就是通过对庐山风景的描写和感受，悟出了人生要高屋建瓴，要超脱地观察事物，而不能为现象所迷惑的道理。又如王之涣的《登鹳雀楼》："白日依山尽，黄河入海流。欲穷千里目，更上一层楼。"最后的两句，也不是只写要爬高一层楼，以便望到更远的景色的问题，而是表达人生在世，应该不断追求努力进取的道理。至于陆游那"山重水复疑无路，柳暗花明又一村"（《游山西村》），是从对山村具体形象的描写中，引出如何对待人生的道理。

怎样才能在创作中表现理趣？这和作者的生活阅历，特别是作者对人生的态度有关。而对人生的终极思考，叩问人从何处来，到何处去,人世有什么意义,人和自然的关系应如何看待,都属于哲理的问题。如果诗人在创作中能接触或思考到这些问题,其作品必然不会就景写景,就事论事,必然会引导读者进入深层次的思考,写出具有理趣的作品。

作为社会群体的一员,作者对人生乃至宇宙的态度、认识,不管他自觉与否,一定和他所在社会的历史文化传统,包括传统的哲学理念,有着极其密切的关系。因此,要探讨我国文学作品的理趣,有必要首先研究一下我国传统的宇宙观和哲学思想。

我国古代是农业社会,人们对生活、对人生、对宇宙的认识,总离不开农业生产。例如在对待人和自然界的关系上,中国古人有一套完整的看法,就是"天人合一"。人们认为,宇宙、自然界和人是融合的。宇宙,指的是无垠的天地。但是,"宇"字的原意是屋檐,"宙"字的原意是屋梁,它们原是用以指人住的房子。我们的老祖宗把人的住房引申为天地,可见,老祖宗把天地的空间与人住的空间,视为是合一的。由此又引申,人类的主观世界和客观存在的世界,也应是合一的。庄子说:"天地与我并生,而万物与我为一。"(《庄子·齐物论》)孟子则说:"诚者,天之道也;思诚者,人之道也。"(《孟子·离娄上》)他认为:诚信,是上天的规律;对这规律真诚地相信、执行,是做人的道理。

认为自然界的天与人互相沟通,合而为一,归根结底,是农业社会简单的再生产方式对自然界的依赖。古人在生产实践中,懂得要依赖气候、节气。而自然界的变幻无穷,在古人看来主宰着人的命运。人必须顺应自然,人的意念是由冥冥中的天所制约和决定的。由此,人必须与天合而为一。

从政治上说，我国古代长时期的社会形态，属宗法社会。宗法社会以血缘为纽带，由上而下做金字塔式的统治。为了强调其稳定性，又必须把政治模式和自然界联系起来，把统治的合法性和自然界的规律联系起来，把一切说成是上天不可改变的安排。所以天有一日，地有一帝；天有星斗，地有文武百官；皇帝称为天子，百官是星宿下凡。特别到汉代，董仲舒搞了一套所谓"谶纬"的理论，更是把对天人合一的哲学认识，弄成充满宗教色彩的东西。

生产力的状况，决定人对宇宙、自然和社会的认识，只能达到一定水平。在我国，无论儒家、道家，即使对天与人的说法有所不同，但对天人合一的认识，则是一致的。

不过，尽管天人合一的哲学理念产生于农业社会，但它又有其合理性。首先，我国古代哲学认为，作为自然界统称的"天"，和生活在地球上的"人"，是两个不同范畴。"天"为客体，"人"为主体，两者既是对立的，又是互相依存的。这就存在矛盾和统一的问题。但自然规律作为客观存在，不能改变，生活在地球上的人，就必须努力适应自然规律，主观要适应客观，求得自然界与社会和生活在社会上的人，互相融合，和谐相处。决不能扩大自然和社会、客观与主观的对立。这就是天人合一。当"天"与"人"互相适应，宇宙、社会、家庭、个人，就在和谐、安宁、稳定的基础上发展。

强调天人合一，必然要弱化天与人、自然与人的矛盾，必然要把人和自然，视为可以融为一体，而不强调人和自然的对立。不认同人是人，天是天；主体是主体，客体是客体。而主张两者互有沟通和联系，互相渗透，共同演进。在今天，别的方面且不说，以环境保护而言，我国古代天人合一理念的意义不容低估。

天人合一的哲理观体现在艺术创作上，便使中国古代的画家，与西方的画家有不同视野。例如，西方的画家以山水为对象时，是站在自然的对面平视的。景是景，我是我，描绘风景时，画家站着不动，对着景物写生。因此，他们的视觉很集中，画面也只有一个焦点。在一个焦点上看景物，便会注意大、小、远、近的比例，以及光影明暗等问题，要求表现出客观空间的立体感。

中国人的宇宙观，视人与天为一体，更强调人与自然的亲和感，强调主体与客体的融合。骚人墨客对待自然，不只是用眼去看，而且是用心去看。他们也要观看风景，但不注目某一特定景物，而是"搜尽奇峰打草稿"（石涛语），融诸景于心中。这就是嵇康所谓"俯仰自得，游心太玄"。陶潜也说过："俯仰终宇宙。"俯仰，是浏览，看风景时，焦点可以随心变化，既可俯，又可仰。总之，把自然包笼于胸中，采取一种顾盼自如的态度。

既然是俯仰自得，我国传统画家就不会从一个焦点看事物。所以中国传统的山水画，是散焦式的，画家像是站在空中，鸟瞰式地对待景物。我们看到许多画，画中的山水，往往可以重叠。例如纸的底部是山，中部是河，还可有船，顶部又是山。如果从平面看，不可思议；如果设想画者是站在空中看地面，便觉得很自然了。

诗画同源，中国诗人看自然景物的角度，和画家是一样的。王维诗"水国舟中市，山桥树杪行"（《晓行巴峡》），上句写水乡，写在船上做买卖，下句说小桥在树的顶部。如果从平面来看，是不可能的；如果从中国山水画的视角看，却可理解。

诗人把人与天合而为一，因此，他们眼中的自然，与他们的心境，是可以沟通的。中国的读者，血液中有传统思想的沉淀，对此也认同、理解。杜甫说："会当凌绝顶，一览众山小。"（《望岳》）读者很容易明白他所说的"众山"，也不只是泰山下的实境，而是指宇内的一切事物。显然，杜甫把眼前的自然风景，和自己的心态融合为一。人与自然的亲和，让这诗具有哲理性。

有一首词，不知大家有没有读过：

> 洞庭青草，近中秋、更无一点风色。玉鉴琼田三万顷，着我扁舟一叶。素月分辉，明河共影，表里俱澄澈。悠然心会，妙处难与君说。　　应念岭表经年，孤光自照，肝胆皆冰雪。短发萧骚襟袖冷，稳泛沧溟空阔。尽挹西江，细斟北斗，万象为宾客。扣舷独啸，不知今夕何夕。
>
> ——《念奴娇·过洞庭》

这词是南宋张孝祥的作品，被誉为"神采高骞，兴会洋溢"。张孝祥主张抗金，是爱国词人，当官时，也做过有利于百姓的事。后来被诬陷遭贬，从桂林回家，经过洞庭湖，便写了这首词。

"洞庭青草"，青草湖是与洞庭相连接的一个大湖。近中秋，月亮又圆又大，却没有一点风，平静得很。本来，写大湖，一定写其气势之大，波浪滔天，像孟浩然所写"气蒸云梦泽，波撼岳阳城"（《望洞庭湖赠张丞相》）那样。可是，张孝祥强调它的平静，说湖上没有风，连颜色也没有。在月光下，只一片透明。

"玉鉴琼田三万顷，着我扁舟一叶。"这是说在月光的映照下，两个大湖像玉镜，像琼瑶般的田，面积有三万顷之广。湖面上，漂着词人的一叶扁舟，大与小互衬，天光水色与人混为一体，真有天地与我共生的意味。"素月分辉"三句，写天上之月把光辉分给湖中月影，故曰分辉。银河映于湖，与湖里的银河之影相互映照。总之，上上下下，里里外外，透明通亮。而词人在月色中，整个人，整颗心，五脏六腑也都透明了！

歇拍是，"悠然心会，妙处难与君说"。面对这透明的天地，词人感到他与天地融为一体，天地无一点污垢，他的心也没半点尘埃。在美景面前，他悠悠然心领神会，感到美妙得难以形容。当然，他要人们领会的自然，不是纯粹的景色，而是从中领悟到天与人合而为一，心情无比舒畅、玄妙。

下片，词人说到自己了。"应念岭表经年"，是想到他在桂林做官的经历。"应念"，不同于"因念""遥想"等词语，而是用肯定语气，说从洞庭月夜的冰清玉洁、平静宽广，应该想到自己在岭南做官的情况，那是"孤光自照，肝胆皆冰雪"，在官场上不同流合污，品德高洁，问心无愧。

"短发萧骚襟袖冷，稳泛沧溟空阔。"这两句既说到泛舟湖上的情景，也暗喻在桂林当官的经历。现在，词人离开桂林回家，经过几年劳碌，头发少了。夜里风凉，身有寒意，一轮明月，两袖清风。在这里，请注意"稳泛"两字。我曾怀疑，为什么不用"独钓"呢？像柳宗元写"独钓寒江雪"，不是更显得品格清高、卓尔不凡，更具诗意吗？下"稳泛"一词，似嫌平淡一些，但想深一层，便知道张孝祥的用意。"稳泛"，是指平稳地、自由自在地在渺茫空阔的水面上航行，强调的是平稳，是在险恶的官场中"软着陆"，而不是清高。词人觉得,心情舒畅,胸中坦荡,这比什么都好。他的心也像"玉鉴琼田三万顷"一样,没有一点波澜。这两句,语带双关,在平淡中更显佳趣。

"尽挹"三句,挹,汲也。词人说,在这一片明亮的归途中,他高兴得很,于是把西江之水当酒,尽情地汲取,把天上的北斗星,拿来当酒杯,慢慢斟酒,细细品尝。天地万物,都成了他的客人。这两句,比李白的"举杯邀明月"还更豪迈。"扣舷独啸"两句,词人说,这时他一个人敲着船舷长啸。看来,古人有坐船唱歌的习惯,苏轼在《前赤壁赋》中,不也说在游赤壁时,"扣舷而歌"吗?张孝祥扣舷独啸,陶醉在宇宙的美景中,陶醉在自己坦荡的心情中,他忘了一切,连今天晚上是八月十三还是八月十四,都不晓得了。

这词一气呵成,确是很美、很有气势。美不在文采,而在于作者把宇宙与他自己融为一体。他在宇宙的怀抱中,宇宙包笼着他的"扁舟一叶"。而他,也把宇宙包藏在自己的怀抱中,连北斗星也可供他使用;天地万象,也可与他亲如一家。这极其丰富的想象力,正来自传统的天人合一观,是这哲学理念,启发了他的审美理想。而读者,由于接受天人合一观念,对天、对宇宙有亲和感,也从中体悟到这词的理趣。

哲理的叩问

不过,我们的老祖宗又有朴素的辩证思维。人们认同天人合一,同时又认识到天与人,毕竟是两个方面。既然是两个方面,便有不一致的地方。例如,宇宙、天地是无限的,而人生却是有限的。

而且,人是依附于天的。李白说过:"夫天地者,万物之逆旅;光阴者,百代之过客。而浮生若梦,为欢几何?"(《春夜宴诸从弟桃李园序》)而作为个体的人,又如苏轼所说:"寄蜉蝣于天地,渺沧海之一粟。"(《前赤壁赋》)李白和苏轼,都是既有儒家思想又有道家思想的人,他们对人生的想法,恰好融合了儒家、道家对天与人关系的认识。

正因为认识到人生是有限的,而宇宙是无限无穷的,所以,儒家和道家都主张"贵生",也就是重视生命。

在儒家,鉴于生命的有限,于是强调在短促的人生中,重视生命的意义。即要对社会有所贡献,要"兼济天下"。如果有限的生命结束了,生命的意义还存在,这样等于精神超越了生命,等于生命还在延续。这样的结束,便是殉道。"杀身以成仁"(孔子),"舍生而取义"(孟子),意思是一样的。他们认为要把道德伦理层面上的无限精神,与宇宙的无限接轨。如果能把生命的意义外延,不受时空限制,就是"圣人"。

在道家,也鉴于生命的有限,于是有些人就采取阿Q式的办法对待生死。这就是庄子提出的"齐生死"。即是说:生就是死,死就是生,无所谓有限和无限。能从认识上修炼到"齐生死",就不存在人生的有限与宇宙的无限对立的问题。所以,庄子丧妻,"鼓盆而歌",无动于衷。他又说自己在梦中化为蝴蝶,醒来时,不知他是蝴蝶,还是蝴蝶是他。总之,他把梦与真混为一体。能做到懵懵懂懂,便是超乎凡人的"真人"。真人就能与天地一样,进入时空的无限。

无论是圣人还是真人,他们的共同点,都是有感于生命之渺小、宇宙之无穷，于是以各自的方式解决这一难题。儒家主张把有限的生命融合于现实社会，道家主张把有限的生命脱离于现实社会，混同于自然。它们的主张各有不同，但在珍惜生命之有限这一点上，则是共同的。

儒家知道，殉道是不容易的，所以，多少年代，竭力鼓吹。道家则知道，"齐生死"，看破一切，更不容易。因此，如何对待生命之有限与宇宙之无限的问题，一直让古代诗人们十分困惑。陶潜说"宇宙一何悠，人生少至百"（《饮酒二十首》），反映了人们的无奈。既然殉道难，齐生死不易，有人为了延续有限的生命，便采取相对易行的办法：服食丹砂。例如魏晋时不少人喜食五石散，用以延长生命。这种化学药品，服后发热，皮肤过敏、怕磨损，不能穿新衣服，不能洗澡，只能穿旧衣。所以，魏晋时诗人如嵇康等，身上臭烘烘的，长了很多虱子，这便有了"扪虱而谈"的成语。有些人，为追求糊涂浑噩，则终日饮酒麻醉，以求解脱。他们追求在有限的生命中放纵自己，一切无所谓，这叫达观。刘伶终日饮酒，让一仆人荷锄随行，说"死便埋我"。他还酒后赤身在屋中，有人进屋，问他为何不穿裤衣。他瞪眼说：这房子就是我的裤衣。他把空间和个体合为一体，这胡话倒形象地说明了他所理解的天人合一。

事物的进展是有反作用力的，就认识论而言，也会如此。老祖宗们越是认同天人合一的理念，越能意识到宇宙时空之无穷与个体人生之有限，是一对矛盾。当越是研究、探讨、叩问这一极具哲理性的问题，越是说明要重视生命、希望生命延续时，便又产生反作用力。它反映到美学观念上，便恐惧短促，以延长为美，成了我国的审美传统。在日本，人们喜爱樱花，它一开便十分灿烂，开了一两周，便凋谢了。日本人赞叹它的生命辉煌而短促，认为这就是美。这是大和民族的民族性，是他们的生活、文化，决定了他们的心态和审美观。

中国原不产樱花，对短促而灿烂的生命，也不采取赞美和欣赏的态度。例如昙花，它开花时也足够灿烂，但没有多少人写过赞美昙花的诗。除了尼姑、和尚，中国人多没有以昙花为名的。中国有"昙花一现"的成语，那是一种感叹、一种惋惜，而不是赞美。中国人喜欢的是松柏梅菊，由于它们生命力强、忍耐力强，所以，人们把它们视为美的象征。

虽然人们认可天人合一，却又发现天与人实际上有无法合一的一面，感受到宇宙的无限和人生的有限。由此，有些诗人便感叹人生的短促，感叹时光的流逝。这叹息，是认识到理想不可能实现而产生的迷惘，是无可奈何的伤感。于是，人们或者怨叹人生如梦，人生几何；或者叩问为什么天可长，地可久，而人生却如此短促，为什么在广阔无垠的时空中，人显得如此孤独。这一切，实际上反过来说明对人生和生命的依恋。

在文学作品里，表现这种时不我与、天不我与的作品是不少的。像"林花谢了春红，太匆匆。无奈朝来寒雨晚来风"（李煜《相见欢》）；"侬今葬花人笑痴，他年葬侬知是谁？试看春残花渐落，便是红颜老死时。一朝春尽红颜老，花落人亡两不知"（《红楼梦·葬花词》）等名句，都从反面表现出对生命延长的渴望。唐代孟棨的《本事诗》还记载了"崔护谒浆"的故事。据说崔护于清明日过城南庄，见一女子很美，他便"寻春独行，酒渴求饮。女入，以杯水至。……

崔以言挑之，不对，彼此目注者久之。崔辞去，送至门，如不胜情而入。崔亦眷盼而归。嗣后绝不复至。及来岁清明日，忽思之，情不可抑，径往寻之。门墙如故，而已锁扃之。因题诗于左扉"。这故事很美，而它之所以能流传下来，关键是有"人面不知何处去，桃花依旧笑春风"两句诗。桃花依旧年年开，就像天上的太阳、月亮，年年周而复始一样，但人生则很短促。"桃花依旧，人面全非"，这里面包含着对天人不能合一的惋惜。

有一首崔颢写的诗，名为《黄鹤楼》：

昔人已乘黄鹤去，此地空余黄鹤楼。
黄鹤一去不复返，白云千载空悠悠。
晴川历历汉阳树，芳草萋萋鹦鹉洲。
日暮乡关何处是，烟波江上使人愁。

这是一首好诗，严羽在《沧浪诗话》中说："唐人七言律诗，当以崔颢《黄鹤楼》为第一。"传说李白曾到过黄鹤楼，也想题诗，但看见了这首作品，估计超不过它的水平，便说"眼前有景道不得，崔颢题诗在上头"（《后村诗话》），另往凤凰台题诗了。

这首诗好在什么地方？人们一般认为：它开头的四句一气呵成，竟一连三用"黄鹤"一词，也不让人觉得重复。至于首四句平仄不合，人们也视为"奇格"。总之，人们不在乎它的不妥，一定有其道理。不过，李白写过一首《鹦鹉洲》，前边四句也三次重复用词：

> 鹦鹉来过吴江水,江上洲传鹦鹉名。
> 鹦鹉西飞陇山去,芳洲之树何青青。

你看,写法与崔颢的相似,语气也很流畅,但却不见有什么人特别嘉许。这是为什么?值得思考。

据知,崔颢《黄鹤楼》的第一句,唐代许多版本作"昔人已乘白云去"。诗坛上也有人争论是"乘白云"好还是"乘黄鹤"好。清代金圣叹在《贯华堂选批唐才子诗》卷四,还说:"有本乃作'昔人已乘白云去',大谬。不知此诗正以浩浩大笔,连写三'黄鹤'字为奇耳。且使昔人若乘白云,则此楼何故乃名黄鹤?"金圣叹的看法并非没有道理,但若从文献学的角度来考察,崔颢这诗,原作真可能是作"昔人已乘白云去"的。

不过,我认为这首诗的佳处,主要不在于首句用"白云"还是"黄鹤",而在于作者从人去楼空的意象中,触及时空有限与无限,二者矛盾统一的哲理,这就比一般诗歌只写景物或只注意情景交融,高明得多。否则,我们也无从理解为什么注重"象外之象"的严羽,会为崔颢这诗戴上唐代七律第一的桂冠。

黄鹤楼,在武汉长江之边,气象万千。这诗的前四句,借用了一个有关黄鹤楼的故事。传说费祎成仙后,常乘鹤来此休息,这里是个神奇的充满迷幻色彩的地方。但现在,仙人走了,人去楼空,只留下了一个使人梦想的空间。

仕途上失意,漂泊无依的崔颢,来到这里,四顾茫茫。他知道仙人一走,再也不回来了,千百年间,只剩下黄鹤楼这空荡荡的高楼依然存在,似乎在见证时间的永无终止。在唐初,陈子昂写过《登幽州台歌》:"前不见古人,后不见来者。念天地之悠悠,独怆然而涕下。"崔颢的《黄鹤楼》,意味与此相近。但陈子昂写得较抽象,相比之下,崔颢的这前四句诗写得更具体,它以黄鹤楼和黄鹤传说为对象,从时间的层面,表明天地之无限,对照人生的短暂。

如果说,《黄鹤楼》前四句是望空抒怀,那么,后四句则是望远伤感。诗人从传说的怀想中回到了现实,便向下瞭望黄鹤楼的景色。"晴川"两句,是地面上的近景,长江、汉阳、碧树、芳草,都看得清清楚楚。见到鹦鹉洲的草,他自然想到了家,"王孙游兮不归,春草生兮萋萋",便沿着家乡的方向远望。可是天黑了,家在远方,不知坐落何处;大地也笼罩在烟波里,一片朦胧。这空间,望不到头。

显然,这首诗不只是怀古思乡,而且还有更深的意蕴。王勃在《滕王阁序》中写道:"天高地迥,觉宇宙之无穷;兴尽悲来,识盈虚之有数。"崔颢这诗也蕴含着同样的意味。"烟波江上使人愁",这愁,是从无限的时空、无限的宇宙,想到人生的渺小、生命的有限。这一点,正是《黄鹤楼》比别的诗想得深、看得远的地方,它通过"黄鹤楼"这特定环境,引发出的哲理性的思考。《唐诗归》说:"此诗妙在宽然有余,无所不写。使他人以歌行为之,尤觉不舒,宜尔太白起敬也。"

《唐诗归》认为,崔颢的《黄鹤楼》是写天的无限对比人生短暂的深刻之作,连以歌行体为体裁的篇幅较长的诗,也不易舒展开来。这思见,却不全对。看来,它没有注意有一首歌行体的长诗,把难以言说的天人合一,而又往往不能合一的哲理,舒展开了，而且写得很美。这首长诗就是《春江花月夜》。

《春江花月夜》，有限与无限的对立统一

《春江花月夜》这首歌行体长诗，现在已经引起许多人的兴趣，还有人把它谱成曲。人们都知道它写得很美，但未必都知道它的美在什么地方，作者又是如何表现它的美的。现在，我们先看看这首作品：

> 春江潮水连海平，海上明月共潮生。
> 滟滟随波千万里，何处春江无月明？
> 江流宛转绕芳甸，月照花林皆似霰。
> 空里流霜不觉飞，汀上白沙看不见。
> 江天一色无纤尘，皎皎空中孤月轮。
> 江畔何人初见月？江月何年初照人？
> 人生代代无穷已，江月年年望相似。
> 不知江月待何人，但见长江送流水。
> 白云一片去悠悠，青枫浦上不胜愁。
> 谁家今夜扁舟子？何处相思明月楼？
> 可怜楼上月徘徊，应照离人妆镜台。
> 玉户帘中卷不去，捣衣砧上拂还来。
> 此时相望不相闻，愿逐月华流照君。
> 鸿雁长飞光不度，鱼龙潜跃水成纹。
> 昨夜闲潭梦落花，可怜春半不还家。

江水流春去欲尽，江潭落月复西斜。
斜月沉沉藏海雾，碣石潇湘无限路。
不知乘月几人归？落月摇情满江树。

张若虚是扬州人，生卒年不详。从诗风看，估计是初唐时代人，或与王勃、杨炯、卢照邻、骆宾王生活在同一时代。《全唐诗》中只收了他两篇作品，一是这首诗，一首是《代答闺梦还》。

《春江花月夜》这首诗，现在一致认为是十分杰出的佳作，不过在唐代，它并没有引起人们的注意。直到宋元，评选家所选的唐诗选本中，都没有它的身影。经历了近千年，直至明代中晚期的嘉靖年间，它才被人发觉，李攀龙的《古今诗删》就把它载入。从此，它越来越受人关注了。清代王闿运说它"孤篇横绝，竟为大家"，意思是说它横空出世，属于顶尖名作。

最早对《春江花月夜》展开系统研究的，是闻一多先生，他写了一篇著名的论文《宫体诗的自赎》。所谓宫体诗，是南北朝梁陈时代流行于宫廷的诗歌。这类诗，多是写宫廷的生活，写悠闲，写艳情，内容一般比较空虚，题材也比较狭窄。不过，闻先生认为宫体诗在写作手法上比较细腻，更重要的是，它比较注意诗歌的音乐性。就这一点而言，它对中国诗坛的发展，也有所贡献。闻先生还认为，宫体诗曾让诗坛陷进了唯美主义的泥潭，却又从泥潭中走了出来，孕育出初唐时期的歌行体名篇《春江花月夜》，这就是宫体诗的自我救赎。闻先生对宫体诗的评价，可以参考，但他把张若虚的《春江花月夜》归入宫体诗之列，却未必正确。

"春江花月夜"，其实是曲牌名。从曲牌的名字看，它很优美，想必旋律也很优美，宫廷诗人自然也会用这曲牌来写诗。我们翻开郭茂倩《乐府诗集》，以"春江花月夜"为篇名者，共有七首之多。其中隋炀帝杨广就写过一首《春江花月夜》："暮江平不动，春花满正开。流波将月去，潮水带星来。"

这诗说黄昏时分，江水正满，江花也开得正好，月亮随着江水流走了，潮水又把星星带来了。平心而论，杨广这作品也颇有诗意，但和张若虚的《春江花月夜》无法比拟。另外，隋朝诸葛颖也写过一首："花帆渡柳浦，结缆隐梅洲。月色含江树，花影覆船楼。"写得也不错，可是也没有广为流传。

现在，我们且看看张若虚是怎样写的。它的第一句是：

春江潮水连海平。

文学创作，从什么地方入手，是有讲究的。作者可以先从小处着笔，选择具体而细微的形象，逐步推进；也可以从大处落墨，先勾勒出一个广阔的格局，笼罩全篇。张若虚选用的是后一种写法。至于他所写的江，在什么地方？现在无法准确考证，我们也不必为此耗费心力。因为诗人本来就没有想过具体指哪一条江，他只泛说是春天的江。若就诗中所写到的景致和诗人生活的地区而言，它应是在长江下游接近入海处的某地。

张若虚强调的是，这时候的江，是春天的江。春天江水充盈，不同于秋天江水枯涸。满满的江水向东流去，流向大海；到晚上，潮水涨了，已经涨满的潮水和海水连成一片，宽阔无边，不知哪里是江，哪里是海。所谓"平"，是指潮水涨到平顶，波澜不兴，这正是江水最满、长江口显得最为宽广的时刻。所以王湾也说"潮平两岸阔"。在这里，张若虚先向读者展示一个无比阔大的背景，其后所写的一切，都在这无垠的空间中浮现，这既是写景，同时还有很深的用意。

在诗词作品中，许多诗人都会描写潮水，像韦应物的"春潮带雨晚来急，野渡无人舟自横"（《滁州西涧》），写潮水的来势湍急；像刘禹锡的"潮打空城寂寞回"（《石头城》），写潮水的荒凉意味；像苏舜钦的"晚泊孤舟古祠下，满川风雨看潮生"（《淮中晚泊犊头》），写潮水的凄清，都是通过写潮水的意象来透露自己的心境。张若虚则强调潮水的无比平静与宽广，将整首诗的各组意象放在极其宏大的背景下展开，这也和他特有的心态有关。而在平静之下，又含有许多不平静的地方。这一点，我们下面再说。

说到海，诗人引出"月"了，便看到：

<u>海上明月共潮生</u>。

在诗里，诗人其实写到了五种景色：春、江、花、月、夜，而月亮，则是统率它们的主角。当潮水涨到最高点，江面显得最宽的时候，明月出现了。这一句，意境极其平静而阔大，它不同于苏轼在江边看到"月出于东山之上，徘徊于斗牛之间"（《前赤壁赋》），"山高月小，水落石出"（《后赤壁赋》）；不同于李白在山上看到"明月出天山，苍茫云海间"（《关山月》）；也不同于杜甫在地面上看到"星垂平野阔，月涌大江流"（《旅

夜书怀》)。诗人特意把月放置在平涛万里的海面上,在广阔无边的背景中,一轮明月冉冉升起,这时,月的形象被烘托得特别突出。

"明月共潮生",这"共"字用得颇为讲究。在诗人看来,潮水的涨和月的出现,是连在一起的。潮捧月出,月引潮生,江海相连,水月也相连,这景色,让人想到天地万物,互相依存,连成一体。如今,从科学层面说,潮汐的涨落与月亮是有关系的,不过张若虚并非要说明自然现象,他写的是月亮与潮水亲密的关系,它们像是有情有义,一起升沉。诗人写的是景,但也让人隐约看到他感悟到天地万物相互依存的理念。

我们还要注意诗人对"生"字的运用,"生"字不同于"升"字。按理,这两字同属一个韵部,但说月升,是自然现象;而用"月生",则仿佛月亮是有生命的,孕育于海。说"月生",明显不同于单纯地表现月亮升沉的客观现象,而是增加了神秘的感情色彩。张九龄《望月怀远》云:"海上生明月,天涯共此时。情人怨遥夜,竟夕起相思。"也用"生"字形容月的升起。"升"与"生",区别虽然细微,但情味毕竟并不一样。

滟滟随波千万里,何处春江无月明?

诗人从空中的月亮,写到水中的月亮。这月影,泛着水光,随着波涛,流向千里万里。江流到哪里,月影就流到哪里。诗人着一"随"字,也是让江与月融为一体,和上文的"连""生"等拟人化的词语紧紧相扣。他让人看到,那月亮和月影不仅是有生命的，而且有情有义，否则，按照客观描写，应是说"照波"而非"随波"了。这一字之分，情味完全不同。诗人还用反问的语气，强调天上、江上、地上，都有月的光华。"何处春江无月明"，这既是回应月光照遍千里万里，又为下文说到它照见人间种种悲欢离合，预作铺垫。

月光既然是随江水无处不在，那么，诗人便写江水流向地面，而月光也随着江水流向地面。这就有了"江流宛转绕芳甸"一句。芳甸，是水边开满鲜花的地方。诗人强调江水是"流"，是"宛转"，是"绕"，可见江水是慢慢悠悠的姿态。当花的形象出现了，也为说明江是"春江"补充了一笔。春江围绕着芳甸慢慢地流，仿佛舍不得离开，那随着春江的月光，也仿佛依依不舍，照着芳甸，没有离开。江水和月光悠悠流转，它们对人间充满感情，充满了爱。

"芳甸"一词，带出了花。于是，诗人的笔触，便又集中到月光和花上。

"月照花林皆似霰"，霰是小雪珠。月光洒在花瓣上，就像撒下一颗颗的小雪珠，白花花的，光闪闪的，又透明晶莹，一片纯洁。看到这景色的人，连灵魂也变得纯净了。谢朓曾有诗云"杂英满芳甸"，既有杂花，就有各种各样的颜色。我们在校园散步，月色下花的颜色，也还是可以分辨出来的。但张若虚一概不写，只写月光笼罩下一片白色的光点。于是，花的光，月的光，以及江面上的水光，互相掩映，便幻化成了晶莹、透明、无色的神秘世界。本来，世上景色是多彩的，但有些画家可以用一种颜色表现出多种颜色，办法便是强调光，像凡·高的画，色调并不多，但人们却可以从他画面上的光影中，感悟绚烂的色彩。在这里，张若虚只写花光、月光幻化成一片白色的霰,恰好映出月色的明亮、花色的晶亮,两者融合在一起,使多彩的世界变成了纯洁的世界。

从月光照映花光,诗人进一步写月光照遍大地的景象。

空里流霜不觉飞,汀上白沙看不见。

诗人向上仰望,只见月光像天上流下的霜,洒下白蒙蒙一片,可是又不觉得霜在飞下来。其实,春天哪里有霜?秋天才会有霜,而且霜是在地面上生成的,不是从天上飞下来的。说月光像天上的霜流下来,不过是诗人看到洁白而迷离的月光,产生的神秘幻觉。他又低下头来,向水边仔细地寻找,只见月光泻在地上,就像地上铺满白沙,可是说它是沙,却又不是沙,看不分明。总之,迷迷蒙蒙,天上地下,显得安静、纯洁而神秘。在芳甸上,月光映着花光、水光,如梦如幻,似有还无,让人如入仙境。

以上八句,张若虚写了春江和花月的美,而月的出现,也等于说明夜的来临。这八句,写江潮生月,夜月临空,月照着江,也照着花。月作为主体,贯串着一切,光影朦胧,构成了一幅意境空灵的水墨图。祖国的山河,被诗人描绘得如此宁静,如此美丽,如此神秘而有诗意,就凭写景而言,已臻化境。但这诗的奥妙,却不仅仅在于写景。当诗人把春江花月夜的景致写透了,便让诗意进入更深的层次。

"江天一色无纤尘,皎皎空中孤月轮。"在很具体地写了月照春江,很细致地写了月照芳甸之后,诗人便从春江花月的局部描写,令视野进入更宽更广的世界。这写法,就像电影镜头那样,从花甸的局部，化为一个全境。它既照应上文的"随波千万里"，又把上文所写的各个细部收拾清楚。"江天"，是说万里山河；"无纤尘"，是说上上下下，一片皎洁，通透明亮。这是从芳甸的月光，引申到整个宇宙，它没有一点尘埃，就像是透明的琉璃，通体是光亮的、皎洁的、空灵的，没有一点杂色。

在我国，《道德经》提出过一种审美经验——大音希声，大象无形。就颜色来说，越是要表现多彩，越不必写它的色彩。这像在物理实验中，若把七种色彩混成一体，反而看不见它的颜色，这真是"色即是空"。所以，越是写"江天一色"，越是说明它的光色丰富而美丽，无与伦比。

在皎洁的夜色中，天上什么都没有，诗人只突出了一个月亮。这又表明，月亮已从海上升起，升到中天了。在这里，我们要注意诗人运用"孤"字的意味。按说，天上的月亮只有一个，本无所谓孤的问题。从上文诗人对月亮的描绘，他可以写"光月轮""一月轮"之类。但是，诗人却偏偏使用"孤"字，强调月亮的孤单。其实，认为月亮孤单，无非是人的感觉，是诗人孤单地看月，所以觉得月也是孤孤单单的了。

当这"孤"字一下，诗的情调开始发生变化。诗人从写春江花月夜的美丽景色，特别从月亮高悬的形象中，进入默默的沉思，这就引出下面两句：

江畔何人初见月？江月何年初照人？

诗人蓦然发现：江边只有他一个人在看着月亮，享受着无边美景，还有谁在欣赏月色呢？而他，不过是无限时空中的一粒沙子。由此又引申，在千万亿年中，是谁第一次看到月亮呢？这从人作为主体角度提出的问题，谁也回答不了！而从月作为客体的角度看，它是在什么时候第一次照到人呢？也是谁也回答不了！

在张若虚看来，月亮对人间是有情的，它用最美丽的光影普照人间；而世人也是最爱月亮的，人们都陶醉在美丽的月色中。然而，人间与月亮，却又是不相知的。本来，人们都认为事物是互相有联系的，天、人本来是合一的，却各有各回答不出的问题，原来月自月，人自人，两无干涉。这就不能不引起人们的叩问：宇宙到底是怎么一回事？人生又是怎么一回事？

> 人生代代无穷已，江月年年望相似。
> 不知江月待何人，但见长江送流水。

在人生，张若虚想到"人生代代无穷已"。人生代代相传，无穷无尽，是永恒的。但作为个人，有生有死，在不断地变化，所以要问"江畔何人初见月"。那人是谁？那人在哪儿？实在无法回答。而"江月年年望相似"，月亮也是永恒的，年年岁岁，都挂在天边，人若看月，也看不出它有什么不同。但是，月亮也有阴晴圆缺的变化，和人世有悲欢离合一个模样。所以，若问"江月何年初照人"，连江月本身，也无法回答。从这角度看，宇宙和人生，在永恒中又有变化，则是一致的规律！再想深一层，江月是永恒的存在，历史也是永恒的存在，但作为只生活在特定阶段的具体的个人，则是短暂的，无法留住的。

正因为江月是永恒的,它对望月的人又是有情有义的,所以它年复一年挂在天空,等待着曾经见过它的人。但是"不知江月待何人",不知那人是谁?是否还在人间?可惜,江月见不到要等待的那个人了,它只能看见长江东流,江水滔滔,永不复返。"但见长江送流水",那长江送走了历史,送走了望月的人,送走了生命与青春。有情的江月,也只能在天上默默等待,有情还似无情,旁观而又无奈!这一句,就写作技巧而言,很像电影中的空镜头。那月亮像人,它似乎在等待什么人,但又等不到,于是,流水向远方消逝的空镜头,便含蓄地表达出它依依不舍的情感。李白送别友人时,看着"孤帆远影碧空尽",可又不忍遽离,站在岸边,"唯见长江天际流",这空镜头便传达出李白心情的惆怅。两者在写作手法上,是一样的。

以上几句,实际上是提出四个疑问:什么时候有的宇宙?什么时候有的人生?宇宙、历史为什么会亘古不变?人的生命为什么如此短促?这四个问题,是诗人从春江花月夜的美景中,从对美好生活的留恋中,提出的哲理性的叩问,这就是诗中的理趣。从诗的结构来看,前半段写春江上月亮的美,温馨而神秘浪漫,而这几句的出现,却让人像被冷水浇背,陡然一惊,那无法解答的疑问,收到了振聋发聩的效果。

闻一多先生说,张若虚这几句诗,具有"宇宙意识"。其实,对宇宙和生命的认识,古今中外的人都在叩问,在探索。科学家霍金在《时间简史》中,提出"我们从何处来?我们是什么?我们向何处去?"的问题。而早在1897年左右,欧洲象征主义大师高更,便以此为标题,创作了一系列大幅油画,以梦幻的记忆形式表达对这问题的迷惘。科学家和文艺家思维各异,但都以不同的形式,追求解释同一的疑问,看来谁也回答不了。在我国,不同时代的诗人,也不断地提出这个问题,苏轼不是说"明月几时有,把酒问青天"吗?李白也写过:

> 青天有月来几时?我今停杯一问之。
> 人攀明月不可得,月行却与人相随。
> 皎如飞镜临丹阙,绿烟灭尽清辉发。
> 但见宵从海上来,宁知晓向云间没?
> 白兔捣药秋复春,嫦娥孤栖与谁邻?
> 今人不见古时月,今月曾经照古人。
> 古人今人若流水,共看明月皆如此。
> 唯愿当歌对酒时,月光长照金樽里。
>
> ——《把酒问月》

看来,思想深邃的诗人,都会对这极具哲理的问题产生浓厚的兴趣。李白感到明月是永恒的,人生是短暂的;张若虚看到明月是永恒的,人世也代代无穷,这是月与人一致的地方,但作为个体的人,生命是短暂的,这是月与人矛盾的地方,似乎他更多考虑个人生命的问题。

就在张若虚的同一年代,诗坛上已经意识到,如果能把哲理诗意化,便意味着达到很高的艺术境界。因此,诗人们往往热衷于叩问有限人生和无限宇宙的对立统一,把天与人之间的关系,联系起来进行思考。《唐才子传》一书,还记载了唐代诗坛上的一宗趣闻。据说,初唐诗人刘希夷写了一首《代悲白头翁》。请别以为他是个老头子了,其实刘希夷"时未及三十"。诗中有两句云:"今年花落颜色改,明年花开复谁在?"写了以后,刘希夷觉得不吉利,弃之而不用,把它改为"年年岁岁花相似,岁岁年年人不同"。这改后的两句,带有哲理的意味,刘希夷也自觉是神来之笔,颇为得意。现存的《代悲白头翁》一诗中,即保留此两句。

刘希夷二十五岁即中进士,少年得志,而他想到的却是岁月的永恒、人生的无常,希望在创作中能表现出哲理性的思考。更古怪的事是,刘希夷这两句诗,被他的舅舅宋之问知道了。那时,《代悲白头翁》尚未传播开来,宋之问也喜欢这两句诗,要求刘希夷转让给他。刘希夷答应了,后来又舍不得,反悔了。宋之问大怒,便买凶手把刘希夷闷杀。谋"才"害命,这传闻不一定可信,但它说明了一个问题,即当时的诗人对人生哲理和诗意结合的问题,抱有强烈的兴趣。所以,刘希夷才会把那两句诗改了又改,才会有宋之问不择手段巧取豪夺的传说。

在《春江花月夜》里,张若虚无法回答自己提出的哲理性问题,他的诗笔,便从抽象的叩问回归"何处春江无月明",转入对短暂的人世间悲欢离合的具体描写:

白云一片去悠悠,青枫浦上不胜愁。

在前面,诗人从江月的角度俯瞰人间,只见到长江送流水;紧接着,他便从人间的角度仰望天空,只见天空中的白云也一片一片地飘走。这流水与行云景色的连接，既像乐曲中的过门，也像电影镜头的组接那样，以流水的全景化出，又以行云的全景化入。江水无奈地流去，白云惆怅地飘过，接着，镜头便推出了青枫浦上人间的景象。只见青枫浦上笼罩着离愁别恨，让人不觉凄然。在这里，诗人写浮云的飘忽，也有象征的意味。古诗常把浮云和游子联系起来，像"浮云蔽白日，游子不顾返"（《古诗十九首·行行重行行》），像"浮云游子意，落日故人情"（李白《送友人》）。而张若虚选用"青枫浦"的地名，也和离别之情有关。《楚辞·招魂》有句云："湛湛江水兮上有枫，目极千里兮伤春心。"江淹的《别赋》也有句云："送君南浦，伤如之何！"古人在创作上，命辞遣意讲究出处，张若虚这两句的写法，便属其中一例。

谁家今夜扁舟子？何处相思明月楼？

诗人说青枫浦上，载不住许多愁，接着以提问的方式叩问："谁家今夜扁舟子？何处相思明月楼？"意思是说：在今夜月色的映照下，坐着扁舟在水中漂流的游子是谁？而"明月照高楼，流光正徘徊"（曹植《七哀诗》），在月色中思念远方游子的女子，又在哪里？这相对成文的偶句，以望月的情景为中心，以流水行云般的笔势，写出了游子夫妇的互相怀念，他们也许远隔千里，同在举头望月，月光把他们的视线连在一起。这写法，也与张九龄的名句"海上生明月，天涯共此时。情人怨遥夜，竟夕起相思"（《望月怀远》），具有同一的意境。不过，张若虚用"谁家""何处"这两个不确定的词语，便带有泛指的意思，他没有具体指某一家，这让读者感受到，游子离家，思妇怀人，是当时很普遍的状况。

承接着思妇楼头望月的意象，诗人顺势具体描写了某一妇女对丈夫思念的情态，把她的种种心理状态，作为许许多多思妇的缩影。在前两句概括性的虚写之后，进入细腻的实写，这是很巧妙的艺术手法。不过，也有些学者认为以下的描写，是分写思妇和游子两个方面的，我以为不然，这一点，下面再谈。

可怜楼上月徘徊，应照离人妆镜台。

这句开首便用"可怜"两字，同情独守空房的思妇。这里，诗人化用了曹植《七哀诗》"明月照高楼，流光正徘徊。上有愁思妇，悲叹有余哀"，直接表明他对思妇同情的态度。他看到，那月亮在楼上照着，好像徘徊不定，好像不忍离开，好像和他一样"悲叹有余哀"。而和曹诗不同的是，张若虚紧接着对那有情的月亮，多少有责备的意味。他认为，月亮应该照着思妇的妆镜台，好让她梳妆打扮。过去，人们有所谓"女为悦己者容"的说法，妇女对着妆台打扮，要么是丈夫没有离开，要么是丈夫即将归来。诗人说，月亮若是有情，便应该让她得到幸福的生活，让她为所爱的人打扮起来才对。从"可怜"到"应照"，包含了诗人对月亮既埋怨又祈求的复杂态度。诗人选词用语的深意，我们不要轻轻放过。

诗人接着说，可惜，月亮虽然有情有义，却只把一片光影洒在高楼上。它还不理解思妇的期待，只照到窗前，照到砧上，反让思妇觉得烦恼，这就出现下面的句子：

> 玉户帘中卷不去，捣衣砧上拂还来。

思妇觉得，明月照高楼，游子不顾返，这多情的月亮照到窗前，有何意趣？所以，她卷起窗帘，想把月光也卷走，可是，月光却是卷之不去的。而这不谙风情的月亮，还要照到"捣衣砧上"。

捣衣砧，是妇女为丈夫缝制衣物前捣洗衣料用的垫石，她们一面捣衣，一面注入对丈夫的爱。所以李白有诗云："长安一片月，万户捣衣声。秋风吹不尽，总是玉关情。"（《子夜吴歌·秋歌》）张若虚写月光照到砧上，思妇便想起了为丈夫缝衣的日子，这月色，反让人增添惆怅。当然，月光是"卷不去""拂还来"的，但诗人正是巧妙地用这举止，细腻地描绘思妇情绪的发泄，表现她对丈夫思念的深切。她觉得，月亮同情她也属多余，它难慰寂寥，于事无补，反让人触景生情，增添烦恼。清代词人纳兰性德说过："人到情多情转薄，而今真个悔多情。"（《山花子》）人世上，情感的纠葛往往会让人的行为变得不可思议。张若虚对思妇的情绪有深切的体察，才能以思妇薄情的动作，写出她情多时又爱又恨的心态。

按说，诗人既写了思妇觉得月亮多余，接下去，应写她不再看月，回身睡觉去了，这是通常表现思妇烦愁的写法。但张若虚却写她仍在望月：

> 此时相望不相闻，愿逐月华流照君。

这时思妇望月，却不是欣赏月的光、月的美，而是相信她的丈夫也在同时望月，相信她和丈夫的视线都在月光里交汇，这就是"相望"。但二人远隔一方，尽管她相信丈夫也在望月想她，但夫妻毕竟无法沟通，这就是"不相闻"。于是，思妇唯一的想法，便是"愿逐月华流照君"，希望自己的影子也化成光，跟随着月光，照见想象中也在望月的丈夫。如果能在天空照一照、望一望，总比"不相闻"要好！在这里，诗意愈曲折，愈能展现思妇的心情起伏。而张若虚写思妇这最低限度的愿望，又为下面两句预作蓄势。

鸿雁长飞光不度，鱼龙潜跃水成纹。

古人说雁和鱼，都会替人传书信。张若虚这两句点出鱼和雁，当然有暗喻思妇希望鱼雁能替她通信的意思，但语气又立刻转折。她说雁儿远去，却没有把光影带走，她想幻化成光，也无法照见她思念的丈夫。再看月色下的江水，鱼龙在潜在跃，涌起的只是波纹，而不是她想寄去的文书。真是镜花水月，一切皆空。

昨夜闲潭梦落花，可怜春半不还家。

从梦想的落空，思妇又想起了昨夜的梦，她梦见落花漂在水面上。诗人的文心十分细腻，他也可写思妇"枕中"或"床中"梦落花，但这就和上面处处写到的水波、江流、春江没有联系了，而用"闲潭"，则处处和水呼应。思妇梦见花落在潭水里，花儿落了，等于说花谢了，春天过去了；这也暗示她的青春过去了，人也快老了。这和李后主说"林花谢了春红，太匆匆"（《相见欢》）

的意味一样。但她是做梦，实际的情况是，她在做梦的时候，春天还没有过去，花儿也未落。她梦见春尽，只是在忧虑、在担心。所以诗人接着写她喟然长叹："可怜春半不还家。"春半，只是春天过了一半，也是青春将老而未老。如果她所等待的人这时候回来，一切还来得及。可是他却"不还家"，把春光辜负了，让青春虚度了。可见，诗人不用"春老""春去"，而用"春半"，把这思妇的心情，表现得更加微妙细致。从上面，我们看到诗人反复描绘思妇内心的矛盾和纠结，也只有认真体味他收收放放的笔触，才能领悟到他刻画人物感情变化的技巧。

江水流春去欲尽，江潭落月复西斜。

当张若虚写了思妇梦后的心情，又拉回笔锋，写她在眼前看到的景象，"江水流春去欲尽，江潭落月复西斜"。她低头看江，江水不断地流淌。说"流春"，表面似不合理，江流的是水，怎会"流春"？但这样的词语组合，正好表明汉语的精妙。流春，意味着思妇一边在看流水，一边觉得江水把春天也流走，连她的青春也带走。"去欲尽"，这"欲"字用得更佳。潮水渐退，将要退尽，又还未全尽退；似乎它想要尽去，又舍不得尽退；似乎江水和春天，都在留恋，都在同情思妇。可见"欲"字融合了客观的景和主观的情，整句诗就饶有韵致了。

"江潭落月复西斜。"思妇又抬头看月了，这时的月亮，已向西斜斜落下去了。从"鸿雁"句开始，诗人写她有时望月，有时望江，描绘她俯仰徘徊，刻画她寂寞孤独，透露出千里怀人的幽怨。

从全诗的结构看，诗人逐一收拾了春、江、花、月、夜等景观："闲潭梦落花"句收拾了"花"，"江水流春"句收拾了"春江"，接下来就剩下"月夜"了。这和在诗的开头，让各种景观逐一亮相一样，在诗的末尾则让它们逐一退出。显然，诗人在创作时胸有成竹，所以遣词用句像排兵布阵那样，井然有序。

斜月沉沉藏海雾，碣石潇湘无限路。

诗人写到月落了。

入夜时，人们看到月亮从海上升起；夜将尽，月亮便沉到海里了。"沉沉"两字的连用，既表现出月亮逐步慢慢落下的状态，而它低沉的音调，也起了烘托望月者心情惆怅的作用。这时候，天上还留着月影，它藏在海雾里，光色朦胧，若隐若现。

从月的东升，到月的西沉，这思妇在春江之滨，对月亮望了一夜，也思念了一夜。她自然想到，一夜过去了，她所怀念的人，又在什么地方呢？这就有了"碣石潇湘无限路"一句。

这一句，比较重要。因为有些学者认为，从"昨夜闲潭"句开始，诗人便是从游子的角度着笔，写他对家人的思念，理由是上文提过"谁家扁舟子"和"何处明月楼"，下文应是"花开两朵，各表一枝"的写法，写了思妇，就该写游子了。这样的分析，当然可供参考。

不过，我认为，诗的下半段应该仍然全是描写思妇的心情。因为从"梦落花"乃至担忧辜负了青春，这些细腻曲折的感情描写，用于女性，比较贴切；用于男性，未免有"奶油味"了。更重要的是，我认为"碣石潇湘"这一句，不可能是游子的感慨。

碣石，在渤海之滨。曹操有过"东临碣石，以观沧海"（《观沧海》）之句。潇湘，指湖南的潇水和湘江，两地相距千里，所以说它们之间隔着"无限路"。如果这句是说游子思家，意思便是指从碣石到潇湘，或从潇湘到碣石，路途都遥远得很。这一来，游子的家，要么在碣石，要么在湖南。但是，张若虚所写的《春江花月夜》，望月的地方，分明是在长江下游的入海处附近。那么，游子和思妇的家也只能在这一带，不可能在潇湘或碣石。所以，把这一句解作游子思家，是说不通的。但是，如果从思妇的角度去理解，便不同了。丈夫远去，她不知道丈夫到了什么地方。是到了北方的碣石？还是到了南方的潇湘？而无论是到了碣石还是潇湘，都与在江南的家，隔着无限的路。因此，我认为这应是思妇在遥想，她是从明月西沉时，思绪万千，想到离人隔着千山万水。

不知乘月几人归？落月摇情满江树。

从想到自己那未能归家的丈夫，她又突然提出："不知乘月几人归？"她想到：就在她想念丈夫的时候，或许有些人可以连夜赶路归家了，但不知道有多少人能得到团聚的幸运？这一问，是诗人巧妙的一笔，既是写思妇的疑问，也包含着她对有些幸运儿的羡慕之情。其实，她也明明知道，这种可能性是不多的，世上多少游子，有家归不得，只能望月兴叹！思妇提出这一问题，不过是明知故问。更重要的是，张若虚让思妇从自身的处境，提出难以回答的问题，实际是借她那起起伏伏的思绪，从个别推到一般，概括人世间许多离散家庭的境遇。这一来，这位思妇的情怀，便成了千万思妇天涯颙望的写照。

张若虚这首诗，从艺术构思来看，从月的东升写到月的西沉，最后落在"落月摇情满江树"一句。这时候，月亮落下去了，月的余光摇摇曳曳，这意象，美得很，妙得很，让人浮想联翩。按说，月是不会"摇"的，月光也是不会摇的，而诗人偏说它在摇，真让人意想不到。但仔细品味，又是合情合理的。江边，江风吹拂，江树摇摆，光影也摇摇曳曳，便觉得月在"摇"。摇的不仅是光，也连同着"情"。月色摇摆不定，若隐若现，似乎是月亮也同情思妇，想回答她的疑问，似乎它也思恋人间，不忍西落。这落月摇情，像是临去秋波；这神来之笔，含蓄而凄美，让人回味无穷。

历来写对月思怀的作品很多，但多比不上张若虚的《春江花月夜》。我想，原因是多方面的。它的不同凡响，除了写出春、江、花、月、夜各自的美外，又写出它们整体的美。整首诗让人感到充满着文采的美、流动的美、朦胧的美、神秘的美。即就描写月夜之美而言，它已达到很高的水平了。

若从对月怀人的角度看，它以明亮的月色，反衬黯淡之离情。艺术上的反衬，效果反会强烈，所以王夫之说："以乐景写哀，以哀景写乐，一倍增其哀乐。"（《姜斋诗话》）像《红楼梦》写黛玉临终，传来了宝玉结婚的乐声，黛玉只呼"宝玉，你好……"于是，曹雪芹越写宝玉、宝钗婚礼的热闹，便越反衬出黛玉处境的悲凉。又如贾至的《春思》："草色青青柳色黄，桃花历乱李花香。东风不为吹愁去，春日偏能惹恨长。"这诗前两句写花草的喧妍，却反衬出春愁之苦。《春江花月夜》前半段写月色的明丽，对比人生的黯淡，也有反衬的作用。诗人越是写不尽宇宙如此美丽，便"一倍增其哀乐"，让人更感到人生的有限，竟如此黯然。

最重要的是，张若虚在诗中提出了具有人生哲理的问题。即诗人从月的升起到月的西沉，联想到宇宙变化的永恒，感受到天人应该合一，而实际上天人并非可以合一。他具有"宇宙意识"，感知到天人合一中又有疏离的一面。这悲剧性的心理，为古代许多人所共有，却并非人人都能表达得出。因此，如果诗人在创作中能具有哲理的思考，能把情景与理趣结合起来，就是诗歌创作能够构造意境，并且达到最高水平的窍门。

在文学史的研究中，学术界对《春江花月夜》流传过程的问题，一直没有解决。这首初唐的作品，写得这样好，为什么在唐代并不流传，直到明代中叶以后，人们才发现它的卓越，后来人对它的评价才越来越高？就是说，从唐到宋、元，好几百年，它一直被边缘化，到明代中叶后人们才猛然省悟。这是什么原因呢？我弄不懂。当然，历史，包括文学史，有些现象是会有偶然性的。例如晋代陶潜的作品，当时评价不算高，到后来才受到重视；宋代岳飞的《满江红》，到明代才被发现。至于《春江花月夜》的命运，也是如此。

对文学作品的理解，和一定的历史、文化进程有关，和审美受体的接受史有关。我只隐约感到，明代中叶以后，思想界、文学界普遍重视人的价值，对传统观念越来越怀疑，越来越感到理想与现实的疏离。由于儒、道、佛三教在相互斗争又相互渗透中，使中国的哲学思想有更系统、更细腻的发展，人们对人生乃至宇宙的问题，有了更多的思考。而儒、道、佛三教，即使最具异端思想的人，也离不开天人合一理念的主导，有人领悟到天与人的亲和，有人则慨叹天与人的疏离。此两者，实质上都由天人合一的观念派生。我们从亲和感与疏离感的两类诗中，可以看到哲学理念对创作的意义。

社会意识的变化，导致审美观念的变化，人们才重新发现了《春江花月夜》的价值。我只是猜想，也未弄清，希望有人能解决这一疑问。这一讲，我只想从分析情景与理趣交融的实例中，让同学们对我国古代优秀的创作遗产有所了解。

《忆秦娥·箫声咽》

唐·李白

箫声咽,秦娥梦断秦楼月。

秦楼月,年年柳色,灞陵伤别。

乐游原上清秋节,咸阳古道音尘绝。

音尘绝,西风残照,汉家陵阙。

书者简介

骆驰:
广东省书法家协会会员,
珠海市收藏家协会会员。
中山大学中文系 1978 级校友。

箫声咽,秦娥梦断秦楼月。秦楼月,年年柳色,灞陵伤别。乐游原上清秋节,咸阳古道音尘绝。音尘绝,西风残照,汉家陵阙。

李白词忆秦娥 乙未夏日 娇驰

第九讲　意境与虚实

虚实结合的《石壕吏》

这一讲，我想先说说一首大家都熟悉，却未必人人都理解其中奥妙的诗：

> 暮投石壕村，有吏夜捉人。
> 老翁逾墙走，老妇出门看。
> 吏呼一何怒，妇啼一何苦。
> 听妇前致词，三男邺城戍。
> 一男附书至，二男新战死。
> 存者且偷生，死者长已矣！
> 室中更无人，唯有乳下孙。
> 有孙母未去，出入无完裙。
> 老妪力虽衰，请从吏夜归。
> 急应河阳役，犹得备晨炊。
> 夜久语声绝，如闻泣幽咽。
> 天明登前途，独与老翁别。
>
> ——杜甫《石壕吏》

杜甫经历过安史之乱,流离失所,他在逃难的过程中看到人民群众的苦难,写了许多描绘人民受压迫被摧残的诗歌,其中"三吏""三别"最受重视,尤其是《石壕吏》写朝廷抓壮丁的情景,叙事质朴,语语沉痛,是中国诗史上少有的佳作。

《石壕吏》没有生僻的字句,诗人写得很通俗,似是信手拈来,不费工夫。其实,杜甫在这首诗里,从艺术构思,到遣词用字,都很费心力,我们只有细细咀嚼,才能明白。请看他是怎样写的:

"暮投石壕村",这句明白如话,但请注意,事情发生的时间,是在夜里;事情发生的地点,是战场后方未经战乱的石壕村。诗人说"暮投",即晚上找地方投宿。但杜甫用"投"字而不用"宿"字,投,是投掷,像"鸟投林"是说鸟儿把自己扔到树林里,没有经意选择什么地方。杜甫说"暮投"而不说"暮宿",便有在兵荒马乱中,胡乱找个地方落脚的意味。于是,诗的开始,"暮投"两字既说明诗人在乱离中,急急忙忙随便找地方住宿的狼狈情况,又说明他看到的悲剧,纯是偶然。在这里,诗人选择词语的精微,可见一斑。

"有吏夜捉人",说官吏连夜捉人,这就很不寻常了。按理,官吏抓壮丁,总该在白天出动,怎么石壕吏会在夜里动手?这让偶然在石壕村投宿的诗人不由得吃一惊。跟着下去的两句,分写两个动作:"老翁逾墙走,老妇出门看。"

在"有吏夜捉人"之前,一定还有不少事可以交代,例如他借宿时,如何请求,老翁老妇如何接待之类,还有官吏如何进村,如何大呼小叫之类,一定会有许多细节。而这些,诗人一概省略。

紧接着，便写老翁跳墙逃跑，而老妇却"出门看"了。

关于"看"字，有些版本作"出门首"。若作"首"，则与"逾墙走"的"走"字押韵，但古诗三、四句是不押的；而且她到门口去干什么，也没有交代。若作"看"，从押韵上说，需要押韵的第二句是"人"，唐韵"人"属"真"部，"看"属"寒"部，两部相近，看来唐代古音可通押。更重要的是，"出门看"是指老妇走出门口，装作看看发生了什么事。其实，老妇听到吏人的大呼小叫，早就知道要来抓人了。否则，老翁怎么会逃跑？可见，老妇出门看，只是为了对付而已。这两句如此简朴而又流畅的连接，老翁和老妇如此熟练的分工合作，说明杜甫偶然看到的"有吏夜捉人"的场景，在石壕村里是经常发生的。这是在乱离时代老百姓必然经常遇到的苦难。显然，有动作的"出门看"，比没情态色彩的"出门首"，更为生动、深刻。这四句，把诗人偶然看到的事，和战乱必然发生的事联系在一起，让读者从个别想到一般，意义十分深刻。

"吏呼一何怒，妇啼一何苦。"和上面一样，这两句分列两个人的状态。"一"，无义，只是为加强语气，强调杜甫听到吏的呼吼是多么的凶狠，老妇的啼哭是多么的痛苦。以上几句，写得很简略，但诗的一开始，就以两个并列而对立的句式，把抓壮丁的紧张形势突显出来，紧紧抓住了读者的心。所以浦起龙的《读杜心解》说它"起有猛虎攫人之势"。

接下去，诗人从老妇的啼苦声中，听到了她的哀求与申述。

首先，她说"三男邺城戍"。那时，战事发生在邺城一带，她的三个儿子都参加了邺城的保卫战。最近有一个儿子来信，说另外两个儿子刚刚战死。强调"新战死",说明她家刚刚经历过伤痛,当然,她还剩下一个儿子,不过"存者且偷生,死者长已矣"!

这一段历数她不幸的伤心话,显然是希望博得那石壕吏的同情。她是说,她的家已为朝廷尽过力了,付出过惨重的代价了。即使还剩下一个儿子,也是朝不保夕,随时都会战死;至于已经牺牲了的,永远不会回来了!这番话,一字一泪,令人酸鼻。这两句,也等于写老妇对自己家庭的介绍告一段落,她以哀伤的语言,求取石壕吏的怜悯与同情。

谁也想不到,老妇的诉说刚一结束,她突然说了一句:"室中更无人。"

她明明已说明三个儿子都上了前线,为什么要再强调家里实在没有别的人呢?紧接着又说:"唯有乳下孙。"

有乳下孙,不也是有人吗?这不是自相矛盾?而且,既说"唯有",为什么又说"有孙母未去"?

那么,家里显然还有孙儿和媳妇,这不是和"室中更无人"自相矛盾吗?而她既然不得不承认媳妇还在家,也就罢了,为什么还要补充一句"出入无完裙"?

这几句话,全是自打嘴巴,后一句否定了前一句,语气跳跃,互不连属。老妇这样的自供,像是自招,像是广州人所说的"鬼拍后枕(后脑)",什么都招认,让人莫名其妙。

接下去,更奇怪了,老妇竟然自我推荐,说她可以到前线参军去:"老妪力虽衰,请从吏夜归。急应河阳役,犹得备晨炊。"曾经有人把这解释为这老太太具有爱国情怀,说她准备不惜自我牺牲,这实在是天大的误解。

其实，杜甫所写老妇似是自相矛盾的句子，正是全诗的奥妙所在。

读者不妨掩卷想想：为什么老妇突然强调"室中更无人"？一定是那石壕吏对她的哀叹听得不耐烦了，不相信她的话，便质问她：家中有没有人？她才会以"更"字加强"无人"的口气。可是，为什么随即又承认有"乳下孙"呢？肯定是那时石壕吏听到有孩子的哭声，让他大怒，便叱问：那儿不是有"人"在吗？这时候，老妇只好承认"唯有乳下孙"了！

而她一说"唯有"，又露馅了，她那么大年纪，能给孙儿喂奶吗？可以肯定，石壕吏立刻予以揭穿。老妇只好招认"有孙母未去"，这一下，石壕吏得意了，他立刻喝令，要她媳妇出来。老妇当然不肯，便哀求说这使不得，说儿媳"出入无完裙"。

石壕吏不管许多，他就是要抓人。在这里，那恶吏有多少纠缠，老太太有多少求情，杜甫都没有写。后来，实在没有办法，老妇只好提出由自己代替儿媳去服徭役。这时候，石壕吏反不同意了，才有老妇强烈要求跟着他走，才有被杜甫听到的那让人痛彻心扉的话："老妪力虽衰，请从吏夜归。急应河阳役，犹得备晨炊。"表面看来，她是自愿到军营服役，但如果把上面她和石壕吏的对话联系起来，我们就知道她"自愿"上前线的原因了。

问题是，杜甫在这首诗里，有写到石壕吏和老妇的对话吗？全没有！他只是正面写老妇在说话。而她的话，却是语气跳跃，断断续续，而且前后矛盾。这让人感到，她的话与话之间，留下了许多空隙。

诗人不是说"吏呼一何怒，妇啼一何苦"吗？但他完全没有写石壕吏的怒，只写了老妇回答的苦。而正是从老妇断断续续的回答中，读者便"看"到那凶恶的吏，是怎样步步紧逼，蛮不讲理，把老妇逼到绝境，"看"到了这家伙凶狠的嘴脸。要知道，这首诗的题目为《石壕吏》，是以揭露恶吏欺压老百姓为题旨的。但是，对石壕吏的狰狞、残暴，诗人没有正面描绘，这正是"不写之写"，是让读者通过"妇啼一何苦"的诱导，自己想象，在脑海里呈现石壕吏的形象。这一点，正是《石壕吏》艺术上的奥妙所在。陆时雍《唐诗镜》说："其事何长，其言何简。'吏呼'二语，便当数十言。文章家所云要令，以去形而得情，去情而得神故也。"这番话，触及《石壕吏》对"吏"描写的特点。

诗的最后几句，极其悲凉。"夜久语声绝"，在漫漫长夜里，一点声音都没有。这样的写法，固然是当时情况的实写。但在屋子里，其实还有人在，媳妇和孙儿都在；那逃跑了的老翁，应该回到了屋子里；来借宿的诗人，当然也留在屋内。但是，谁也没有说话。一则是害怕被人听到声音，节外生枝；二则是面对着悲惨的情景，实在也无话可说。于是，周遭一片死寂。更重要的是，诗人写"语声绝"，正是上文"吏呼一何怒，妇啼一何苦"极其喧闹场景的反衬。被压迫的人民，生活在恐怖中，既无奈，又凄凉的苦况，便在场景的强烈对比中传出。

在死寂的场景中，杜甫还加上"如闻泣幽咽"一笔，他好像听到有幽咽的饮泣。这"如"字，十分精警。诗人说他像是听到，又不像听到，只是隐隐约约幽咽的声音。所谓"归家不敢高声哭，只恐人闻也断肠"（《琵琶记·糟糠自餍》），这也是诗人对当时实际情况的描写。而杜甫既写"夜久语声绝"，环境极其静默，又写屋室透露出一丝声音,似乎自相矛盾。但是,正是这似有还无的声音,反衬出极其寂静中的悲酸。无声之劝,甚于裂眦。杜甫一再使用反衬的手法,正是要描绘人民苦难,尽在这静默之中。这静默,反收到极其沉痛的效果,突显封建统治阶级对人民的欺压,石壕吏为虎作伥的凶恶嘴脸,也从悲痛、黑暗和死寂中浮现出来。

诗的最后两句是:"天明登前途,独与老翁别。"诗人说挨到天亮,他就离开了。这时,只有与老翁一个人道别。在那一夜所发生的一切,诗人清清楚楚。他知道,老妇对石壕吏的哀求,与石壕吏的争辩,最后宁愿牺牲自己,是为了保住老翁和儿媳。当然,她做到了,老翁和儿媳可以避过一难了,可是,老妇的命运又将如何?就不必再写了,读者完全可以想象得到了。在离开之际,诗人又能对老翁说些什么?说什么都是多余的!所以,杜甫只选用一个"独"字、一个"别"字,十分简略,而一切尽在不言中。这样的处理,反让读者想象到两人分别时难堪的情景。

在这首诗里,杜甫全用叙述性的语言,特别是"妇啼一何苦",都是具体的实写。至于"吏呼一何怒",则完全没有写,但读者却处处感觉到石壕吏的存在,这是因为杜甫用虚写的办法,从妇啼中勾画出吏呼的面目。正是这虚与实的结合,让《石壕吏》达到了"神往神来,不知而自至之妙"(陆时雍《诗镜总论》)的意境。

"意境"的概念

我们为什么要在这一讲中先讲《石壕吏》?是因为杜甫全以

虚实结合的艺术手法，让我们通过一个具体事件的描绘，推而广之，看到安史之乱中人民悲惨的生活。在封建社会，抓壮丁的情况、官吏对人民的欺凌，是经常发生的，所以，这首诗极具典型性。它在思想内容和艺术技巧上，都达到诗歌创作最高的境界。

以虚实结合的手法，让读者通过诗的意象，想得更多更远，这在我国的文艺话语中，称为"有意境"。在这里，我们有必要对"意境"的概念做一些介绍。

西方文坛，长于叙事，注意人物的刻画。人物或景物，通过具体的外形表现出来。客观的"形"，是重要的，以概念表述之，是为"形象"。形象最高的审美标准，则是典型。典型是人物共性和个性的统一，是"熟悉的陌生人"。

在我国，古代文学创作，长于抒情，人们注意内心情意的抒发。内心情意和思想意识，也要通过物象表现出来。而主观的"意"，在抒情中尤为重要，以概念表述之，则是"意象"。形象，注重外在；意象，则注重内在。因此，我国的抒情作品，如果只从形象的角度来分析研究，撇开了贯穿其中的情与意，便等于隔靴搔痒，言不及义。

意象最高的审美标准和层次，则是意境。它是中国特有的话语，是诗词创作的最高美学范畴。有时，人们也把意境称为境界，两者意义相同。王国维说"词以境界为最上"（《人间词话》），他首先提出，有意境的诗词，属创作的最高层次。

在文艺理论领域中，出现意象、意境的概念，是和我国从古以来的哲学思想和思维方式联系在一起的。

在远古时代，我们的祖先已经意识到，世界万物，包括自然和社会，乃至人类对事物的认识，主体与客体，都存在矛盾对立的规律性。这规律无处不在，例如有天则有地、有阴则有阳、有男则有女、有黑则有白、有是则有非等。为此，老祖宗们以"数"给予抽象，便有"- -"和"—"的符号。此二者，是对立的，但又是互相联系和依存的。《周易》指出："刚柔相摩""二气感应"。二气相交后，又出现新的生长点，所以《易》的卦，以三个卦符来表示。老子说："道生一，一生二，二生三，三生万物。"(《道德经》)天地人、黑白灰、男女交、左右中、矛盾和，这是在对立和交融中，又产生的新事物和新观念。

在矛盾统一的基础上产生的"三"，表现于文学创作，便是意境。

首先，我们要了解何谓意象。所谓意，是作者的主观思想；象，是客观的物象。文学作品，特别是抒情性作品，是意与象结合而产生的新事物。《周易》说意由象生，"立象见意"，认为作者描绘具体的物象，是为了表现主观的思想。这经过主客观结合的生成物，已不是原来纯客观的"象"了。显然，这和西方文艺理论只重形似，以"形象"表述创作，是不一样的。换言之，意象，实即情与景交融的产物。可以说，这是中国抒情诗创作的基础。

古人又认为，意与象的完美结合，会进入更新更高的层次，这就是老子的所谓"大象"。这"大象"，是看不见的，"大音希声，大象无形"。它不可捉摸，它的存在，乃是依靠审美受体的感受。因此，哲学界有些学者，认为中国人除了具备形象思维和逻辑思维外，还具有直觉思维，或称悟性思维。

关于"境界"一词，最早见于汉代刘向的《新序·杂事》："守封疆，谨境界。"它所说的"境界"，是指国土的边线。《说文解字》

在"土部"中解释:"境,疆也,从土,竟声。"这是从空间的角度予以说明。而《说文解字》"音部"对"竟"的解释是:"乐曲尽为竟。"意思是乐曲演奏到了尽头,这解释,则是从时间的角度着眼。那么,竟(境),实际上涵盖时间与空间两个范畴。时间与空间,维度虽不同,但都属客观存在。

到魏晋时期,佛教盛行,佛经的翻译者把梵语 visaya 一词,意译为"境界"。如《杂譬喻经》:"神足威灵,振动境界。"《华严梵行品》:"了知境界,如幻如梦。"关于"境界"的含义,《佛学大辞典》的解释是:"自家势力所及之境土。"所谓势力,是指神佛的感召力、影响力。神佛作为主体,神通广大,其灵性、佛性,能投射到善男信女的心灵上去。于是,在佛教,冥冥中的神佛能够让人们内心感应的程度,也称为"境界"。由此,这原指客观存在的话语,被注入具有主观性的内涵。

从魏晋到隋唐,许多诗人和评论家,接受了佛家的思想影响,把佛典中"境"的含义,转化为文学创作的用语。这一来,"境界"的概念,也具有涵盖主观的性质。加上我国从来有重视"意"的传统,《周易》的《系辞》说:"圣人立象以尽意。"庄子也说:"语之所贵者,意也。"(《庄子·天道》)人们把主观的"意",和客观的"境"融合起来,便成"意境"。它的意味,与佛典所谓"境界"是相通的,这也是后来王国维在《人间词话》中把两者等同起来的缘故。

在唐代文坛上,较早提出"意境"概念的,是诗人王昌龄。他认为"诗有三境",亦即指诗歌创作有三个层次,一曰物境,二曰情境,三曰意境。

王昌龄所谓"物境"，是指作品能写出客观事物的存在。所谓"情境"，是指作品能写出主观情意与客观物境的交融，这近似于我们上面提过的"意象"。至于何谓"意境"？王昌龄的解释是："张之于意而思之于心。"这话颇费解，意思是指作品在情景交融的基础上，能让读者亦即审美受体，感悟外延，从而使诗意得到扩张。它触动了读者内心，引发出更多的思考。作品如果能达到这一层次，便是有意境，便达到诗歌创作的最高水平。

对"意境"，唐人有进一步的解读。刘禹锡说："境生于象外。"司空图说意境是"象外之象，景外之景"。他们都强调"外"，换言之，如果作者有本领通过他所描绘的"景""象"，让读者看到"象"以外更多的景，情以外更多的情，这就达到"意境"的层次。

至于如何获得"象外之象，景外之景"呢？

司马光说："古人为诗，贵于意在言外，使人思而得之。"（《温公续诗话》）

欧阳修说："余曰：'……状难写之景，含不尽之意，何诗为然？'圣俞曰：'作者得于心，览者会以意。……'"（《六一诗话》）

王廷相说："故示以意象，使人思而咀之，感而契之，邈哉深矣，此诗之大致也。"（《与郭价夫学士论诗书》）

正是在前人论说的基础上，王国维又做了更明确的发挥。他指出，要达到"诗人之境界"，是"使读者自得之。遂觉诗人之言，字字为我心中所欲言，而又非我之所能自言，此大诗人之秘妙也"（《人间词话》）。无论是司马光还是王国维，他们对"象外之象"的理解，实际上是一致的，亦即要求作者通过所描绘的意象，诱发读者的想象。它是作者"自家势力所及之境土"，而又超出原有意象的范围，含不尽之意，这就是所谓意境。

怎样才能"使人思而得之""使读者自得之"呢？在我国，诗画同源，如果我们看看画家们的见解，当会更容易明白。

在清代，画家孙联奎的《诗品臆说》，对所谓"象外之象，景外之景"的意境，做过进一步的解释。他说："人画山水亭屋，未画山水主人，然知亭屋中必有主人也。"山水亭屋，是可感知的"象"。人则没画出来，但观众知道必有人在，这想象到的人，便是象外之象。明代的陈继儒善于绘画，据说，有人请他画一幅盛大宴会的全景画，他只在画面上画了一些宾客，身体都朝右，而一侍者则拿着酒壶，向左边走去。于是，观众便知道厅堂的左边，还有许多宾客。这样，虽然陈继儒只画了厅堂的一角，却让人们感知到宴会的盛大，"看"到了宴会的全景。显然，陈继儒只实写了厅堂的一侧，另一侧全没有画，是虚景，属于"象外之象"。但侍者的走向，便让虚景与实景联系起来，从而让观众在脑海中呈现出宴会厅的全景。

为什么诗人和画家，能够把虚与实联系起来呢？这问题看似复杂，其实并不难理解。我们知道，诗人和画家在创作的时候，一定把外在的物象与心中的主观世界融合，形成意象，再依靠文字或线条这些符号，把意象表达出来。而作为审美受体的读者和观众，则是依靠这些符号，获得信息，反馈到大脑中，也必然会根据自身的体验，重组信息，还原为他感受到的意象。因此，读者阅读作品的过程，其实都是参与再创作的过程，这就是为什么一千个读者，就有一千个哈姆雷特。

问题在于：作者们用什么办法，启发读者参与再创作，获得"象外之象，景外之景"？中国艺术家的高明之处，就在于既有实写，又有虚写，虚实结合。

虚实结合，是中国传统的审美观念。所谓实，是具体的形象、景观。所谓虚，是虚空，但它不是不写，而是"不写之写"。如画高山，会留出空白以见其高；如画仙女，则只画飘带以见其飞。不写处，即是虚。运用虚实结合的艺术方法，由观者遐想，便能够"使读者自得之"。所以，王维的《汉江临泛》写"江流天地外，山色有无中"，让人们对江山胜景，想象于无穷。如果写成"江流三百里，天有千尺高"，便毫无趣味了。

以写和"不写之写"结合，启动读者大脑皮质细胞中的创作阀门，让读者在反馈的过程中得到启发，产生联想，甚至由此外延，"看"到作品之外的景象，"看"到表面上没有写到，却又包含着的丰富内涵。能够达到让人"张之于意，而思之于心"的作品，就是有意境的作品。

意境和蒙太奇

当我们知道什么叫作"意境"，理解了虚实结合的艺术方法，那么，诗歌史上一些有争论的名作，我们便可以解读，可以更深入地领会诗人创作的奥妙了。

司空图对意境的解释是："象外之象，景外之景。"由此，我们可推断，有意境的作品，必然至少包括两组意象，它们既相互联系，而又并不一样。第一组的意象，一定是具体的，属实写。第二组的意象，则是可以感悟到，但又不具体的，属虚写。

如何创造意境？在诗词创作中，高明的作者会根据汉语语法具有模糊性的特点，进行艺术构思。例如把两种或两种以上似乎没有关联的事物、图景，组接在一起，中间不加介词或动词，任由审美受体从意象组接的空隙中，自行感悟没有具体呈现的"象"。这一艺术手法，与后来电影中的蒙太奇相似。

所谓蒙太奇，指的是电影镜头的组接。例如画面上出现一个坟头，跟着出现的画面是：一个黑衣女子对着一瓶鲜花。这两个镜头组接在一起，观众便想象到一个年轻寡妇的哀伤。所以，电影理论家爱森斯坦说："两个蒙太奇镜头的对列不是二数之和，而更像二数之积。"因为并列的结果，产生了更丰富、更新鲜的意义。

在宋代，陈后山有两句诗："坏墙得雨蜗成字，古屋无人燕作家。"明代顾元庆说："后山可谓含寂寞之景于言外也。"(《夷白斋诗话》)陈诗第一句写雨后蜗牛爬上了破墙，留下字一般的痕迹，第二句写燕子在古旧的屋里做窝。这两句，是实写的"象"，描绘了两个并不互相连属的"画面"。可是，把它们叠合在一起，便产生了统一的情绪。读者很自然地在脑中生成"寂寞"的印象。顾元庆认为，这便是"景于言外"，是象外之象，景外之景。

唐代温庭筠，是最擅用画面组接构成"象外之象"的诗人。例如他的《商山早行》：

> 晨起动征铎，客行悲故乡。
> 鸡声茅店月，人迹板桥霜。

槲叶落山路，枳花明驿墙。
因思杜陵梦，凫雁满回塘。

温庭筠长期居住在长安，他要到商山一带，便写了这诗。诗的第一、二句写早起上路，便动起了故乡之思。

第三、四两句，最为人称道。诗人用了六组词，每三组构成一个画面，即"鸡声、茅店、月"和"人迹、板桥、霜"。它们全是名词，词与词之间没有动词和连词，彼此没有连属的关系，但读者可以根据各自的体会，发挥想象。你可以理解为晨鸡早唱时，荒郊简陋茅店的天边还挂着残月；你可以理解为在茅店里，听到晨鸡打鸣，看见残月在天；你可以理解为在月色中，听到晨鸡在茅店外啼唱，催人梦醒。总之，任由你自己怎样把画面组接，重点放在什么地方，都可以，但你总会把这三组作者实写的物象，在脑海中叠印，感受到在荒郊野店晨早起程时的凄清。

同样，"人迹、板桥、霜"也可做多种遐想，可以想到晨霜落在板桥，有人已从桥上走过，"莫道君行早，更有早行人"；可以理解为板桥上沾满晨霜，印着人的足迹，像是见证游子的艰苦；可以理解为霜落在板桥上，记录行人的足迹。这三组物象叠加在一起，读者便可以意会到多少人为了生活，夙兴夜寐，劳碌奔波。在这里，六组实写物象之间，名词与名词之间，由于互不连属，便留出了空隙。这空隙，便是"虚"，是诗人给审美受体留出的再创作空间。

还要注意的是，这两句诗，上句主要写看天，下句主要写看地。两句合在一起，但又不相连属，却可以使读者在它们的空隙中，感悟到人生在一俯一仰之间,有多少苍凉的心事。这在读者脑海中生成的叠印,便是"象外之象,景外之景"。它并不需要作者直接描述,而是通过两组画面的组接,虚实结合,让读者"自得之"和"思而得之",这就是意境。老实说,温庭筠这诗,并不见得特别高明,但诗中有"鸡声茅店月,人迹板桥霜"这出彩的两句,便让人回味无穷,让它在唐代诗坛中占一席之地。由此,我们也可以看到意境这一艺术创造的重要性。

温庭筠更擅长的是词,他的许多词都是通过画面的组接,营造意境。

> 水精帘里颇黎枕,暖香惹梦鸳鸯锦。江上柳如烟,雁飞残月天。 藕丝秋色浅,人胜参差剪。双鬓隔香红,玉钗头上风。

——《菩萨蛮·水精帘里颇黎枕》

这词很费解,专家们也有各自不同的解释。因此对于如何欣赏这首词,如何领会词人创作的奥妙,便有不同的看法。

词的第一句并不难解释,水晶帘是透明的帘,房里的床上放着玻璃枕。帘与枕,玲珑晶莹,皎洁华美,这当然是高雅之家仕女的秀丽闺阁。这句落实于"枕"字,自然与睡眠有关。所以,紧接着便说"暖香惹梦"。这是说闺房里洋溢着暖洋洋的幽香,让恋人在睡梦中沾惹着香气。鸳鸯锦,是绣着鸳鸯的锦被。在过去的创作中,动物往往作为一种符号。温庭筠的《南歌子》写道:"手里金鹦鹉,胸前绣凤凰。偷眼暗形相,不如从嫁与,作鸳鸯。"

这里说锦被上绣着鸳鸯的花纹，无非是暗喻恋人在这闺房里双宿双栖。而通过这房里床上的设置，词人让人感受到恋人的旖旎风光和温馨生活。在这又香又暖的被窝里，恋人们当然无限依恋。

这两句辞藻华美，温庭筠的许多词作，素来以注重文采浓艳见称。像"小山重叠金明灭，鬓云欲度香腮雪"（《菩萨蛮·小山重叠金明灭》）；像"画罗金翡翠，香烛销成泪"（《菩萨蛮·玉楼明月长相忆》）等，有时甚至让人有"浓得化不开"之感。如果这首词整篇都是丽辞艳句，便有堆砌之嫌，没有什么意思了。

不过，第三、四句，词人笔锋一转，画出一幅凄清的图景："江上柳如烟，雁飞残月天。"首先让人触目的是"柳"。柳色在晨雾中一片迷蒙，如烟如幻，景色凄迷。以我看，江边有柳树，固然是实景，而古人一写到柳，便与离别有关。人们往往折柳以赠行人，用作马鞭，意味着对征途的祝福。所以，好些与别离有关的名句，像"年年柳色，灞陵伤别"（李白《忆秦娥》），像"杨柳岸，晓风残月"（柳永《雨霖铃》），都写到柳树。温庭筠让词句中出现柳，无疑也是伤别的意思。他又写到，这时候残月在天，有雁儿飞过。人们都知道，雁儿随着季节南飞北归，来往奔波，所以它又被称为征雁，人们也往往用它比喻离乡别井的游子。"残月天"，是早上的景色，月而曰"残"，便带有伤黯的味道。显然，温庭筠所写江边的实景，必与离别有关。

问题是，为什么温庭筠的目光，忽然从浓艳的闺房，跳到凄清的江边？两幅景象，形成了强烈的对比。清代的张惠言认为：这江边情景，也是梦境。他的想法，是因上句有"惹梦"一语，这见解也可参考。但为什么会在鸳鸯枕上，梦见要到江边去？而且，

三、四两句,分明是实景的描写。说它是梦境,并无依据,比较牵强。

其实,房中和江上,是两幅不同的图景。上一幅画出房里的温馨,写的是室内;下一幅画出江上的清冷,写的是室外。这两幅图景叠现组接,留出的空隙,便让读者"看"到:这对在闺中梦醒的恋人,早上到了江边,面对凄清的景色,意味着要分手了。那两幅不同情调、不同风格的画面,也让读者感受到恋人情绪的变化。

下片的四句,专家们各有不同的理解,很有意思。

"藕丝秋色浅",俞平伯先生说是衣裳的颜色。"人胜参差剪",他认为是指头上的首饰。意思是说:那女子到江边送行来了,她穿着藕丝般的衣服,头上戴着的人胜,参差地摇动着。显然,俞先生也肯定上片写的是恋人分手,第六、七句便着眼于写送行者的服饰。

所谓"人胜",又称"花胜",它是饰物,是女孩的手工艺品,可以用作头饰,也可以插在屏风上。据《荆楚岁时记》云:"正月七日为人日。以七种菜为羹,剪彩为人,或镂金箔为人,以贴屏风,亦戴之头鬓。又造华(花)胜以相遗。"可见,"人胜"是人日时,女子所戴或所用的花胜。

浦江清先生的意见,有和俞先生相同的地方,但他认为"藕丝"句和"人胜"句是连在一起的,认为藕丝是指人胜的颜色。意思是说:在送别的江边,女子戴着的人胜,颜色像藕丝和秋空那样明净清爽,在头上参差不齐地摇摇晃晃。俞先生和浦先生的说法,差别不大。他们都认为这两句是女子在送行时,穿戴着好看的服饰。只是俞先生说两句分指衣色与头饰,而浦先生说两句只描写头饰而已。

不过，两位先生的解释，都有令人不解的地方。首先，藕丝怎能说是颜色呢？在色调中，确有"藕色"，那是浅灰而微红的颜色。而"藕丝"，则是透明的，无色。若照俞先生的说法，那女子穿的是透明衣服，这似不可思议。若按浦先生的解法，那么，人胜是春天人日的饰物，怎能以秋色来形容？这也似不妥。

依我看，这两句，其实是两个不同的画面。"藕丝"句，是抒情主人公回想过去与恋人在一起时，共同过着愉快生活的一个画面。那是在初秋，他们切藕消闲，莲藕有丝，秋色淡淡。杜甫有诗云"公子调冰水，佳人雪藕丝"（《陪诸贵公子丈八沟携妓纳凉晚际遇雨》），写的就是这般情态。至于"人胜"句，则是抒情主人公想起的另一画面。他记得，女子在人日那天，剪着人胜，以应时节。那些人胜，有长有短，参差不齐，或插在头上，或挂在屏风，摇摇曳曳，婀娜多姿。这两句，分别描绘两个画面，一指初秋，一指初春，它们都是对闺房生活的回忆。

关于"双鬓"句，我的老师詹安泰先生曾和我说：香红，是指荷花。他认为女子坐着小船去送行，双鬓隔着荷花。在船上，玉钗摇动，像有风吹动一样。当时，我颇怀疑：为什么"香红"会是荷花？荷花之色是红白的呀！而且，荷花长在池塘里，她怎么会在池塘里划船来送江上的游子呢？

我认为，"香红"指的是花园里的花。双鬓隔着又香又红的花，那是抒情主人公想起他所爱的女子观赏鲜花时的情景。花与面，交相辉映，是女子在室外的静态。至于"玉钗头上风"句，则是想起她在花径走动时，玉钗轻轻地摇摆，就像头上有风吹过一样。温庭筠曾写过《咏春幡》一诗，就有"玉钗风不定，香步独徘徊"

之句,写的也是美人走路的样子。

　　所以,《菩萨蛮》下片的四句,其实是四组不同的画面。一写初秋切藕,一写春天剪纸,一写园里赏花,一写花径闲行。这四组画面组接叠加,让读者透过画面之间的空隙,感悟到这是一个离去的男子,对过去幸福生活的回忆。那一幅幅室内和室外的图景,在他脑海里呈现,过去美好的时光,也历历在目。如今,他们分手了,这一来,词人愈是写他回味和女子相聚时生活的甜蜜,也愈能引发读者"看"到他对女子的牵挂和离去的伤情。这就是所谓"象外之象"。

　　这首词的写法,真像是电影蒙太奇的手法,从几组画面的间隙中,读者们可以有许多想象的空间。若以拍电影的方法来处理,那么,"水精"句,镜头可以拍摄闺房内的近景;然后镜头横移,淡入"江上柳如烟"的画面。再淡出,拍摄男子在船头凝望。接着,可以出现四个特写镜头:一切藕,二剪纸,三赏花,四散步。这组"蒙太奇"出现后,不用任何画外音,观众便会从这组镜头,产生恋人别后伤感的种种联想。

　　温庭筠的这首词,从画面组接中产生了象外之象,便属于有意境。不过,由于作者只注目于恋人的离别之情,让人想到的范围不广,也不可能很深。王国维说:"境界有大小。"(《人间词话》)《菩萨蛮》虽然写得很美,但只是小的境界,其意义也并不深刻。

境界有大小

现在，让我们看看另一首词：

箫声咽，秦娥梦断秦楼月。秦楼月，年年柳色，灞陵伤别。　　乐游原上清秋节，咸阳古道音尘绝。音尘绝，西风残照，汉家陵阙。

——《忆秦娥》

此词传为李白所写，我看未必。不过，大家一致承认其水平极高，宋代黄升称之为"百代词曲之祖"，王国维认为它"关千古登临之口"。至于它写的是什么，多数学者认为它写妇女思夫，哀伤忧虑。我觉得不是。特别是最后两句，沉雄的气氛、悲凉的笔调，均不似女性心情和口吻。把它视为思夫之作，显然未认真领悟到作者在其中营造的意境。

这词的开头，从极纤细的地方写起，首先出现箫声。箫声不同于琵琶声，不同于号角声，它吹出来的音色，是悠悠的、细细的，所以李白的《春夜洛阳城闻笛》，有"谁家玉笛暗飞声"之句。这箫声，呜呜咽咽，忽然停住，好像是把声音吞了下去似的。它优雅轻细，凄凄楚楚，韵味悠长。

由这箫声，诗人引入了"秦娥梦断秦楼月"一句。秦娥是谁？过去曾有人说指的是秦穆公之女弄玉，她所居住的地方，就叫秦楼。传说她和萧史在楼上吹笛吹箫，浪漫得很，后来两人乘凤成仙。

不过，后来秦娥已泛指一般美好的女子，秦楼也泛指一般美丽的房子。像汉乐府诗《陌上桑》便说："日出东南隅，照我秦氏楼。秦氏有好女，自名为罗敷。"这词用【忆秦娥】的词牌，可见秦娥只是泛指居住在高楼上的女子。

词人下笔即写箫声响处，秦娥梦醒。到底是箫声把秦娥惊醒，还是她梦醒后吹箫，箫声呜呜咽咽？这都可以任由读者去想象。而词人用"咽"字形容箫声，一开始就让作品出现哀怨的气氛。跟着，词人写月色照着秦楼，他强调，这月是"秦楼月"，似乎它其他地方都不照，唯独照着秦楼，是只属于秦楼的月。这写法很突兀，也并不合理，但这正是词人语言运用的精微处。不合理地强调那月只属于秦楼，恰足以表达月亮对这女子的特别关心，特别同情她一个人孤单地在楼上梦醒。而月亮的关情，反让她更加伤感。这意韵，和宋代姜夔的词"旧时月色，算几番照我，梅边吹笛"（《暗香》）相似。至于重复用"秦楼月"三字，这是词牌的定格，它固然有音律上的要求，同时，三字重复一遍，又似是反复回环、意味深长的叹息。这和下文重复用"音尘绝"的句式一样，有点题的意义。

从这少妇独守空房，只有明月为伴，诗意延伸到"年年柳色，灞陵相别"两句。

"灞陵"，在长安之东，过去人们做官或者经商，离开首都长安，便在灞桥分别。灞桥有柳树，人们扳折柳枝作为马鞭，以赠行人。"年年"，年复一年的意思。柳色，指柳条发绿，这是春天的颜色。从这两句，我们知道了秦娥在月下梦醒后想的是什么，知道了她内心的凄苦。而在长安城里，又不知有多少妇女像秦娥一样，总是伤心人生的悲欢离合。她们的男人，都是来去匆匆。年年来了，又年年走了。也许是"商人重利轻别离，前月浮梁买茶去"（白居易《琵琶行》），也许是"忽见陌头杨柳色，悔教夫婿觅封侯"（王昌龄《闺怨》）。总之，年年送旧迎新，分分合合，不能长久地聚在一起。于是这词的上片，我们看到一幅妇女伤春的图景。而词的下片，我们又看到另一组图景。

"乐游原"，在长安之南，附近有曲江池等名胜。这里地势较高，可望全城。李商隐的"向晚意不适，驱车登古原。夕阳无限好，只是近黄昏"（《乐游原》），说的就是这地方。每年的三月三、九月九，这里游人很多。清秋节，亦即重阳节。重阳要登高，登高时望远思亲，所以王维有诗云："独在异乡为异客，每逢佳节倍思亲。遥知兄弟登高处，遍插茱萸少一人。"（《九月九日忆山东兄弟》）

在乐游原上，登高西望，便能看见咸阳古道。它在长安之西，过去人们或征戍，或被贬，均由这里出发往玉门关，再赴边疆。

当词人向咸阳古道的方向远望时，只见这里竟是"音尘绝"。道路上一片静悄悄，没有飞扬的尘土，看不见人影。那些西出阳关的人，无论是征战者、流放者，或是出使西域者，总之，那些前往艰难困苦之地的人，都不见踪影，人们看不见他们有回来的希望。

再向西望去，就只见"西风残照，汉家陵阙"了。这两句写得气象沉雄，情感凝重。词人登高望去，不见来者，但见在肃杀的西风中，太阳下山，一片血红。落日余光，照见汉朝的王陵。这里埋葬着曾经显赫一时的逝者，而过去的尊荣与辉煌，如今安在？陪伴他们的只是一派惨淡荒凉的景象。

"汉家陵阙",在咸阳以西,有汉高祖的长陵、汉惠帝的安陵、汉景帝的阳陵、汉武帝的茂陵、汉昭帝的平陵等。但是,唐代人说到汉朝时,往往实即说唐代,如"汉皇重色思倾国",便是说"唐王重色"。唐代的陵阙,也在咸阳之西,像唐高祖的献陵、唐太宗的昭陵、唐高宗的乾陵、唐睿宗的桥陵等。词人说"汉家陵阙",也包括了唐家陵阙。那一朝朝、一代代,无论是开国皇帝、明主,还是昏君,而今都成了尘土,陪伴着他们的就只剩"西风残照"。在这里,词人透露出对兴亡盛衰的无限感慨。杜牧曾有《登乐游原》一诗,说到"看取汉家何事业,五陵无树起秋风",意思与此相近,但意象远不及这首沉郁。

《菩萨蛮》的上片,词人让我们看到的图景是——楼里思念。

地点:长安之东。

时间:春天晚上。

人物:女子。

事件:她思念离去的亲人。

于是,词人让读者想到,人间遍地的悲欢离合。

词的下片,词人让我们看到的图景是——登高感怀。

地点:长安之南。

时间:秋天黄昏。

人物:男子。

事件:登高者向西遥望,有感于古往今来,多少人离开长安,有去无回;多少灿烂辉煌,留下的只是荒凉冷落。

逝者如斯,于是,词人让读者引发出兴亡盛衰之感。

很明显，词的上下两片，是两幅完全不同的图景。作者的高明之处，就在于把这两幅不同的图景组接起来。他没有直接抒发感情，但在图景组接的空隙中，读者会很自然地引发出在图景以外的感知，感悟到长安的不同角落，日日夜夜，笼罩着少妇伤春、壮士悲秋的情绪。由此也就认识到作为政治经济中心的唐代首都长安，别看这里通衢辐辏，殿阁巍峨，红牙象板，纸醉金迷，其实，生活在首善之区各个角落的人，日日夜夜，面对春月秋风，都难以掩盖内心的种种遗憾，总不免经历悲欢离合，阅尽兴亡盛衰，体会到人生的酸甜苦辣。由于作者巧妙地把两幅意象不同却又有内在联系的图景组接在一起，其间留下的一大片空隙，便产生了外延的张力。这"自家势力所及之境土"，引发读者无穷无尽的联想，它"使人思而得之"，从而扩展为对人生、历史的反思。显然，由长安的秦楼明月之象、咸阳古道之象，派生出的象外之象，就是作者通过虚实结合的艺术手法，通过类似电影蒙太奇般的画面组接，从而产生的意境。

《忆秦娥》所写的内容，以及它所能引发人们思考的领域、涵盖的时空，远非温庭筠的《菩萨蛮》可比。它能引导人想象于无穷，所以属大意境。有大意境者，是创作水平最高的作品，不愧为千古绝唱。

在创作中描绘具体的意象，这是实写；通过一定的方法为读者留下联想、想象的空间，这属虚写。能巧妙地结合虚与实产生的意境，是东方文化智慧的表现，是我国文艺创作传统的精粹，值得我们认真地承继发扬。

近年来，人们常常谈及推动学术界和国际接轨，这是必要的。

但东方文化和中华民族的传统，本身有其发展的轨迹，我们要理解、研究中国的文艺创作。我们这些长期生活在神州的土地上，长期接受传统文化浸润，本身具备东方智慧基因的人，不应妄自菲薄，也应让世界向我们接轨。

在文艺创作中，如何建立审美主体、审美客体以及审美受体之间的联系，如何解决作品客观形象与读者主观参与的对立包容，一直是世界性的难题。西方的作者和理论家，也一直在摸索，但一直没有得到妥善的解决。他们知道过于实在的描写存在缺憾，又找不到可以解决的方法，于是，抽象主义、表现主义甚至各种稀奇古怪的方法大行其道。总之，在长期把"虚"与"实"，主体与客体视为互不相容的思维定式中，西方许多作者的艺术表现，要么过虚，要么过实，要么虚与实互不搭界，这种情况的出现，表明了包括毕加索在内的艺术家，常处于创作的困惑状态中。在这方面，我国古代文艺创作以虚实结合为核心，延伸为意境的审美思想，可以为世界文坛提供宝贵的经验。

《沉醉东风·秋景》

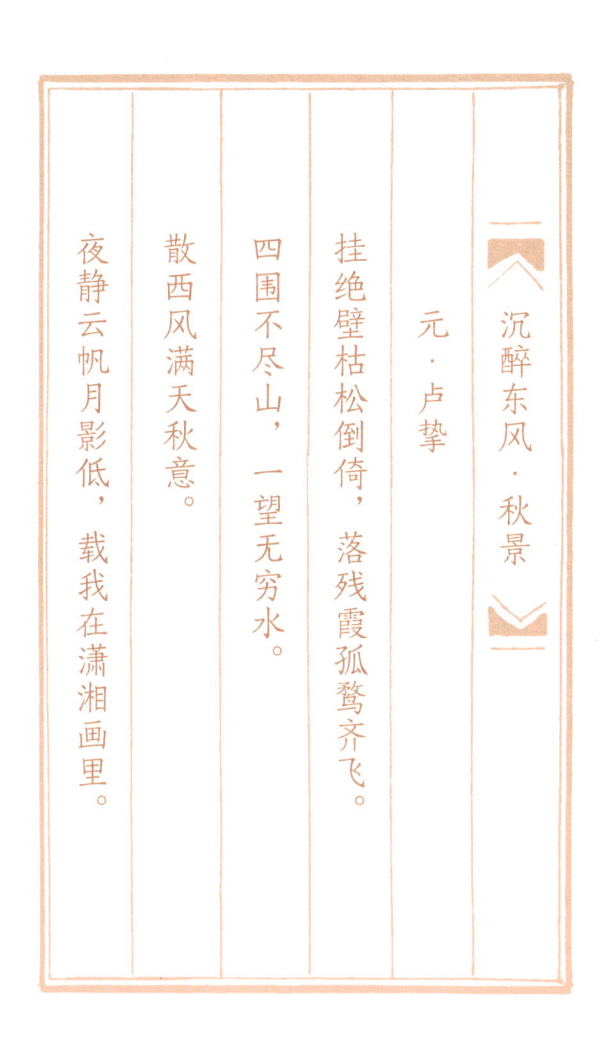

元·卢挚

挂绝壁枯松倒倚,落残霞孤鹜齐飞。
四围不尽山,一望无穷水。
散西风满天秋意。
夜静云帆月影低,载我在潇湘画里。

书者简介

田炜:
中国书法家协会会员。
中山大学中文系 1999 级校友。

娃別煙枯葉對倚
落棧霞舒龍飛
三圓不盡上一軌艱
窮水盜白鸞滿天
懸書如觀元駭口
吊生載我十燎湘
書會 事藝沈破
東風秋來乙未四堵

第十讲　散曲的滋味

散曲的体制

上面我们说的多是诗和词,而在传统的诗歌创作体裁中,还有"散曲"一体。

近代以来,以传统诗词体裁进行创作者,渐渐少了。特别是散曲,一般人往往把它遗忘,诗人们也更少用这种诗歌体裁写作。直到 20 世纪 60 年代,中苏两国交恶,赵朴初先生在《人民日报》以散曲的体裁发表了《某公三哭》,讽刺"修正主义"和赫鲁晓夫,全国报刊纷纷转载,这才引起了人们对"散曲"的注意。

其实,在元、明、清三代,特别是元代,散曲是相当流行的诗体,成就也很高。据任讷先生在《散曲概论》中统计,仅元代散曲的作家,可考者便有二百二十七人。

散曲,是在金元之际才兴起的诗歌体裁。王国维说过"一代有一代之文学"(《宋元戏曲考·序》)。唐、宋、元的诗歌体裁,人们也常归纳为"唐诗、宋词、元曲"。元曲,固然多指元代的戏曲作品,但也包括散曲在内。

散曲和戏曲,其曲词都是根据一定的曲牌写作,就如宋词要按词牌填写一样。但戏曲有情节、有人物，主要用于叙述故事，而散曲主要用于抒情。这一点，它和诗、词的功能，是一致的。可以说，在封建时代后期的诗坛里，散曲与诗、词呈现出三足鼎立之势。

关于散曲的源流和体制，我在《元明清散曲精选》（江苏古籍出版社1992年版）一书的前言中有过简略的说明。时隔多年，书不易得。为方便大家起见，索性复述我的看法。

顾名思义，"曲"是用来歌唱的。散曲的音乐建制，由"宫"和"调"合成。"宫"，等于今天音乐术语所指的"音调"，如A调、C调之类。而散曲所指的"调"，其实就是"曲牌"，是由一定旋律、节奏组成的乐曲，像今天粤曲中的《赛龙夺锦》《雨打芭蕉》《步步高》那样。每一首散曲，因吟唱时要和乐器配合，就离不开"宫"和"调"，也说明这种文学体裁和音乐的共生关系。

散曲有北曲和南曲两大类别。但无论是北曲还是南曲，其曲调的源流，主要来自民间。北曲流行于我国北部和中部地区，当地民歌和西部少数民族的曲调，构成了北曲的声腔系统。南曲则流行于东南沿海一带，当地的村坊小调、巷里歌谣，则是构成南曲的基础。

散曲之所以被称为"散"，一般可以从下列两个方面理解。一是它在语言方面，既和诗词一样，注意音步、平仄和押韵的有序排列；而在押韵方面，只需韵母相同的字，无论属平声韵还是属上、去、入声，都可以通押。例如，马致远的《天净沙·秋思》："枯藤老树昏鸦，小桥流水人家。古道西风瘦马，夕阳西下，断肠人在天涯。"其中"鸦""家""涯"属平声韵，"马"则属仄声韵，两者可以通押，这比诗和词在押韵方面，宽松了许多。同时，散曲又吸收了散文不受限制、自由灵活的特点，往往会呈现出口语化以及曲体的某一部分音节散漫化的状态。

其次，在艺术表现方面，散曲比诗和词更多地采用"赋"的方式。所谓赋，是指铺陈和叙述，这是散文创作中最基本的功能。正因为散曲比诗、词更具韵文与散文结合的趋向，因此，从总体的格调看，多数散曲作品，显得比诗和词尖新直露，生动活泼。

散曲融合散文形态的标志之一，是它可以增加衬字。在曲牌中，每句的字数是有所规定的。而所谓衬字，则是在曲牌中句子规定字数之外，由作者自行增添的字。例如北曲的正宫【塞鸿秋】，其曲牌末句，依格本是七个字，但贯云石的《塞鸿秋·代人作》末句是"今日个病恹恹刚写下两个相思字"，变为十四个字了。那么，本格七个字之外的另七个字，就属衬字。换言之，除"病恹恹写相思字"七个实字以外，其他七个字都属衬字。

一般来说，北曲句中的衬字可多可少，南曲则有"衬不过三"的限制。另外，衬字只能加在句子的开头或中间，不能加在句子之后。但不管怎样，增加衬字，在文学上明显具有让诗的语言口语化、俚俗化，使曲意更加明朗活泼、穷形尽相的作用。例如关汉卿的【南吕】《一枝花·不伏老》一曲，把"我是一粒铜豌豆"这定格的七个字，增加衬字，成为"我是个蒸不烂煮不熟捶不扁炒不爆响当当一粒铜豌豆"。这一来，整句显得豪放泼辣，把"铜豌豆"的性格表现得淋漓尽致。

一般来说，散曲在曲的本格外添增的衬字，多属虚词，即多为副词、连词和介词。据马建忠在《马氏文通》中说："凡字，有事理可解者，曰实字。无解而唯以助实字之情态者，曰虚字。"在散曲中，由于增加了衬字、虚字，便增强了诗句中语法的逻辑性，使诗意有更明晰的表达。这一来，也在一定程度上影响了诗歌作者的思维模式，让他在写作时可以适当放开手脚，少了一些约束。加上散曲可以选用大量通俗的、口语化的词语，于是，形式反过来影响了内容，让散曲这特定的诗歌体裁，不同于绝句、律诗和词的审美追求。它不需要考虑"温柔敦厚""怨而不怒"之类的框框，而更推崇直抒胸臆、清新活泼、尖利豪辣的格调。

散曲的篇制，又分为小令、带过曲、套数几种。小令源于唐代的酒令，相当于词的一片，是散曲编制的基本单位。一支曲调，通常就是一首小令。如果意犹未尽，可以在宫调相同、音律衔接的基础上，再用一、二首曲牌，组成一篇，这就叫"带过曲"，如【雁儿落带得胜令】【骂玉郎带感皇恩】【采茶歌】等。带过曲的容量，比小令大，不过它最多只能使用三个曲牌。如果要写更多的内容，就要用"套数"了。所谓"套数"，是由同一宫调的若干首曲牌联合而成，各曲均要押同一的韵部，结尾部分有尾声，在音乐和内容上首尾呼应，构成一个整体。

自从散曲兴起以后，作者如林，作品也呈现出不同的风格。清代刘熙载在《艺概·词曲概》中，把散曲分为三品：一曰清深，二曰豪旷，三曰婉丽。这划分基本上是准确的。这三品，就像是三原色，而不同的色调，也能互相融合、渗透，调制出万紫千红。

豪辣真率的特色

一般来说，元、明、清三代，在每个时代的前期，散曲风格以豪旷居多，也更能显出真率自然的曲味。每到中后期，则以婉丽居多，有时还会伤于雕琢，甚至和词的写法相差无几。在这里，我只着重介绍一些具有豪辣真率风格特色的作品。

在元代，张养浩有一首散曲，写得感情真切，气势沉郁。

> 峰峦如聚，波涛如怒，山河表里潼关路。望西都，意踌躇。伤心秦汉经行处，宫阙万间都做了土。兴，百姓苦；亡，百姓苦。
> ——《山坡羊·潼关怀古》

张养浩是山东人，当过监察御史，以性格直率、敢于揭露时弊著称。晚年他在陕西赈济饥民时，写了九首怀古的散曲。这一首最为人称道。

开首两句，以"聚"字和"怒"字，形容陕西潼关一带的景色，显得气势雄浑。宋代词人王观曾写过《卜算子·送鲍浩然之浙东》一词，有"水是眼波横，山是眉峰聚。欲问行人去哪边？眉眼盈盈处"之句。张养浩说"峰峦如聚，波涛如怒"，也吸收了王观的写法，但强调山峰像有意地堆聚在一起，波涛像愤怒地沸腾，意象显得凝重而沉雄。这概括山河景色的两句，其实是作者心情的反映。他看到人间的不平，对现实十分不满，便觉得陕西潼关一带的山山水水，也攒眉怒目，愤懑地横在眼前。那强烈的感情、沉郁的声调，产生闷雷滚动般的艺术效果，让人心魂震撼。

像一锤定音般突出景色的豪壮以后，作者才说明：他是走在潼关附近的道路上。"山河表里潼关路"，潼关一边是高山，一边是大河，形势险要，历来是兵家必争之地，多少次关系着兴亡的战斗，都在这里展开。从潼关向西，"望西都，意踌躇"，西都指长安，它是好几代王朝的首都。作者登高远望，不禁思潮起伏，怀古伤今之情油然而生。他遥望那一带秦代人、汉代人，乃至历代人曾经走过的道路，到如今，道路上千万间巍峨的宫殿，已成尘土，每个王朝，也都灰飞烟灭。诗人感到，历史在他面前一页页地翻开，无情地宣示王朝更替不可避免的现实。

写到这里，诗人从潼关联系到长安，联系到兴亡，思绪越来越深刻了。更令人意想不到的是，他不只一般地抒发兴亡之感，而且一针见血地揭示出朝代兴亡背后的历史真谛："兴，百姓苦；亡，百姓苦。"这八个字，鞭辟入里，精警异常，恰如黄钟大吕，振聋发聩。确实，在封建时代，无论是统治者争权夺利，还是在残酷的战争中，受罪遭殃的，都是老百姓。作者在全曲的最后，以排比的句式重复喟叹，使人陡然一惊，使全曲闪烁着耀眼的思想光辉。而从张养浩对历史本质的认识，从他对人民的态度，我们回过头来看看这曲的开首两句，当可理解为何他在豪壮的山河面前，抚今追昔，显得心情沉重，郁勃难舒了。

现在，我们不妨把张养浩的《山坡羊》，和上面说过的《忆秦娥》做一对比，便可发现，虽然它们都写到朝代兴亡，都为历史无情的消逝而感慨万千，但是，《忆秦娥》只说到"汉家陵阙"落在"西风残照"之中，至于这景色意味着什么，作者留给读者自己体悟。

《山坡羊》便不同了，它直率地一针见血地戳穿历史的本质，不留任何余地。从这两首同是抒发怀古情绪的作品中，我们也可感受到散曲和词这两种体裁，在风格上的差异。

有些散曲作品，其思想的直露，甚至用不着解释。例如马致远的【双调】《拨不断·叹寒儒》：

> 叹寒儒，谩读书，读书须索题桥柱。题柱虽乘驷马车，乘车谁买《长门赋》？且看了长安回去。

在元代，相当长的一段时期内，没有举行科举考试，许多知识分子感到没有出路，怀才不遇，便满腹牢骚，认为"读书无用"。这曲首句说"叹寒儒"，其实是寒儒的自叹。自叹的原因，是枉读了诗书。诗人认为，读了书，就应有远大的志向。曲中的题桥柱、驷马车、《长门赋》，用了汉代司马相如的典故。据说司马相如在未得志时，从成都赴长安，出城后，在升仙桥的柱上题字："不乘驷马高车，不过此桥。"（《华阳国志》）表示若得不到金榜题名，誓不回来。后来，陈皇后被汉武帝冷落，幽废在长门宫。她便以黄金百斤作稿酬，请司马相如写了一首《长门赋》，让皇帝有所感悟。这件事，被封建时代的知识分子作为文人得志，可以待价而沽的美谈。

不过，马致远认为元代的知识分子没有司马相如那样幸运，当时的状况是，朝廷不重视知识分子，正如无名氏在散曲《朝天子·志感》说的："不读书有权，不识字有钱。"这一来，即使饱读了诗书，又有什么意义？即使有像司马相如那样的才华，又能有谁赏识？在曲的最后，诗人撇下了"且看了长安回去"一句，意思是说，如果到了长安，不要有所奢望，姑且逛它一逛，当作旅游，便打道回府吧！这在轻蔑中又表现出无可奈何的话，活画出"寒儒"的心态，一点儿不含蓄，实话实说。散曲这种体裁，是可以用直白露骨的语言来显示感情的。

这曲的妙处，还在于它巧妙地运用顶真的句式，即以上句句末的词组，作为下句的开头。例如第二句说"谩读书"，第三句便是"读书须索题桥柱"，第四句接着就是"题柱虽乘驷马车"，句与句首尾勾连。运用这样的句子形式，显得一气呵成，既能使意思一层深似一层，又能表达出诗人如骨鲠在喉，不吐不快的情绪。

有些散曲的格调，平白如话，用语极为通俗，取材多是日常生活。像冯子振的【正宫】《鹦鹉曲·农夫渴雨》。

年年牛背扶犁住，近日最懊恼煞农父。稻苗肥恰待抽花，渴煞青天雷雨。
【幺】恨残霞不近人情，截断玉虹南去。望人间三尺甘霖，看一片闲云起处。

这曲上半段写大旱出现在稻苗恰待抽花之际，正需雨水，但老天爷就是不下雨。下半段写农夫渴望降雨的心情，他们仰望天空，只见残霞飘忽。按气象常识，这表明天色还要继续晴朗。于是，农夫对雨的渴望，便转化为对云霞的恼恨，恨它把彩虹隔断，赶跑了雨。这样的恼恨当然无理，却能真切地表露农夫的焦虑之情。结句忽起波澜，说看到闲云升起，似乎预报有雨的消息，于是在绝望中又看到了一丝希望。这曲写出了人民在大旱中望云霓的心情,既平白真率,又诗意盎然。

有些散曲,写得生动活泼,其格调简直就像民歌。像卢挚的【双调】《折桂令·田家》:

> 沙三伴哥来嗏,两腿青泥,只为捞虾。太公庄上,杨柳阴中,磕破西瓜。小二哥昔涎剌塔,碌轴上淹着个琵琶。看荞麦开花,绿豆生芽,无是无非,快活煞庄家。

这是一幅农村夏日野趣图。作者选用日常的劳动场面和生活细节,表现农村的夏景,写得饶有风趣。你看,烈日当空,沙三(元曲常用作称呼农民的名字)走过来了,在河里捞捕鱼虾,上得岸来,两脚还拖泥带水,便赶紧跑到阴凉的柳荫下,砸开西瓜来吃。"磕破"二字,活画出农民劳动之余唇干舌燥,急不可待吃瓜解馋的神态。旁边,一个肮脏的小孩子,颈小肚大,浑身湿漉漉地靠在晒场的石磙子上,看着大人吃西瓜,垂涎欲滴,活像"淹着个琵琶"。他们活动的姿态,构成了整个图景的支点,栩栩如生。此外,作者还写到村边开花的荞麦、出芽的绿豆,作为人物的烘托,使整个画面洋溢着淳朴自然的泥土气息。最后两句,是对农家生活的赞美。作者强调农家"无是无非",是从侧面透露出对尔虞我诈官场生活的厌恶。这首曲,用语俚俗,洗尽铅华,而天机自露,使人读来趣味盎然。

当然,卢挚的散曲,也并不是每一首都洗去了文人的笔意,像他的【双调】《沉醉东风·秋景》,就用了另一种笔墨:

  挂绝壁松枯倒倚，落残霞孤鹜齐飞。四围不尽山，一望无穷水。

  散西风满天秋意。夜静云帆月影低，载我在潇湘画里。

  这曲化用了李白《蜀道难》的"枯松倒挂愁绝壁"和王勃《滕王阁序》的"落霞与孤鹜齐飞"，饱含着文人的笔意。但不管怎样，这曲尽量把作者所看到的"秋景"写透，一点儿也不含蓄。而我们可以从卢挚选取的画面里，看到他潇洒舒畅的心情，看到他爽快地尽情地抒写景色。这就是散曲所特具的滋味。

  散曲也有描写男女爱情的作品。例如做到参知政事、枢密副使的商挺，算是顶大的官儿了，而他写过的一首【双调】《步步娇·带月披星担惊怕》，竟让你意想不到的浅俗。

  带月披星担惊怕，久立纱窗下，等候他。蓦听得门外地皮儿踏，则道是冤家，原来风动荼蘼架。

  这曲写少女幽会时忐忑不安的心情。作者首先点出赴约的时间，也约略勾勒约会的环境：星月朦胧，夜阑人静。少女一个人站在黑黝黝的阴影里，不由得担惊受怕，怕而又"久立纱窗下"，更显得心情紧张，一直忍受着时间的煎熬。第三句"等候他"，简洁明了。此语一下，表明了少女又惊又怕却长久地站在纱窗下的原因。她心情紧张，又充满希望，是纯真的爱情给了她勇气。

  上三句，是作者以白描的手法对少女形象做静态的描写。下面两句，气氛忽变，作者写她突然听到声响，紧张的心情一下子舒缓了。夜深人静，地面上有响声，除了是她要等候的人来了，还有什么？于是，幸福的喜悦、长久站立的懊恼，一齐涌上心头，"冤家"两字，准确地传达出她爱憎交集的心态。

在结句，作者写少女的心情又有一变，"原来风动荼蘼架"。那地上的声响，根本不是脚步声。少女的神经过敏，使人失笑，而她那思慕之深、期待之切的感情，通过这出现错觉并且颓然失落的细节，便曲曲传出。

这首散曲，写得很通俗，而意味隽永。作者描写人物内心的变化，在笔法上极尽腾挪变化之能事。它很典型地描画出封建时代追求爱情的青年，那种畏怯、幻想、渴望、失望的复杂心理。

商挺的《步步娇》抓住少女在窗下等待情人的细节，生动地把她的心理状态和盘托出。整首曲写得真率透彻，生动活泼，很能体现散曲这一体裁的风格特色。若就取材而言，它和李白的一首五绝《玉阶怨》，十分相似：

玉阶生白露，夜久侵罗袜。
却下水晶帘，玲珑望秋月。

李白写的也是一位女性在窗外等候情人的情景，她站在窗下，月光照着玉阶上的露水，就像白雪生在地面上。等久了，露水把她的袜子也打湿了。等呀等呀，要等的人还没有来。她失望了，只好回身走进屋里，放下了水晶帘子，可又忍不住回头望着那玲珑的秋月，在透明的月光下发呆。

在李白笔下，窗内窗外，月色掩映，一切都是透明的、纯洁的，唯独这女性的内心世界，却不易看得明白。为什么她还要望月呢？是继续等待吗？是想到月圆人未圆吗？是想到月里嫦娥的孤单吗？也许，这种种思绪，都在她心底里混在一起；也许，是李白借此表白自己对皇帝的期待。总之，阶前窗下透亮皎洁的光影，是衬托她内心的纯净，还是反衬她内心的阴暗？这诗细腻而含蓄的意味，留给读者自己去揣度。

我们把这题材相近的两首作品放在一起，便可以清楚地看到它们各自的表现特色。商挺的《步步娇》，少女的感情也是细腻的、复杂的，但又是直白的、真率的。这首曲，很能体现散曲作为一种文学体裁的审美追求。

《高祖还乡》的喜剧性

丹麦作家安徒生，写过一篇叫《皇帝的新装》的童话，成为世界名著。在元代，我国散曲作家睢景臣，写过套曲【般涉调】《哨遍·高祖还乡》，题材和它也有相似的地方。如果说，《皇帝的新装》有深刻的寓意，那么，《高祖还乡》则以辛辣的笔墨、尖刻的讽刺，直截了当地脱下了皇帝的新衣，揭穿了包括汉高祖在内的皇帝的真面目。

根据历史记载：汉高祖刘邦，沛县丰邑（今属江苏）人，出身下层，曾当过泗水亭长之类的小吏。秦代末年，陈胜、吴广领导的农民起义爆发。刘邦趁机带领群众，反抗秦朝，在群雄四起、逐鹿中原的斗争中，取得了胜利，成为汉朝的开国皇帝。

据《史记·高祖本纪》载，公元前195年，即刘邦称帝十二年后，天下大定，他便回到故乡沛县，召集父老亲朋，畅聚一番。"沛父兄诸母故人日乐饮极欢，道故旧为笑乐。"酒酣耳热之际，他击筑高唱《大风歌》："大风起兮云飞扬，威加海内兮归故乡，安得猛士兮守四方！"在故乡停留了十多天，他意气风发，得意得很。

"衣锦还乡"是农业社会宗法制度下，人们的普遍心理。人们从小守着故乡的田地，生活在狭小的圈子中，一旦取得成就，很自然要回到故乡的土地，或对出生地表示感恩，或对邻里亲旧夸耀自己的成就，光宗耀祖。和刘邦争夺天下的项羽也说过："富贵不归故乡，如衣绣夜行。"（《史记·项羽本纪》）可见，在封建时代，历代帝皇衣锦还乡的行为、观念，十分普遍。在元代，历朝皇帝每年都要回到其祖宗发迹之地开平（上都），祭祀一番，巡游一番，风光一番，而皇帝率领大队人马招摇过市的盛举，必然兴师动众，加重人民的负担，让老百姓付出沉重的代价。

当然，皇帝衣锦还乡，一路上威风凛凛，扰扰攘攘，也历来被一些人视为佳话，文人雅士们更是津津乐道。像元代杂剧作家白朴便写过《高祖归庄》，张国宾写过《汉高祖衣锦还乡》。但是，睢景臣这首套曲，却把汉高祖的衣锦还乡嘲弄一番，这实在是发人之所未发。钟嗣成说它"制作新奇"，说同类题材的作品，"皆出其下"。显然，钟嗣成是注意到这一套曲，别开生面，与众不同，注意到其立意和视野的独特性，因而给予高度的评价。

这套曲的第一首曲子是【哨遍】：

> 社长排门告示，但有的差使无推故，这差使不寻俗：一壁厢纳草除根，一边又要差夫，索应付。又言是车驾，都说是銮舆，今日还乡故。王乡老执定瓦台盘，赵忙郎抱着酒胡芦。新刷来的头巾，恰糨来的绸衫，畅好是妆幺大户。

这首散曲与众不同的地方，在于选取一个没有多少见识的村民，从旁观者的角度，以嬉笑怒骂的口吻，看待高祖还乡的盛事。

史载，元代以五十家为一社，选乡绅为社长。这旁观者，当是社里的一个普通村民。他说：社长挨家挨户地张贴告示，通知所有由上头派下来的差使，任何人不得借故推托，大家必须好好应付。于是把大家直忙得屁滚尿流。在这里，作者接连使用"一壁厢""一边""又言""都说"等词语，把村里忙忙乱乱、闹闹吵吵的气氛表达出来了。这村民便心里嘀咕：这次的差使不比寻常，一边要大搞清洁，一边又大派公差。没奈何，这些烦事都只得好好应付，但心里实在老大不高兴。

到底有什么事呢？人们议论纷纷了，有人说是大官来了，后来又都说是皇帝的车驾銮舆来了，说是当朝皇帝汉高祖还乡来了。他又看到，村里一些有头有脸的人物，有捧着台盘、酒壶伺候的，有打扮得端端正正，穿起新衣新帽去迎接的。而在这小小的老百姓看来，那批大户人家，装模作样，做张做智，惺惺作态，扭扭捏捏，实在是可笑得很！"畅好是妆幺大户"，这段的最后一句，明显流露出对那批村长里正恭候皇帝，等着拍马屁、抱粗腿的讥讽口吻。

就在大伙儿扰扰攘攘探头探脑的时候，好戏开场了。第二曲【耍

孩儿】的头两句是:

> 瞎王留引定火乔男女,胡踢蹬吹笛擂鼓。

这旁观的村民又看到,那懵懵懂懂像瞎了眼睛的王留(王留,元曲中常用作乡民的诨名),引着一伙不三不四的男男女女,乌七八糟地吹吹打打,胡蹦乱跳,像是耍猴戏一般,迎接皇帝的人马进村。于是,有一支队伍来了:

> 见一彪人马到庄门,匹头里几面旗舒。一面旗白胡阑套住个迎霜兔,一面旗红曲连打着个毕月乌,一面旗鸡学舞,一面旗狗生双翅,一面旗蛇缠胡芦。

这段曲文十分有趣,它写在那未见过世面的村民眼中,那彪人马举着各式各样稀奇古怪的旗帜进入村庄。那些旗,有用胡阑("环"的合音)套着白兔的,有用曲连("圈"的合音)套着乌鸦的。这两面旗,其实是日旗和月旗。这村民又看到,有凤凰旗、飞虎旗、龙吐珠旗。在统治者看来,这些旗各有象征,神圣威武。而在这旁观的村民眼中,它们不过是鸡学舞、狗生翅、蛇缠葫芦之类莫名其妙的货色。接着,作者写这村民看到各式各样的仪仗,列队进村了。

> 【五煞】红漆了叉,银铮了斧,甜瓜苦瓜黄金镀。明晃晃马镫枪尖上挑,白雪雪鹅毛扇上铺。这几个乔人物,拿着

些不曾见的器仗,穿着些大作怪衣服。

这村民看到,一些人举着他似曾相识而又奇奇怪怪的家伙,走了过来。在他眼中,这些显示皇帝身份和威严的仪仗,和村里用的农具,实在也差不多。这些古怪离奇的东西,让他看得似懂非懂,莫名其妙。值得注意的是,作者把皇帝庄严神秘的仪仗,和村民日常所见的作物、农具联系起来。这看似是表现村民未见世面,没有知识,显得很滑稽,其实,也是把皇帝的"卤簿"打回原形。说实在的,那些五光十色的仪仗、图腾,貌似堂堂皇皇、辉辉煌煌,说穿了,不过是把人们日常所见的事物神秘化、夸大化。那旁观村民的无知,固然让人忍俊不禁,但也戳穿了皇帝仪仗队可笑的实质。

下面,作者顺势写了皇帝那侍从的人马:

【四煞】辕条上都是马,套顶上不见驴,黄罗伞柄天生曲。车前八个天曹判,车后若干递送夫。更几个多娇女,一般穿着,一样妆梳。

如果说,上几曲写皇帝的仪仗队,在天真的村民看来既觉得奇奇怪怪,又觉得它不过是日常所见事物的"妆幺";那么,这一曲便写这直率的村民,看出这彪人马确又与众不同了。你看,一般农家,是用驴子来拉车的;而这支队伍,都是以马来驾车,装备显得很有来头。而且,车前又有八个一脸严肃像判官模样的角色,车后又跟着大批侍从,一大批穿着同一样式衣服的妇女。

可见，那批人物很不寻常，也让这村民不得要领，不得不要看个究竟。

【三煞】那大汉下的车，众人施礼数。那大汉觑得人如无物。众乡老展脚舒腰拜，那大汉挪身着手扶。

在村民眼中，主角出场了。他走下了车，众人立即行礼，可是，那大汉视若无睹，气派十足；等到乡里的父老，奴颜婢膝、展脚舒腰地叩拜，那大汉便挪身扶起，又显得颇为谦和了。这时候，那旁观的村民觉得颇有点儿意思。紧接着，曲子语势忽转：

猛可里抬头觑，觑多时认得，险气破我胸脯。

突然间，这村民抬头望望那大大咧咧的汉子，看了一会儿，便认出他了。而一旦认出那家伙，这老实巴交的村民便气炸了。他禁不住要揭他老底：

【二煞】你须身姓刘，你妻须姓吕，把你两家儿根脚从头数：你本身做亭长耽几盏酒，你丈人教村学读几卷书。曾在俺庄东住，也曾与我喂牛切草，拽坝扶锄。

这支曲，作者让村民一再使用"你"字，写出了他指鼻子数落刘邦的神态。那村民说：你刘邦算是什么东西？你的根底，我知道得一清二楚。他历数刘邦不过是个贪吃酒的亭长，刘邦的岳父不过是教村学的塾师。而且还指出，刘邦还做过他的帮工，没有什么了不起！这村民越说越气，他还想起，这刘邦不过是个无赖之徒：

【一煞】春采了桑，冬借了俺粟，零支了米麦无重数。换田契强秤了麻三秤，还酒债偷量了豆几斛。有甚胡突处？明标着册历，见放着文书。

这旁观村民认为，说那刘邦是个无赖，是有根有据的。他说到刘邦欠了他什么、借了他什么、偷了他什么，言之凿凿，件件桩桩，毫不含糊，都记录在案。他说刘邦想要抵赖，是办不到的！最后，这村民很想不通，他唱道：

【尾】少我的钱，差发内旋拨还；欠我的粟，税粮中私准除。只道刘三，谁肯把你揪捽住？白甚么改了姓更了名，唤做汉高祖！

他觉得刘邦很可笑，认为刘邦欠了他的钱，想要还债不是很容易吗？他竟然还为刘邦出主意：从那些不想出官差用来抵押的款项里拨些出来，不就可以还清债务了吗？私下扣除税粮，不就可以归还欠他的粟了吗？那村民越想越气，便责备刘邦是条糊涂虫，说：你这家伙直说我是刘三，不就可以了吗？有谁肯为丁点儿的事，出来揪住你呢！你何必白白改名换姓，把自己的名字唤为汉高祖？在那村民眼中，刘邦实在是个蠢东西。

睢景臣这首散曲，极具喜剧色彩。本来，皇帝衣锦还乡，在一般人看来，是旷世难逢的盛事。但作者却巧妙地揭露了封建统治者虚伪的本质。他选取一个天真直率而又有点无知的村民作为旁观者，在这旁观者眼中，无论是欢迎的队伍，还是各式各样的仪仗，都显得无聊而胡闹。他把金挝钺斧看成普通农具，把旌旗上的庄严图案看成日常所见的鸡狗；他还以为刘邦不想还债，回乡时才改名换姓。这一切，都令人忍俊不禁。但是，作者越是写村民的无知和滑稽，就越是把封建统治阶级装腔作势的面目打回原形。特别让村民说这刘邦其实是个无赖，揭穿他的老底。这一来，皇帝的"新装"，被脱下来了；皇帝的威风，也扫地以尽。

按照元朝的法例，"诸乱言犯上者处死，仍没其家"（《元史·刑法志》）。睢景臣的《高祖还乡》，写的是汉朝皇帝的事，虽然是以嬉笑怒骂的笔墨，把皇帝老子揶揄讽刺一番，似与现实无关。看来，这一是元代的文网较疏，二是元代统治者也没有抓住睢景臣的把柄，奈何不得。但是，由于曲中使用不少元代的名词话语和有关体制，因此，聪明的读者绝不会觉得它与现实无关，会懂得睢景臣一定是有感而发。事实上，世世代代，历朝的统治者都有不可一世，到处炫耀，借以神化权威、巩固地位的心理和行为，睢景臣巧妙地通过似是无知的百姓，揭穿皇帝的本来面目，这就不仅仅是讽刺刘邦一个人的事。从这一点来说，《高祖还乡》的意义，实在非同小可。

这一首套数，从写村里做欢迎高祖还乡的准备，到仪仗队入村的架势；从写乡绅的奉承，到刘邦的下车；从那村民识破刘邦时的气愤，到他历数刘邦的根底，最后还闹出误以为刘邦为了逃债，改名为汉高祖的笑话。整个场面,一步一步地铺陈展开。在语言方面,朴实通俗而又幽默活泼。整首曲的格调,很能体现散曲这种体裁的审美追求。

铺陈展开,豪辣尖新,通俗真率,这是散曲这一诗歌体裁的特有滋味。

附录　把韵律安排得更艺术些
——论传统诗歌的声调和新诗的格律性问题

新诗要不要格律？要采取什么样的格律？文坛上出现了种种不同的见解。下面，来谈谈我的看法。

一

不少同志认为建立一套新的诗歌格律，便会束缚人们的思想，使创作受到限制，给诗歌套上框框。我不同意这种观点。

我认为，每一种艺术体裁，对创作总是有一定约束的。以电影艺术而言，作者可以缩万里为咫尺，现纤毫如泰山；可以"颠倒"古今，变化万千，在各种各样的艺术体裁中，电影应算最"自由"的了。然而，银幕上的黑边，不就是它的"框框"吗？这框框限制着电影作者，要求他必须在框框里呈现画面，表现思想。不要这框框，反而不行，镜头一旦超出了黑边，观众就什么也看不见，电影便不复存在。所以，这限制着电影作者的框框，又是电影作为一种艺术体裁不可缺少的条件。可见，任何一种艺术体裁，包括诗歌在内，如果在形式上没有一定的约束，就如同取消了这种体裁，取消了其艺术性。

体裁的约束，对作者来说，除了有不便的一面外，也还有方便的一面。例如，规定诗歌必须押韵，自然会使作者在找寻韵脚时花费些功夫；不过，正如沈德潜所说"诗中韵脚，如大厦之有柱石，此处不牢，倾折立见"[1]。显而易见，在吟诵诗歌时，有韵或无韵，效果是迥然不同的。可以说，韵脚能帮助诗人找出支撑着"大厦"的柱石，是贯串各种形象的链条。因此，建立新诗的格律，我们不能只从消极方面去理解。在中外文学史上，优秀的诗人总是既遵守体裁的约束，又突破体裁的约束，从必然的王国进入自由的王国。

几十年以前，闻一多先生也曾感到建立新诗格律的必要性，他不是说过要让新诗"戴着镣铐跳舞"吗？闻先生是正确的，但把格律比喻为"镣铐"，又未免失之消极。诚然，格律会成为镣铐，但更会化作美丽的花环，让诗作显得更绰约多姿。在我国，从古到今，卓越的格律诗不知多少，那和谐的韵律、铿锵的节奏，恰好帮助了它们的流传。担心格律只能给创作带来束缚的同志，未免过于忧虑吧。

毛泽东说过"任何运动形式，其内部都包含着本身特殊的矛盾。这种特殊的矛盾，就构成一事物区别于他事物的特殊的本质"[2]。使诗歌这一事物，区别于其他文艺体裁的矛盾特殊性是什么呢？我以为就是格律。只有找出一套为人民大众喜闻乐见的诗歌格律，

---

[1] 见（清）沈德潜撰：《说诗晬语》。
[2] 《毛泽东选集》四卷合订本，人民出版社1977年版，第283页。

新诗才有可能取得更大的成就,才能更好地发挥其团结人民、教育人民、打击敌人的作用。

二

毛泽东对建立新体诗歌有过这样的设想:精练、押韵、大体齐整。

诗歌应该精练、押韵,对此,许多同志的认识是一致的,本文也不拟赘论。但怎样才算"大体齐整",大家的想法却有分歧。

有人说:新诗每句的字数应该齐整。

有人说:诗行末尾的节奏应该齐整。

臧克家先生在《新诗形式管见》一文中,提出新诗的模式应是:

一、一首诗八行或十六行,最多扩展到三十二行;

二、每节四句,每行四顿;

三、间行或连行押大致相同的韵;

四、节与节之间大致相称。

在这四点意见中,二、四两点,也是企图解决"大体齐整"的问题的。无疑,诗人和评论家们的种种构想,都是有益的。我们可以通过实践、检验,求得一致的认识,确立可行的格律。

在我看来,"大体齐整"应该是句中声调长短、轻重排列的大体齐整。换句话说,就是要规则地排列声调的平仄。

诗歌是语言的艺术,建立诗歌的格律,不可能离开民族语言的特点。

我国各民族语言,属于汉藏语系。声调,是汉藏语系独有的语言现象。我们的诗歌，如果忽视声调问题，即使押了韵，也会佶屈聱牙，不易取得节奏铿锵、抑扬顿挫的效果。在这里，稍为回顾一下传统诗歌对声调问题的处理，探索其中的某些规律以资借鉴，是颇有必要的。

在我国，声调问题的提出，是在魏晋六朝时代。在这以前，诗歌只须押韵，不管声调。因为上古的诗是与歌联系在一起的，诗的音乐性，可以借助乐曲的旋律表现出来。但在汉以后，诗和歌实际上分为两途。在民间，民歌仍然是唱的；而文人则"新诗改罢自长吟"，以吟诵代替过去的歌唱了。所以，胡震亨说："古人诗即是乐。其后诗自诗，乐府自乐府。又其后乐府是诗，乐曲方是乐府。"[①] 在诗歌脱离了音乐旋律的情况下，诗人们势必更多注意研究语言问题，从语音本身找寻加强诗歌音乐性的方法。

经过长期的摸索，人民大众从语言交往中，逐渐认识到汉语存在着平、上、去、入的声调。在这基础上，沈约诸人把它运用到诗歌创作中去。李节在《音韵决疑》中说："平上去入，出行间里，沈约取以和声之律吕相合。"[②] 沈约认为，写作诗歌时，"若前有浮声，则后须切响"[③]。刘勰也说"声有飞沉"，作诗时，声调应该"高下相须，低昂互节"[④]。他们认识到，诗句中平、上、去、入的声调应该互相更迭，浮与切、飞与沉、高与下交相变换，才能收到抑扬顿挫的艺术效果。

① （明）胡震亨撰：《唐音癸签》卷十五。
② ［日］遍照金刚撰：《文镜秘府论》天卷。
③ （南朝）沈约撰：《宋书·谢灵运传》。
④ （南朝）刘勰撰：《文心雕龙》中的《声律》《丽辞》篇。

大约到了初唐,人们对声律的研究有了新的进展,发现平、上、去、入四个声调,可以归纳为"平"与"仄"两种类型。唐代殷璠说曹植、刘桢的诗"或五字并侧(仄),或十字俱平"①,较早地提出了"平""仄"的概念。什么叫平仄?顾炎武说:"五方之音,有迟疾轻重之不同……其重其疾则为入,为去,为上,其轻其迟则为平。"②平声是高扬的长音;上、去、入三声,或升或曲或降,有着与平声明显不同的特点,古人统称为仄。仄(侧)就是不平。可以说,平和仄,是根据汉语声调存在着长短、轻重、高低等对立现象归纳的科学概念。

　　任何事物,包括物质以及观念形态,其内部总存在着对立的因素。作为语言组成部分的语音也是如此。汉语的每个音的调值,存在着明显的差异,差异就是矛盾。音调的变化,音调内部对立因素不断地划分、产生矛盾、解决,推动了语言运动的发展。诗歌是语言的艺术,当诗人们掌握了语音内部的对立因素,并且自觉加以运用的时候,诗歌的音乐性便得到大大的加强。因此,平仄的发现,有力地促进了我国诗歌的发展。

　　如上所述,由不注意声调到注意声调,是我国传统诗歌发展的趋势,是诗歌形式的进化。

---

① (唐)殷璠编:《河岳英灵集》序。
② (清)顾炎武撰:《音论》。

三

认识了平仄的性质，那么，平仄应该怎样安排呢？

经过实践，人们逐渐懂得，如果平仄杂乱无章，或者有时全平，有时全仄，都不利于吟诵。只有对语音的对立因素做有规则的安排，才能使诗歌产生声调铿锵、抑扬顿挫的艺术效果。上面说过，沈约诸人在谈论诗歌声调时，提到清浊、飞沉相交错，算是初步接触到这个问题。但他们着眼于诗句里每个字平、上、去、入四个声调的轮换，即所谓"一简之内，音韵尽殊"，还不是从平与仄对立的角度提出安排声调的方案。直到唐初近体诗出现，这个问题才得到解决。

初唐时，诗歌在理论上有一个重要进展，就是认识到应根据句中的语意，划分音顿。《文镜秘府论》载"诗章中用声法式"云："五言诗上二字为一句，下三字为一句。"这里所说的"句"，即音节停顿之处。我认为，音顿的发现，说明人们在吟诵诗歌的过程中，懂得了语音节奏的重要性，这比沈约诸人只懂得依字范声，又前进了一大步。

近体诗的平仄安排，和音顿的划分有密切关系。一般来说，近体诗在吟诵时，以两个字音为一顿。以七言为例，"平起式"的句式是：

平平｜仄仄｜仄平｜平，仄仄｜平平｜仄仄｜平。
仄仄｜平平｜平仄｜仄，平平｜仄仄｜仄平｜平。

"仄起式"的句式是：

仄仄｜平平｜仄仄｜平，平平｜仄仄｜仄平｜平。
平平｜仄仄｜平平｜仄，仄仄｜平平｜仄仄｜平。

撇开近体诗的烦琐规定，单就诗句中的声调关系而言，不难发现，无论"平起式"还是"仄起式"，除押韵的字以外，音顿与音顿之间，"平"与"仄"必然是交错排列的。特别是音顿的末一个音，更加讲究平仄互间。这是因为吟诵诗句时，每个音顿末一个音语势拖长，在声调上显得作用更大的缘故。所以，我们说音顿与音顿之间平仄交错，实际是音顿的末一个音平仄交错。例如：

白日｜依山｜尽，黄河｜入海｜流。
● 　　○　　　　○　　●

欲穷｜千里｜目，更上｜一层｜楼。
○　　●　　　●　　○

——王之涣《登鹳雀楼》

春眠｜不觉｜晓，处处｜闻啼｜鸟。
○　　●　　　●　　○

夜来｜风雨｜声，花落｜知多｜少。
○　　●　　　●　　○

——孟浩然《春晓》

秦时｜明月｜汉时｜关，万里｜长征｜人未｜还。
　○　　●　　○　　　　●　　○　　●

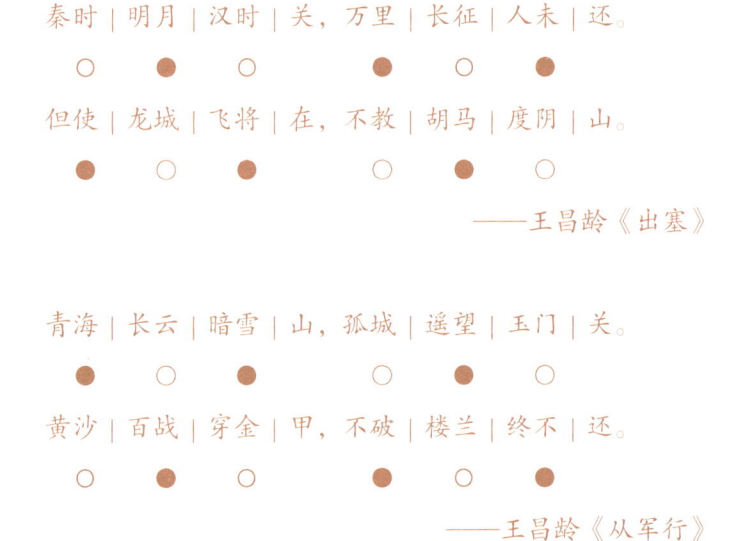

但使｜龙城｜飞将｜在，不教｜胡马｜度阴｜山。
　●　　○　　●　　　　○　　●　　○

——王昌龄《出塞》

青海｜长云｜暗雪｜山，孤城｜遥望｜玉门｜关。
　●　　○　　●　　　　○　　●　　○

黄沙｜百战｜穿金｜甲，不破｜楼兰｜终不｜还。
　○　　●　　○　　　　●　　○　　●

——王昌龄《从军行》

在每个音顿末一个音下面，我们用黑点表示仄声，白点表示平声。这样，读者可以看到，无论七言或五言，除押韵的字外，黑点和白点一般是相隔排列的。

在过去，曾经有人把近体诗的平仄要求，用一句口诀来概括："一三五不论，二四六分明。"对此，清代的王士禛很不以为然，认为"律句只要辨一三五，俗云'一三五不论'，怪诞之极，决其终身必无道理"。这说法过于武断。不错，近体诗最初是有一个规定每字平仄的框框的，但在实际创作中，这框框不断地被打破。人们逐渐懂得，只要注意安排第二、第四、第六个字，亦即每个音顿末一个音的平仄关系，也能取得声调和谐的效果。在唐代，有些人已经认识到，在每个音顿中，末尾的音远比开头的音更为重要。《文镜秘府论》提到，在换头时，最好依照格式规定，"若不可得如此……唯换第二字,其第一字与下句第一字用平不妨"。就是说,换头关键在于第二字(即音顿末一个音),至于第一个字(音顿开头的音)不必十分重视,不要求必须平仄交错。因此,"一三五不论,二四六分明"的口诀,从解决声调问题矛盾的主要方面着眼,言简意赅地指出了近体诗平仄安排的关键。

再让我们看看词和曲的情况吧。词和曲,是近体诗的发展。以词而论,不同的词牌,可以有不同的字数。每句的字数,又可以参差不齐,这和近体诗规定句数、字数齐一的规矩相比,显得更为灵活。因此,中唐以后,词作为一种新的诗歌体裁,在诗坛上占有非常重要的地位。

填词必须按谱。词谱对每句的平仄都有具体的规定,不能错舛。据清人万树《词律》所载,现存词调有六百六十种,每调每句,声调的安排千差万别,不过,仔细研究,我们发现,无论哪一种词调,每句平仄关系的安排,赫然与近体诗的规律完全一致。就是说,每一句词,音顿末一个音总是平仄相间,排列齐整。在此,我们不妨选择一些为大家所熟悉的词调为例:

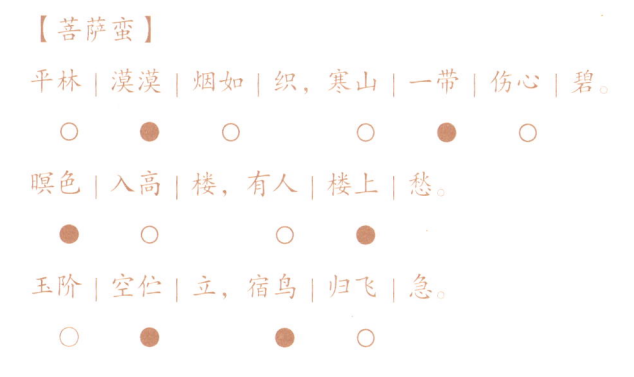

【菩萨蛮】

平林│漠漠│烟如│织,寒山│一带│伤心│碧。
　○　　●　　○　　　　○　　●　　　○

暝色│入高│楼,有人│楼上│愁。
　●　　○　　　　○　　●

玉阶│空伫│立,宿鸟│归飞│急。
　○　　●　　　　●　　○

何处 | 是归 | 程？长亭 | 复短 | 亭。
● 　○ 　　○ 　●

——李　白

【虞美人】

春花 | 秋月 | 何时 | 了？往事 | 知多 | 少。
○ 　● 　○ 　　　● 　○

小楼 | 昨夜 | 又东 | 风，故国 | 不堪 | 回首 | 月明 | 中。
○ 　● 　○ 　　● 　○ 　● 　○

雕栏 | 玉砌 | 应犹 | 在，只是 | 朱颜 | 改。
　　　　　　　　● 　● 　●

问君 | 能有 | 几多 | 愁？恰似 | 一江 | 春水 | 向东 | 流。
○ 　● 　○ 　　● 　● 　● 　○

——李　煜

【蝶恋花】

移得 | 绿杨 | 栽后 | 院。学舞 | 宫腰，二月 | 青犹 | 短。
● 　○ 　● 　　● 　○ 　● 　○

不比 | 灞陵 | 多送 | 远。残丝 | 乱絮 | 东西 | 岸。
● 　　　● 　　　○ 　●

几叶 | 小眉 | 寒不 | 展。莫唱 | 阳关，真个 | 肠先 | 断。
● 　　　● 　　　● 　　　○

分付 | 与春 | 休细 | 看。条条 | 尽是 | 离人 | 怨。
● 　○ 　　　　● 　○

——张　先

【水调歌头】

明月｜几时｜有？把酒｜问青｜天。
　●　　○　　　●　　○

不知｜天上｜宫阙，今夕｜是何｜年。
　○　　●　　●　　●　　○

我欲｜乘风｜归去，又恐｜琼楼｜玉宇，高处｜不胜｜寒。
　●　　○　　●　　○　　●　　●　　○

起舞｜弄清｜影，何似｜在人｜间。
　●　　○　　●　　○

转朱｜阁，低绮｜户，照无｜眠。
　○　　●　　○

不应｜有恨，何事｜长向｜别时｜圆？
　○　　●　　●　　●　　○

人有｜悲欢｜离合，月有｜阴晴｜圆缺，此事｜古难｜全。
　●　　○　　●　　●　　●　　●　　○

但愿｜人长｜久，千里｜共婵｜娟。
　●　　○　　●　　○

——苏　轼

【念奴娇】

野棠｜花落，又匆匆｜过了，清明｜时节。
　　○　　　●　　○　　●　　○

划地｜东风｜欺客｜梦，一枕｜云屏｜寒怯。
　　●　　○　　●　　●　　○

307

曲岸 | 持觞，垂杨 | 系马，此地 | 曾经 | 别。
● ○ ○ ● ● ●

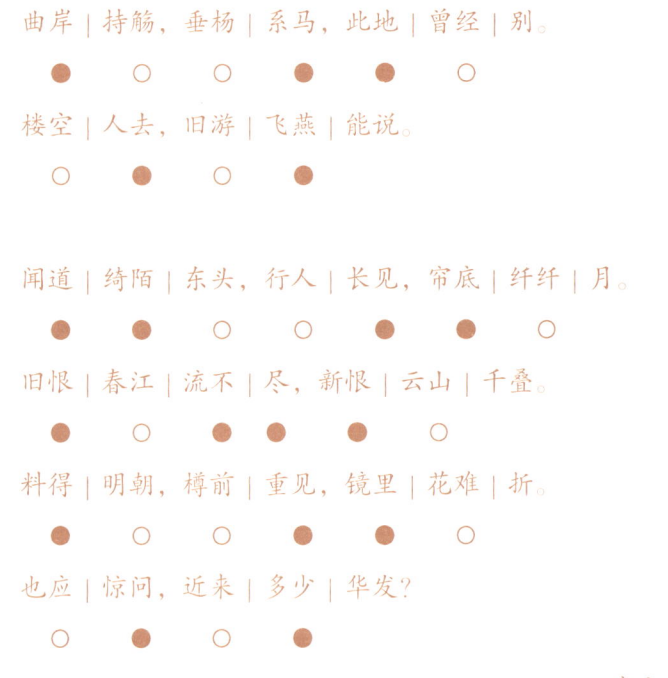

楼空 | 人去，旧游 | 飞燕 | 能说。
○ ● ● ●

闻道 | 绮陌 | 东头，行人 | 长见，帘底 | 纤纤 | 月。
● ● ○ ○ ● ● ○

旧恨 | 春江 | 流不 | 尽，新恨 | 云山 | 千叠。
● ○ ● ● ● ○

料得 | 明朝，樽前 | 重见，镜里 | 花难 | 折。
● ○ ○ ● ● ○ ●

也应 | 惊问，近来 | 多少 | 华发？
○ ● ○ ●

——辛弃疾

词的句子长短不齐，但读起来仍使人觉得和谐动听，原因在于它每一音顿末一个音平仄交错。要说明的是，在某些词牌的个别句子中，音顿末一个音的排列，会出现不规则的现象，像上面所引【念奴娇】换头"闻道绮陌东头"两个黑点（仄）连在一起。另外，像【声声慢】的第六句，词谱规定为"平平仄平仄仄"，两个白点（平）连在一起。这种句子，叫作拗句。一般来说，宋词拗句较多，这可能是为了迁就新制乐谱的声调；再者，在和谐的音节中偶尔插入不和谐的拗句，也会产生特殊的艺术效果。但无论如何，在词谱中，拗句只是极少数，音顿末一个音平仄相间的句式，在每一首词中都居于主流的地位。按词谱规定，句子中有些字是可平可仄的。但从万树所收集到的谱式来看，凡属可平可仄的字，绝大多数是句子的第一、第三、第五字，即都是音顿开头的音。至于音顿的末音，可平可仄者少而又少。这种情况，和近体诗所谓"一三五不论"，实际上是一致的。可见，词与近体诗在声律的安排上，都遵照同样的美学原则。

散曲的声调，又是如何处理的呢？

元代以后流行的散曲，是诗歌的一种新体裁。它的句式和词的最大差别，是在句中可以增加衬字。从每句字数不受限制这一点上说，它比词又显得更加自由灵活。但是，衬字只能轻轻带过，不占重要位置。至于衬字之外曲谱里其他的字，都规定了平仄。有些曲调中的某些字，还具体规定用上声或去声，比词调还要严格。关于曲调平仄的排列，我们试取《太和正音谱》所辑的常见曲调进行观察：

【正宫】【叨叨令】

白云｜深处｜青山｜下，茅庵｜草舍｜无冬｜夏。
　○　　●　　○　　　　○　　●　　○

闲来｜几句｜渔樵｜话，因来｜一枕｜葫芦｜架。
　○　　●　　○　　　　○　　●　　○

您省的｜也么哥，您省的｜也么哥，
　●　　　○　　　●　　　○

（煞强如）风波｜千丈｜担惊｜怕。
　　　　　○　　●　　○

——邓玉宾

【仙吕】【一半儿】

海棠 | 香雨 | 污吟 | 袍，薜荔 | 空墙 | 闲酒 | 瓢，
　○　　●　　○　　　　●　　○　　●

杨柳 | 晓风 | 凉野 | 桥。
　●　　○　　●

放诗 | 豪，一半（儿）| 行书 | 一半（儿）| 草。
　○　　　●　　　　○　　　　●

——张小山

【中吕】【红绣鞋】

一榻 | 白云 | 竹径，半窗 | 明月 | 松声。
　●　　○　　　　　○　　●

红尘 | 无处 | 是蓬 | 瀛。
　○　　●　　○

青猿 | 藏火 | 枣，黑虎 | 听黄 | 庭，山人 | 参内 | 景。
　○　　●　　　●　　○　　　○　　●

——徐再思

【南吕】【四块玉】

适意 | 行，安心 | 坐。
　●　　　　○

渴时 | 饮，饥时 | 餐，醉时 | 歌。
　○　　　　○　　　　○

困来时｜就向｜莎茵｜卧。
　　　○　　●　　○

日月｜长，天地｜阔，闲快｜活。
　●　　　　●　　　　●

————关汉卿

【双调】【沉醉东风】

避炎暑｜频移｜竹榻，趁新凉｜懒裹｜乌纱．
　　　●　　○　　　　　　○　　●

柳影｜中，槐阴｜下，旋敲冰｜沉李｜浮瓜。
●　　　　○　　　　　○

会受用｜文章｜处士｜家，午梦回｜披襟｜散发。
●　　○　　●　　　　　　○　　○

————卢疏斋

（末句最后一字"发"，曲谱规定作上声。）

【越调】【天净沙】

江亭｜远树｜残霞，淡烟｜芳草｜平沙。
　○　　●　　　　○　　●

绿柳｜阴中｜系马。夕阳｜西下，水村｜山郭｜人家。
●　　○　　　○　　　　　○　　●

————吴西逸

上面所引曲调，除括号里的衬字和个别的拗句外，每个音顿

311

的末一个音赫然也是平仄相间的，与近体诗以及词调的规律完全一致。

根据对近体诗、词、曲三种诗歌体裁的分析，我认为，诗句中每个音顿的末一个音平仄相间，是我国传统诗歌格律的特征之一。

就我国古代诗歌形式的发展来看，有一个很值得我们注意的现象：从字数而言，诗句从齐整划一到参差不齐，进而可以随意附加衬字，句式发展的总趋向是越来越灵活；在押韵方面，诗韵较严，词韵较宽，曲韵更宽，甚至可以平仄互押，发展的总趋向也是越来越灵活。这些，是我国诗歌格律可变的一面。但是，无论诗、词、曲的字句和韵怎样变化，句中音顿末一个音平仄相间的规律，却始终如一。这一点，是我国诗歌格律不变的一面。看来，如果辩证地观察我国诗歌体裁发展的轨迹，那么，我国诗歌的民族形式，应该可以按图索骥，不至于无迹可寻。

四

在回顾了传统诗歌的平仄问题以后，我们可以用批判的精神，进一步研究新诗的格律问题。

从每句字数来看，传统诗歌已经显现出越来越灵活的趋势。在今天，汉语的基本词汇和一般词汇越来越丰富，相当多的词由三四个字构成，要求新体诗歌"字数齐整"，似和汉语发展的情况不相适应。我认为，新诗每句的字数不必限制。句的长短，可以让作者灵活掌握。

从每句诗的声调来看，我们是否可以考虑，吸取传统诗歌千百年来行之有效的经验，尽可能让每个音顿的末一个音平仄相间。在这里，立刻碰到现代汉语普通话应该如何划分平仄的问题。

我们知道，古代诗歌的平仄，是以古代汉语平、上、去、入的声调划分的，我们今天诗歌的平仄，却不能以此为据。因为，现代汉语和古代汉语不同，现代汉语中普通话的"入"声已不存在。据周德清《中原音韵》说，元代以后，"入派三声"，原来的入声字，分别派到平、上、去三个声调中去。至于平声，则分化为阴平与阳平。今天的汉语普通话，是以阴平、阳平、上、去四个声调，分别标志字音的升降高低。

汉语声调有了发展变化，语音的对立因素就不复存在了吗？不，只要细心揣摩，不难发现，现代汉语普通话的四个声调，是有明显差异的。从发音时高低、升降的情况看，四声中，阴平与阳平比较接近，上声则与去声比较接近。当我们把阴平、阳平一组，与上、去一组相互比较，又可以发现它们之间的差异更为明显。这样，我们可以把阴平、阳平一组，定为诗律中的"平"，而上、去一组定为"仄"。

根据语言学家们的研究，现代汉语普通话四个声调的调值，其物理性质，可以用如下图线表示：

(阴平)⌐55　(阳平)⌐35　(上声)∨214　(去声)╲51

这些线条显示的态势表明，阴平是个高平调，阳平是个高升调；上声是个降升调，去声是个全降调。由于阴平、阳平都达到第五个音级，它们的趋势和调值是升的、高的；上声和去声则都接触到第一个音级,它们的调值和趋势是低的、降的。由此可见,现代汉语普通话的阴平、阳平与上、去,存在着高低、升降的对立,充分利用现代汉语语音中的对立因素,就可大大加强新体诗歌的音乐性。如果新体诗歌的声调能够规则地排列,也就能达到毛泽东同志说的"大体齐整"的要求,符合我国人民的欣赏习惯。

近年来,不少诗人注意到汲取古典诗歌和民歌的创作经验,在加强新诗的音乐性方面做了可贵的尝试,像贺敬之、李瑛、田间、韦丘等同志的诗作,读起来朗朗上口。仔细分析,凡是那些铿锵动听的民歌和新诗诗句,除了押韵以外,大体上都是每个音顿的末一个音平仄交错,音调的排列"大体齐整"。例如:

夜晚｜灯光｜明亮｜亮,打夯｜号子｜震天｜响。
● ○ ● ○ ● ○

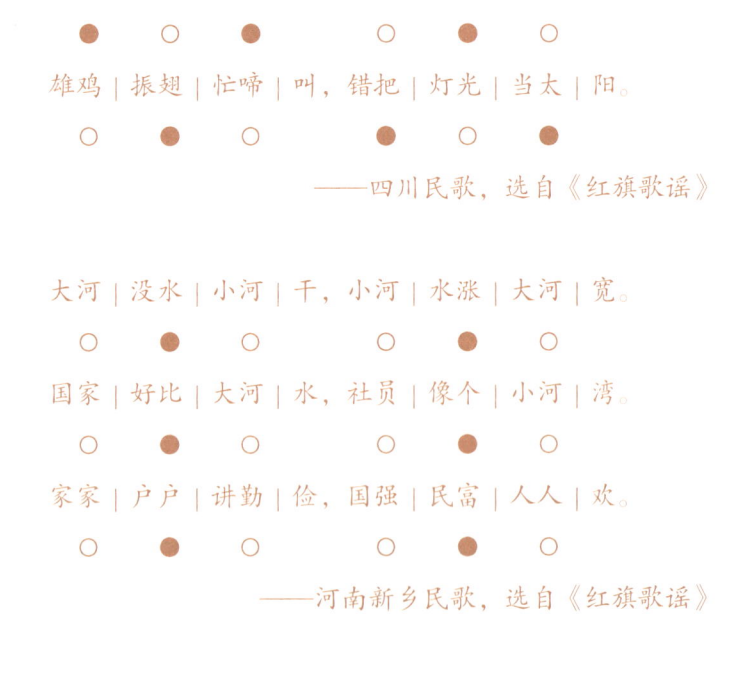

雄鸡｜振翅｜忙啼｜叫,错把｜灯光｜当太｜阳。
○ ● ○ ● ○ ●

——四川民歌,选自《红旗歌谣》

大河｜没水｜小河｜干,小河｜水涨｜大河｜宽。
○ ● ○ ○ ● ○

国家｜好比｜大河｜水,社员｜像个｜小河｜湾。
○ ● ○ ○ ● ○

家家｜户户｜讲勤｜俭,国强｜民富｜人人｜欢。
○ ● ○ ○ ● ○

——河南新乡民歌,选自《红旗歌谣》

梳妆 | 来呵, | 梳妆 | 来!
　　○　　　　　　○

百花 | 任你 | 戴,
　　○　　　●

春光 | 任你 | 采,
　　○　　　●

万里 | 锦绣 | 任你 | 裁!
　●　　　●　　　●

三门 | 闸工 | 正年 | 少,
　○　　　○　　　○

幸福 | 闸门 | 为你 | 开。
　○　　　○　　　●

并肩 | 挽手 | 唱高歌 | 呵,
　○　　　●　　　○

无限 | 青春 | 向未 | 来!
　●　　　○　　　●

——贺敬之《三门峡歌》

歌儿 | 唱给 | 边区(的) | 山,
　○　　　○　　　　○

摩天 | 岭呵 | 十八 | 盘,
　○　　　○　　　○

弯弯 | 曲曲 | 羊肠 | 道,
　○　　　○　　　○

万丈｜云梯｜小西｜天。
　　　●　　○　　○

　　二十里｜沟呵，三十里｜涧，
　　　　●　　　　　　●

　　沟沟｜涧涧｜走不完。
　　○　　●　　●

——张志民《边区的山》

　　以上诗句，抑扬顿挫，音调铿锵。值得注意的是，诗句里音顿的末一个音，竟然也是大体上平仄交错。当然，这样的安排，不一定是出于诗人的自觉，但它却说明了，凡属和谐悦耳的诗句，声调的排列必然大体整齐。反过来，如果诗人们意识到声调排列大体整齐，能达到铿锵动听的效果，在这方面多下功夫，新诗的音乐性将得到大大的加强。至于掌握新诗声调的平仄，从上面的例子看来，并不困难，更不神秘，每一个懂得普通话的作者或诗人，都可以做到。

　　毫无疑问，诗歌创作成败的关键，在于内容，但并不是说可以忽视形式。马克思在反对那些除了光滑的形式以外，再没有什么的末流诗人时，又向拉萨尔提出"既然你用韵文写，你应把你的韵律安排得更艺术一些"[①]。马克思十分注意艺术形式的问题，要求作者根据艺术体裁的特点进行创作。所以，对艺术形式的研究，应该得到充分的重视。为此，我们根据传统的经验和当代诗人的

---

① 《马克思恩格斯选集》第4卷，人民出版社1972年版，第339页。

创作实践，对新诗声韵的安排问题，做了一些设想。当然，如果诗人们在注意音顿末一个音平仄相间之外，还适当注意句与句的声调对比，或者出于内容的需要，运用某种适宜表现特定情绪的声调，这样，诗歌的音乐性将会更加完美，但这已是提高技巧的问题了。

归结来说，我们对于建立新诗格律的主张，不外是：第一，押大致相近的韵；第二，诗句中每个音顿的末一个音，大体上做到平仄交错。

让我们共同努力，探索出一套为人民大众喜见乐闻而又切实可行的新诗格律，把韵律安排得更艺术些。

（原载《中山大学学报》一九八〇年第四期）

后　记

这本小书，是在我讲课录音的基础上，整理而成的。

记得在 2013 年，偶从谢冠琦同学处，得悉中文系大三的学生，对中国古代文学史唐代部分的学习意犹未尽。我便向系主任请缨，为本科生三年级下学期的同学，开设一门有关诗词曲的选修课。于是，每逢周五的下午，我到课室上课，往往一讲便是两三个钟头。讲课后，当然较累，但和同学们相互交流，教学相长，大有裨益。特别是能和许多年轻学子混在一起，大家谈笑风生，我从中吸取青春活力，仿佛自己也年轻了许多。

我上课的习惯是，只把要讲的诗词，以及所要引述的例证材料，存在 U 盘上，然后依次通过电脑，投影于幕布。这一来，可以大大节省板书的时间。讲课时，就按例句顺序，阐述发挥。但由于没预作讲稿，自己讲述过的东西，讲了也就讲了，只在脑海里留下了印象，慢慢也就淡忘了。

一个学期的课，很快就结束了。我也依然把主要精力，用于编纂《全明戏曲》的工作中，再也没有考虑诗词曲的问题了。

让我意外的是，寒假过后，来听课的张诗洋同学，把我的讲课内容全录了音。她又组织了好几位同学，牺牲了休息的时间，大家分工合作，一边回放我的讲课录音，一边整理成文本。参加整理者，有张诗洋、刘思诗、谢冠琦、李小萌、曾琰、吴昕晖、卢新杰等诸位。其中有好几位还住在珠海校区，当时并没有听过我讲课。我想，诗洋把他们组织起来，是因为他们都是这几年来，由我辅导过"一百篇作文"写作训练的本科同学。虽然到他们升上大三时，就不归我辅导了，但彼此仍有接触，师生感情深厚。

诗洋和冠琦等几位同学整理讲稿的事，我完全不知道，一直被他们蒙在鼓里。等到寒假结束，新学期开始，有一天，诗洋忽然把厚厚的记录文本交给我，我愕然，仔细一看，大喜过望，没想到自己讲课的内容，竟被同学们完全记录了下来。

记得在1979年，我给中文系77届的同学，讲授过魏晋隋唐文学史课程。讲过以后，除了一些自认为有心得的部分，后来写成论文发表以外，大部分内容却忘得精光。1979年学期结束，余瑞金同学把她的一大本听课笔记交给我看，让我看看记录是否完整。瑞金字迹娟秀，记录又十分详尽，连我在讲课时的语气也记录下来了。我灵机一动，便死乞白赖，央求瑞金把听课记录留给我，作为纪念。瑞金同学不太情愿，但她也无可奈何。于是，我保存自己讲课情况的，就只有一本几十年前瑞金同学的课堂笔记了。

没想到，去年给2011届的同学上选修课，同学们竟以"现代化"手段，把我所讲的内容，完整地做了录音，又转化为文本。当诗洋把一沓A4打印纸交给我时，说："这是同学们送给老师的新年礼物！"我捧着纸稿，才明白这是怎么一回事！

如今，我又多了一份讲课的记录了！捧着这一份厚厚的讲课记录文本，翻阅发现，原来已有近十万言了。我明白同学们的心意，罗燕等同学知道了，也鼓励我把这录音的文字稿，整理成书出版，让更多对古代诗词曲有兴趣的广大青年朋友参考。我细想，同学们的录音文本，已具书稿的雏形，在这基础上整理修饰，加以补充，也并不繁难。于是贾其余勇，见缝插针，利用 2014 年暑假之暇，便大致上完成了这部小书的编写，我又和几位师友商量，遂名之曰《诗词曲十讲》。

我捧着同学们辛勤为我整理的录音文本，既十分感谢，更十分感动。作为教师，给本科学生讲课，是本职的分内事。虽说我年纪大了，要把主要精力用于完成国家的重大科研攻关项目，以及用于培养博士研究生的工作，但尚有余力，给本科生上一些课，完全是应尽的职责。想不到，我浅近的讲授，却得到同学们丰厚的回报。这让我切实地感受到，师生之间纯真的情谊，实在难以言传。

有了这份录音文本作基础，本书的编写工作就比较省力了。除了查核订正一些资料外，考虑到我讲授的内容，实际上是"通识课"性质，因此，内容和顺序，也做了适当的补充、调整。例如在讲课时，由于时间所限，来不及讲述散曲，现在只好补写了这方面的内容。另外，文字上也做了改动，但尽可能保留原来讲课的语气，当然也得删去和同学们互动的语句，以及一些言不及义的地方。为了便于青年读者的阅读，在每讲中又加上了小标题。因此，这本小书，也可以说是师生合作的成果。

之外，我又发现自己在讲课时，有时信口开河，记录文本上有些地方，特别是一些理论性的阐述，属大白话，语言也不够连贯清晰。同学听课时可以领会，若对一般读者来说，反会有不方便之处。为此，个别地方的文字，索性参照我在2003年出版的《诗词创作发凡》，反而说得稍为清晰，容易理解。因此，我的这两本书，也可以视为姊妹篇。

书成后，我请诗洋、罗燕替我校阅，再核实一些该注释之处。我又就近邀请十位书法家校友，配合本书十讲，各赐书法作品一帧。他们是陈永正、刘斯奋、陈颂声、钟东、林敏玲、许鸿基、陈斯鹏、洪楚平、骆驰、田炜诸君（以插页先后为序）。蒙不弃，纷纷投我珠玉，光我篇幅，增加了这本小书的文化含量。在此向诸位致深切的谢意。

本书成稿时，适又逢甲午，前耻未忘，妖氛又起。记得在邓世昌甲午海战殉国一百周年时，我写过几首小诗。现在，特请著名书法家校友林雅杰襟兄，书于扉页，作为纪念。

2014年10月12日于中山大学中文堂，中国非物质文化遗产中心

补记

这本小书，多年前由花城出版社出版。去年，蒙四川人民出版社之邀再版，责编李淑云君和朱雯馨君，对拙著做了仔细的修订，特致谢忱。我请毋丹博士为再版作序，蒙欣然允诺。又，此书收入《黄天骥文集》（十五卷）时，王凤霞教授也曾为我订正一些失误之处，特一并致谢。

2023年2月9日